구비설화를 활용한

계모가정 내 가족상담 프로그램 개발

서은아

지식과교양

이 저서는 2012년 정부(교육부)의 재원으로 한국연구재단의 지원을 받아 수행된 연구임
(NRF-2012S1A5B5A07035535)

This work was supported by the National Research Foundation of Korea Grant funded by the Korean Government(NRF-2012S1A5B5A07035535)

머리말

우리의 생활 주변에서 이제는 쉽게 이혼이나 재혼을 한 사람들을 찾아볼 수 있다. 예전에는 금기시되거나 공개적으로 언급하기를 꺼렸던 이혼이나 재혼에 대한 담론들을 이제는 일상생활 속에서나 대중매체를 통해 자연스럽게 접하게 된 것이다. 이혼율과 재혼율의 증가는 산업화 이후 급격하게 진행된 가족변동의 대표적인 모습이라고 할 수 있다.

통계청의 자료를 보면 이혼의 증가와 함께 재혼은 꾸준히 증가하고 있으며, 30~50대에 이루어지는 재혼이 전체 재혼의 약 70%를 차지한다. 이는 초혼을 통해 자녀가 있는 상태에서 시작하는 재혼이 확률적으로 더 높을 수 있다는 것을 시사한다. 그리고 출생자녀의 양육을 대부분 남성이 맡는 우리사회의 관행으로 보아, 재혼가정 중에서는 계모가족이 다수를 차지할 것이라 예상된다. 그러나 오늘날에도 계모에 대한 부정적인 인식은 여전히 존재한다.

『한국구비문학대계』에는 〈전처소생을 미워하는 제비〉라는 제목으로 다음과 같은 이야기가 실려 있다.

(1)지붕 처마에 제비가 집을 짓고 새끼를 키우는데 하루는 한 마리밖에 보이지 않았다. (2)며칠 후 다른 제비를 데려와 새끼들을 먹이는데, 이미 상당히 자란 제비새끼가 자꾸 땅에 떨어져 죽었다. (3)이상하게 생각한 집주인이 제비 새끼의 부리를 벌려보니, 놀랍게도 입 속에는 가시가 들어있었다.(4)결국 새끼 제비들은 계모로 들어온 어미 제비가 물어다 준 가시에 목구멍이 찔려 죽은 것이었다. (5)전처소생을 미워하는 것은 제비나 사람이나 다름이 없다는 것을 알고, 그 마을(안동군 임하면 천전동)의 김씨 문중에서는 오늘날까지 자식 있는 사람이 상처하면 새로 장가를 가지 않는다. [1]

"전처소생을 미워하는 것은 제비나 사람이나 다를 바가 없다."는 이 이야기의 내용처럼 계모에 대한 부정적인 인식은 오랜 역사를 통해 형성되어 왔다. 이러한 현상은 여성의 개가를 금기시했던 조선사회, 개가한 여성에 대한 부정적 인식에서 비롯되었다고 볼 수 있다. 또 전통적인 가정이란 혈연으로만 구성되어 있었기에 피를 나누지 않은 계모와 전실 자식은 가족 유대감이 떨어질 수밖에 없고, 전통가정에서 절대적이었던 가부장권 계승문제와 관련해 전실 자식은 계모의 입장에서 큰 걸림돌이었기에, 이런 이야기들이 생겨났다고 볼 수 있다. 그러나 시대와 상황이 변한 오늘날에도 계모가정에서 계모가 전실 자식을 죽여 기사화되는 경우는 종종 나타난다.

이처럼 대중매체를 통해 보도되는 소수 학대적인 계모들과 〈콩쥐팥쥐전〉이나 〈장화홍련전〉같은 전래동화 속의 계모에 대한 부정적

1. [한국구비문학대계] 7-9, 39면, 안동시 설화2, 전처 소생을 미워하는 제비, 김원진(남, 72)

인 이미지는 오늘날에도 여전히 존재한다. 그리고 사악하고 냉정한 계모와 착하고 불쌍한 전실 자식이라는 인식은 범문화적 고정관념이 되고 있다. 그러므로 계모는 사회적 · 문화적으로 가장 불리한 입장에 놓여있는 여성이며, 계모가정 내 가족갈등을 해결해주는 일은 시급하다고 하겠다. 왜냐하면 이들의 가족갈등을 해결해주지 못할 때, 이 계모가정은 또다시 가족 해체로 이어질 수 있기 때문이다.

본 책에서는 『한국구비문학대계』 82권과 『임석재전집』 12권을 대상으로 계모가정 내 가족갈등이 나타나고 있는 모든 설화들을 추출해내고, 설화들에서 나타나는 가족갈등의 양상과 해결방안을 분석한 다음 그 결과를 실제 내담자를 대상으로 한 가족상담에 활용하여, 현대 계모가정 내 가족갈등 해결에 도움을 줄 수 있는 가족상담 프로그램을 개발해 내고자 하였다.

이러한 제시가 가능한 이유는, 내담자 자신의 '문제의 경험을 중심으로 만들어진 이야기(problem saturated story)'를 '문제 이야기에 대항하여 새롭게 만들어지는 이야기(alternative story)'로 바꾸어 나갈 수 있다는 이야기치료의 원리 때문이다. 즉 계모가정 내 가족갈등으로 고민하고 있는 내담자는 자신과 동일한 가족갈등 양상을 구비설화를 통해 경험하면서, 문제의 소유자가 아니라 문제를 바라보는 관찰자의 입장에서 자신의 문제를 객관적인 시각으로 통찰하게 될 것이다. 그리고 설화에서 제시되는 문제해결 방안을 통해, 자신의 이야기를 수정해 나아가게 될 것이다. 이것은 동일한 계모가정 내 가족갈등을 경험하고 있는 독자에게도 마찬가지로 적용될 것이라 생각된다.

이 책에서는 계모가정 내 가족갈등을 1) 재혼 후 전실 자식이 영입

2) 아버지의 부재 후 전실 자식 3) 전실 자식과 본인 자식을 차별 · 편애 4) 경제적인 문제로 인한 갈등 5) 모함으로 전실 자식의 앞길을 방해 6) 전실 자식을 시기 · 질투 7) 전실 자식을 구박 8) 전실 자식을 상해 · 살인 9) 계모와 전실 자식 간의 성공적인 관계 등 9가지 항목으로 분류하였다. 마지막 항목의 경우 가족갈등이라고 이야기할 수는 없지만, 원만한 계모가정을 이루기 위한 가족구성원들의 올바른 태도가 담겨있기에 하나의 항목으로 설정하였다. 이 책에서 계모가정 내 가족갈등을 이와 같이 분류한 이유는 현대 계모가정 내에서 주로 나타나는 가족갈등이 이와 같은 형태를 보여, 계모가정 내 가족갈등으로 고민하고 있는 독자가 이 책을 읽었을 때 적절한 문제해결 방안을 얻을 수 있도록 하기 위해서이다.

현대 계모가정 내 가족갈등 양상을 찾아내기 위해 필자는 다음(www.daum.net) 미즈넷 게시판에서 계모가정과 관련된 모든 내담자들의 글을 추출해 정리하고, 각 항목에 해당되는 가족갈등 양상에 적합하다고 판단되는 글을 골라 본 책에서 사례로 제시하였다. 글의 인용은 전문이 아니라 필요하다고 생각되는 부분을 중심으로 인용하였으며, 내담자의 글쓰기 특성을 살리면서도 독자가 읽기 편하도록 약간의 수정을 가하였다.

이 책은 구비설화가 현대인들에게 도움을 줄 수 있는 지점을 이미 상정하고 있다. 이러한 작업을 통해 독자들은 구비설화가 구태의연한 옛 이야기가 아니라 현대에도 얼마든지 변용되고 재해석되어 현대인들에게 도움이 될 수 있는 우리의 귀중한 유산임을 알 수 있을 것이다. 또한 본 책에서 제시되는 계모가정 내 가족갈등 설화들은 한편 한편이 모두 온전한 하나의 스토리로 구성된다. 그러므로 계모

및 계모가정을 소재로 한 스토리텔링이나, 구비설화를 활용한 각색 스토리텔링으로 사용이 가능할 것이다.

특히 마지막 항목에서 제시되는 계모와 전실 자식 간의 성공적인 관계에 관한 설화들은, 나쁜 계모가 등장하는 동화에 길들여진 어린이들이나 일반인들의 계모에 대한 편견이나 선입견을 바로잡는 데 도움을 줄 수 있을 것이다. 이런 작품들에서 계모는 선한 행동으로 인해 전처자식들에게 사랑과 존경을 받으며, 사회적으로도 훌륭한 어머니라는 평가를 받는다. 이러한 긍정적인 계모상이 대중매체를 통해 널리 소개되고 전파될 때 계모가정에 대한 우리사회의 편견이나 선입견은 점차 사라지게 될 것이며, 계모가정에 대해 보다 열린 마음으로 인정하고 존중하는 자세가 확산될 것이다.

… 나에게 늘 힘이 되어 주는 아빠, 정아언니, 남동생 상균이 사랑합니다. 하늘에서 늘 지켜보고 있을 엄마 사랑합니다. 늘 내편인 남편 정지용과 하나님이 내게 주신 최고의 선물 구윤이 사랑합니다. 국문학 연구자의 길을 가게 해주신 박기석 선생님, 학문적인 대화상대가 되어 주시는 김택중 선생님 감사합니다. 나의 삶을 주관하시는 하나님을 찬양하며, 그동안 나와 소중한 인연을 맺었던 모든 사람들에게 깊은 감사와 사랑을 전합니다.

이 책을 집필하면서 계모에 대한 나의 생각이 많이 바뀌고, 그들을 이해하게 되고, 나의 마음이 치유되었던 것처럼, 이 책이 모든 계모가정에 치유의 도구로 사용되기를 소망합니다.

2015. 8. 5. 서은아 씀

구비설화를 활용한

계모가정 내 가족상담 프로그램 개발

차 례

구비설화를 활용한

계모가정 내 가족상담 프로그램 개발

1장

재혼 후 전실 자식이 영입

1) 구비설화에 나타난 갈등양상과 해결방안

재혼 후 전실 자식이 영입되어 계모가정 내 갈등이 유발되는 설화군으로는 [북두칠성이 된 일곱 쌍둥이]가 있다. 『한국구비문학대계』에 수록되어 있는 설화 가운데 이 설화군에 속하는 설화로는 〈북두칠성의 유래〉와 〈칠성풀이 이야기〉가 있는데, 대강의 줄거리를 요약해 보면 다음과 같다.

(1)칠성의 어머니가 사십이 되도록 아이를 못 낳았다. (2)그러자 영감이 공을 들여 보자고 백일 동안 산에서 기도하고 칠성당에 공을 들이고 나서 아들 일곱 명을 낳았다. (3)아이를 낳는데 아들을 일곱 명을 낳으니까 그것을 본 영감이 놀라서 "에라! 요년! 돼지나 새끼를 일곱 낳지, 사람이 어찌 일곱을 낳느냐?"라고 말하더니 징그럽다고 서울로 도망을 갔

다. (4)서울로 도망간 영감은 서울 대감 집에 장가를 들어 살림을 하고 살았다. (5)아이 일곱 명을 낳은 어머니는 먹고 살 것이 없어서 아이들을 광주리에 담아서 냇가로 나갔다. 그러자 공중에서 찬물 한 숟가락만 떠 먹여도 잘 클 것이니까 키우라는 소리가 들렸다. (6)과연 아이들은 물 한 숟가락만 먹어도 쑥쑥 자랐다. 그러나 어머니는 화병이 나서 죽고 말았다. (7)아이들은 어머니가 돌아가시자 서울의 아버지를 찾아갔다. 물어 물어 간 것이었다. 막상 아버지를 찾고 보니까 아버지는 작은 각시를 얻어 자식을 낳고 살고 있었다. (8)아이들이 아버지와 살고 싶어 했는데, 작은 각시가 아이들이 싫어서 죽이려고 했다. 그래서 꾀를 내어 죽는 시늉을 하니 영감이 점을 치러 갔다. (9)그 때 작은 각시가 지름길로 먼저 가서 점쟁이와 미리 짰다. 즉 영감에게 작은 각시의 병은 일곱 애기들을 만나서 배가 아픈 것이니까 일곱 애기들의 간을 내어 먹어야 병이 낫지 안 그러면 죽을 것이라고 말하라고 한 것이었다. (10)영감이 점괘를 듣고 한탄을 하면서 집으로 돌아오는데, 길에 구렁이가 늘어져 있다가 말을 하는 것이었다. (11)그 구렁이는 영감에게, 일곱 애기 대신에 내 뱃속의 간을 내면 일곱 봉지가 들어있으니까 일곱 애기를 감추고 그 간을 대신 먹이라고 했다. (12)영감이 구렁이 배를 갈랐더니 간이 일곱 봉지가 있었다. 영감은 그것을 각시에게 주고 일곱 애기들은 산으로 도망치게 했다. (13)산으로 도망친 일곱 애기들은 산의 열매를 먹고 살면서 쑥쑥 자라서 다시 아버지 집으로 왔다. (14)아이들이 오니까 작은 각시가 또 배가 아프다면서 아이들을 쫓아내라고 했다. (15)그러자 공중에서 마당에 짚을 놓고 물을 한 동이 길어놓고 죄가 있으면 칼을 입에 물고, 죄가 없으면 칼등을 물으라는 소리가 들렸다. 작은 각시가 그 말을 듣고 칼등을 물었지만, 피를 한 동이나 쏟고 죽었다. (16)그 뒤에 일곱 애기들은 다 컸는데, 등천한 죽은 어머니가 아이들을 데리고 올라가서 동으로 보내고 서

로 보내 북두칠성으로 만들었다.[1]

〈북두칠성의 유래〉에서 칠성의 어머니가 사십이 되도록 아이를 못 낳자, 아버지는 공을 들여 보자며 백일 동안 산에서 기도를 하고 칠성당에 공을 들인다. 그 후 기도는 응답을 받아 어머니는 일곱 아들을 낳게 된다. 그러자 남편은 돼지나 새끼를 일곱 낳지 사람이 어떻게 일곱을 낳느냐며, 아내가 징그럽다고 서울로 도망을 친다. 그리고는 서울 대감 집에 장가를 들어 살림을 차린다. 아이 일곱을 낳은 어머니는 먹을 것이 없어 아이들을 광주리에 담아 냇가로 나가는데, 하늘에서 찬물 한 숟가락만 먹여도 잘 클 것이니 키우라는 소리가 들린다. 아이들은 물 한 숟가락만 먹여도 잘 자랐지만, 어머니는 화병이 나서 죽는다. 어머니가 죽자 아이들은 물어물어 서울로 아버지를 찾아간다.

또 다른 설화인 〈칠성풀이 이야기〉[2]에서도 옥녀부인과 칠원성군은 열다섯에 혼인을 했는데, 칠팔년이 지나도록 아이가 없었다. 점쟁이는 명산에 가 석 달 열흘 동안 산제(山祭)를 들이라고 하고, 부부는 점쟁이의 말대로 명산을 찾아다니며 불공을 드린다. 옥녀부인은 아들 일곱을 낳게 되는데, 칠원성군은 개짐승도 그렇게는 못 낳는다며 하인에게 궤를 가지고 오라고 해 아이들을 담아 월강물 위에 던져 버린다. 그러자 사해 수궁 용왕이 나와 "일곱 아이들은 다 자기 복을

---

1. [한국구비문학대계] 5-1, 476-479면, 금지면 설화21, 북두칠성의 유래, 임규임(여, 62)
2. [한국구비문학대계] 6-8, 693-711면, 남면 설화12, 칠성풀이 이야기, 김순예(여, 77)

타고 태어났는데 어디다 띄우느냐"며 호령을 하고, 할 수 없이 아이들을 도로 데리고 와 눕혀놓는다. 그리고는 옥녀부인에게 소박을 준 후, 자취를 감춰 버린다. 일곱 형제가 자라 서당에 다니는데 다른 아이들이 '아비가 없는 호로 자식'이라고 놀리자, 형제들은 어머니에게 아버지가 없는 이유를 물어보고, 아버지를 찾아 길을 떠난다. 일곱 형제는 첩첩산중에서 길을 헤매다가 어떤 할머니를 만나게 되는데, 그녀에게서 "아무 년에 아무 산 아무 곳에 소구봉, 쌍구봉, 말구봉이 있는데 아버지를 찾기 위해서는 거기를 구봉구봉 넘어가야 된다."는 이야기를 듣게 된다. 손발이 까지면서 험한 구봉을 넘어간 아이들은 드디어 아버지와 만나게 된다. 아버지는 일곱 형제들이 옥녀부인의 아들들이 분명하다고 생각해 눈물을 흘리고, 일곱 형제를 안으로 들어오게 한 후 품에 안는다.

이 두 편의 설화에서 부부는 결혼한 지 오래 됐는데도 자식을 낳지 못하자, 정성을 들여 자식을 얻게 된다. 그런데 문제는 태어난 자식의 숫자가 하나나 둘 혹은 셋이 아닌, 일곱이라는 것이다. 아내가 일곱 명의 아들을 낳자, 남편은 사람이 어떻게 일곱을 낳느냐며 자식들을 남긴 채 아내를 떠나버린다. 자식들은 어머니의 손에서 크게 되는데, 〈북두칠성의 유래〉에서는 자식들이 어머니가 화병으로 죽자 아버지를 찾아 나서며, 〈칠성풀이 이야기〉에서는 아들들이 친구들에게 아비 없는 호로 자식이라고 놀림을 받자 어머니에게 아버지가 출타해 들어오지 않는 이유를 묻고, 어머니가 아버지가 안 계신 연유를 이야기해 주자 아버지를 찾아 나선다. 여기까지는 남편이 아내에 대한 불만으로 가정을 떠나고, 아내가 홀로 자식들을 키우며 살아가는 일종의 편부모가정의 이야기이다.

계모가정에서의 갈등이 시작되는 것은 다음 부분이다. 〈북두칠성의 유래〉에서 어머니가 죽자 아이들은 물어물어 서울로 아버지를 찾아가는데, 아버지는 이미 다른 아내를 얻어 자식을 낳고 잘 살고 있는 중이다. 아이들은 아버지와 살고 싶어 하지만, 계모는 아이들을 죽이려고 한다. 계모는 꾀를 내어 죽는 시늉을 하며, 아버지는 아내의 병을 고치기 위해 점쟁이를 찾아간다. 그리고 점쟁이는 미리 계모가 일러준 대로 아내의 병은 일곱 아들을 만나 아픈 것이니 일곱 아들의 간을 내어 먹어야 낫는다며, 그렇지 않으면 죽는다고 이야기를 한다. 아버지는 점괘를 듣고 한탄을 하면서 집으로 돌아오는데, 길에 구렁이가 늘어져 있다가 아버지를 보고 자신의 뱃속에 일곱 봉지의 간이 들어있다며 아이들을 감추고 그 간을 대신 먹이라고 한다. 아버지는 아내에게 구렁이가 내준 간을 주고, 아이들은 산으로 도망치도록 한다. 〈칠성풀이 이야기〉에서도 일곱 형제가 아버지를 찾아갔을 때, 아버지는 이미 매화부인과 재혼을 한 상태이다. 매화부인은 점쟁이와 짜고 자신이 '사람으로 인한 동티'가 나 죽는다며, 일곱 형제를 칼로 베어 매화부인에게 가져다주면 병이 낫는다는 말을 하도록 시킨다. 칠원성군은 하인을 시켜 점쟁이의 말대로 하게 하는데, 하인이 일곱 형제를 산 속에 숨겨주고 금 사슴의 시체를 가져다준다.

이처럼 자식들이 아버지를 찾아 나서면서 계모가정에는 가족갈등이 유발되는데, 아버지는 이미 결혼을 해 새로운 아내와 자식을 낳고 잘 살고 있거나 재혼을 해 잘 살고 있는 상태이다. 이런 상황에서 아버지를 찾아온 아들들은 계모에게 큰 부담으로 작용하는데, 계모에게 전실 자식들이란 자신의 행복한 결혼생활을 방해하는 사람들인 것이다. 계모는 아이들을 인정하거나 받아들이려고 하지 않는다. 이에 계모는 전실 자식들을 죽일 방도를 생각하는데, 두 설화에서 계모는 점쟁이에게 자신이 일곱 아들의 간을 먹으면 낳게 될 것이라고 시킨 후, 병이 들었다며 눕는다. 그리고 아내의 예상대로 남편은 점을 치러 가고, 일곱 아들의 간을 먹어야 아내가 낫는다는 점쟁이의 말을 듣게 된다.

설화에서 아버지는 방관자로서의 모습을 보인다. 〈북두칠성의 유래〉에서는 한탄을 하며 집으로 돌아오다 구렁이를 만나고, 구렁이의 말대로 구렁이의 배를 가르고 간을 꺼내 그것을 아내에게 주며, 아들들은 산으로 도망을 치게 한다. 〈칠성풀이 이야기〉에서도 아버지는 점쟁이가 전실 자식들로 인해 동티가 나 아내가 죽게 되었다고 하자, 일곱 형제를 죽이라고 하인에게 시킨다. 이 두 편의 설화에서 전실 자식에 대한 아버지의 책임감은 찾아볼 수 없으며, 아버지는 전혀 그들을 보호해주지 않는다. 무기력하게 자신의 상황을 탄식하며 아이들을 무책임하게 산으로 보내거나 또는 계모와 마찬가지로 그들을 없애려고 한다. 즉 아버지에게도 전실 자식은 자신의 결혼생활을 방해하는 불편한 존재들이며, 그들보다는 아내인 계모가 우선시 되고 있다. 그리고 계모는 남편에게 전실 자식과 본인 중 하나를 선택할 것을 암묵적으로 요구하고 있다.

〈북두칠성의 유래〉에서 아버지에 의해 산으로 도망친 아이들은 쑥쑥 자라 다시 아버지의 집을 찾아오는데, 아이들이 돌아오자 계모는 또 배가 아프다며 아이들을 쫓아내려고 한다. 그러자 공중에서 계모에게 마당에 짚을 놓고 물 한 동이를 길어놓은 후, 죄가 있으면 칼을 입에 물고 죄가 없으면 칼들을 물라는 소리가 들린다. 계모는 죄가 없다며 칼등을 물었지만, 피를 한 동이나 쏟고 죽는다. 〈칠성풀이 이야기〉에서도 매화부인은 자신이 다 나았다며 잔치를 열자고 하고, 일곱 형제는 거지 차림으로 잔치에 나타난다. 그리고는 매화부인을 보고 칼자루를 물고 용대별상 용궁상에 앉으면, 자신들이 칼끝을 물고 엎드리겠다고 한다. 매화부인이 그렇게 하자, 갑자기 칼날이 뒤로 뚫고 나오고 매화부인은 죽는다. 전실 자식을 죽이려고 한 계모의 악행에 대한 징치는 결국 하늘에 의해 이루어지는데, 〈북두칠성의 유래〉에서 다시 아버지의 집을 찾아 온 전실 자식들을 다시금 쫓아내려던 계모는 피를 쏟고 죽으며, 전실 자식들이 죽었다고 생각해 잔치를 열었던 계모는 칼날에 죽음을 맞이한다. 이 두 설화에서는 계모가 죽고, 계모가정이 해체됨으로써 이야기가 마무리된다. 그러므로 여기서 계모가정 내 가족갈등 해결방안으로 이야기해줄 수 있는 것은 없다.

그렇다면 실패를 거울삼아 재혼 후 전실 자식이 영입되었을 경우 발생할 수 있는 문제의 해결방안은 무엇일까?

첫째, 하늘이 계모를 징치하는 점에 주목해볼 필요가 있다. 설화에서는 하늘에 의해 계모가 죽음을 맞이함으로써 계모가정이 해체되고 있다. 이것은 계모가정에서 계모가 전실 자식을 죽이려할 만큼 그들을 거부하고, 그들과 동거할 마음이 없다면, 계모가정은 해체될 수밖에 없음을 이야기한다. 그렇다면 설화에서 계모가 양육을 거부하는 이유는 무엇일까? 그것은 계모에게 전실 자식을 받아들일 마음의 준비가 전혀 안되어 있기 때문이다. 〈북두칠성의 유래〉나 〈칠성풀이 이야기〉에서 전실 자식은 갑자기 아버지를 찾아왔고, 아버지는 계모의 동의 없이 아들들을 집 안으로 들인다. 그리고 갑자기 전실 자식을 양육하게 된 계모는 이들을 없애려는 마음을 품게 된다. 또 〈칠성풀이 이야기〉의 경우 계모는 남편과의 사이에 아직 아이가 없고, 전실 자식들의 주된 양육자는 어머니이며, 어머니가 있는 이상 전실 자식들은 잠시 아버지의 집으로 영입이 되었다고도 볼 수 있다. 이럴 경우 계모는 자식을 키워본 경험이 없기에 아이 양육에 대한 두려움을 가질 수 있으며, 주된 양육자가 친모라고 할 때 전실 자식이 자신의 가족이 아니라는 생각을 가질 수도 있다. 남편이 이러한 계모의 마음을 충분히 헤아려주고, 천천히 시간을 두고 상황을 이끌어 갔다면 〈북두칠성의 유래〉나 〈칠성풀이 이야기〉의 내용 또한 다르게 전개가 되었을 것이다.

둘째, 〈북두칠성의 유래〉와 〈칠성풀이 이야기〉는 친모를 잃은 아이들에게는 심리적인 위안을 주는 이야기로 계모에게는 경계(警戒)를 요구하는 이야기로도 읽혀질 수 있다. 〈북두칠성의 유래〉에서 죽은 친모는 일곱 아들이 다 크자, 아이들을 하늘로 데리고 올라가 북두칠성을 만든다. 이것은 비록 친모는 죽었지만, 하늘에서도 여전히 자신의 아이들을 지켜보고 있었다는 것을 의미한다. 이러한 내용은 친모를 죽음으로 잃은 전실 자식들에게, 언제나 엄마가 자신을 지켜보고 있다는 심리적 위안을 줄 수 있을 것이다. 또 〈북두칠성의 유래〉나 〈칠성풀이 이야기〉에서 계모의 악행이 하늘에 의해 징치가 되고, 〈칠성풀이 이야기〉에서 계모의 넋이 온갖 짐승이 되었다는 것은 계모에게는 전실 자식을 잘 양육해야 된다는 경계(警戒)의 의미로도 읽혀질 수 있다.

2) 실제 계모가정 내 가족갈등 사례에의 적용

재혼 후 전실 자식의 영입과 관련해볼 수 있는 실제 사례는 세 가지 정도로 나누어볼 수 있다. 첫째, 설화 〈북두칠성의 유래〉와 동일하게 어머니의 죽음(부재) 후 아버지의 새로운 가정으로 전실 자식이 영입된 경우이다. 둘째, 아직 전실 자식은 영입되지 않았지만 상황상 시간이 지나면 전실 자식이 영입될 예정이다. 셋째, 〈칠성풀이 이야기〉에서처럼 전실 자식은 친모와 살고 있지만 한 번씩 아버지의 가정으로 영입되는 경우이다.

먼저 첫 번째 사례들부터 살펴보도록 하겠다.

사례 1 남편의 아들문제로 고민입니다.

전 40대 후반, 남편은 50대 초반, 결혼한지는 18년차 남편은 재혼(아들 1명), 전 초혼입니다 저와 남편과 사이에 딸이 2명 있고 지금 한창 사춘기입니다. 남편이 재혼이고 아들이 있다는 것은 알고 결혼했고 제 친정이 경제적으로 어려워 친정에 경제적인 도움이 될 수 있을 것 같아서 결혼 결심을 했고 전처는 외국으로 이민 가서 만날 일 없다고 했었지요.…… 4년 전 남편의 전처가 암으로 사망을 하였고 남편의 아들을 우리가 맡아야 했습니다. 대학생이여서 등록금부터 생활비까지 다 감당했습니다. 다 큰 아이라 울 애들은 딸이고 사춘기라 따로 방을 얻어주었습니다 군대도 다녀왔는데 정말 이 아들이란 아이가 생각이 있는 건지 없는 건지... 경제관념이 전혀 없네요. 전처는 암으로 사망을 해서 빚만 남기고 갔구요. 제가 친엄마가 아니니 뭐라 말을 해도 듣지도 않을 뿐더러 남편은 그동안 소홀했다고 그저 그 아이 말을 되도록이면 들어주려고 합니다. 남편의 심정도 이해는 갑니다만 우리 경제적인 사정도 있고... 그런데 우리 딸들은 건강이 안 좋아서 병원 치료를 하고 있고요 남편도 얼마 전 암 초기 진단을 받았습니다. 남편 수술은 그나마 간단한데 막내딸은 좀 큰 수술을 해야 하구요 큰 딸은 사춘기 때문인지 자세히 말하기 그렇지만 장기간 치료를 해야 하는 질병이 있습니다. 내 아이들이 아프니 제가 맘의 여유가 있을 수 없겠지요. 그래서 사정 얘기를 했고 네가 원하는 대로 다 해줄 수는 없다 했더니 막나가네요 핸드폰도 받지 않고 PC방에서 게임하고 친구들하고 어울리면서 용돈을 끊임없이 요구합니다. 그러면 남편은 아껴 쓰라면서도 주구요 물론 남편과 해결할 문제이긴 합니다. 대학 성적도 엉망입니다…… 정말 그 아이한테 안보고 싶다고 말하고 싶네요. 이젠 다 컸으니 알아서 살라고 대학 등록금은 주겠다고 나머진 네가 알아서 하라고 남편은 의논해도 할 말이 없다고 말을 안 합니다. 남편도 암 초기인데 스트레스 줄 수도 없구요. 얼마 후에 남편 수술도 해야 하구요... 제가 어떻게 하는 것이 잘 하는 일인지...

사례 2 **재혼한 신랑 자식 키우기...**

저 제 작년에 결혼한 26된 주부 입니다. 직장 다니다가 만난 남편 13살 차이에 지금 9살 된 아이도 있구요... 저희 아버지가 술만 마시면 폭력에 욕설에 그러셔서 너무 잘해주는 신랑이 좋아 결혼까지 하게 되었습니다. 아이 있다는 건 알았지만 시어머니가 키워주신다고 하셔서 많은 부담 갖지는 않았습니다. 그런데 신랑 결혼하자마자 바로 데려 오려고 하는 겁니다. 저희 친정엄마가 애보기로 결혼 하냐고 따져서 몇 달 미루다가 아이 가져서 못 데려오다가 학교 갈 때 돼서 데려 왔습니다. 할머니가 키우고 제대로 가르치지를 않아서 하다못해 화장실가면 변기커버 올리고 소변보는 거까지 가르쳐야 했습니다. 데려 온 날 옷 정리하고 청소하고 하다 하혈 있어서 병원가고 싶었지만 애 혼자 못 있는 다는 이유로 신랑이 중간에 퇴근해 오기까지 아침부터 5시까지 기다려야 했습니다. 그런데 신랑 아직도 애 집에 혼자두면 난리입니다. 그것도 긴 시간이 아니라 학교 갔다가 와서 공부방 가는 가는데 까지 걸리는 길면 40분 짧으면 1~2분인데도 말입니다. 오늘도 저 점핑클레이 배우러 한 시간 씩 다녀서 나갔다 수다 떨고 하다가 늦어지니 전화해서 언제 들어 가냐고 난리입니다. 집에 와서 전화하자기에 와서 전화하니 하는 말이 집에 있어야 하는 거 당연한 거 아니 냡니다. 전날 애기병원 가느라고 비웠었거든요...(제가 다니는 소아과가 엄마들의 인지도가 높아서 어제 2시 진료에 1시40분에 갔는데도 순서가 6번이었습니다... 진료 보는데 거진 40분 이상 걸렸고요) 그랬더니 그거 10분 먼저가면 뭐하냐는 둥... 제가 만나서 수다 떤 엄마이름 대면서 그 엄마는 그렇게 애 버려두고 다녀서 따라하는 거냐는 둥... 말을 너무 심하게 하더라구요. 어찌 됐던 그 아기 제 자식으로 키우려고 노력도 하고 있고... 많아야 일주일에 한두 번 비우는데... 것도 학원 갔다 오기 전에는 와 있습니다. 그런데도 신랑 저 나가는 걸로 너무 뭐라 해서 너무 힘듭니다. 집안에만 있으면 걔가 너무 엉망으로 행동하는 거 봐주기 힘들기도 해서 잠깐 피하고 싶은 맘도 있지만... 그러다보니 저 우울증도 있구요... 신경성 장염에 두통까지 달고 삽니다. 신랑 일 바쁘다고 일주일에 한두 번 얼굴 봅니다... 날 전혀 이해해주지 못하고 이해하려고도 않는 신랑 정말 너무 싫어집니다.

사례 3 남편과 전부인 사이의 고등학생 딸을 키우게 됐는데요..

……우선 남편은 지금 42의 가장입니다. 전 부인하고는 15년 전에 이혼했구 저랑 결혼한지는 10년차 됐습니다.. 전 35이고... 저희 사이에는 5살 난 막내아들과 올해 입학하는 큰 아들이 있어요. 사실 처녀 적 연애할 때부터 아이가 있단 게 불편했지만... 그래두 착하고 듬직해서 좋다구 결혼했습니다. 남편에겐 올해로 꼭 18살 되는 딸이 있는데, 양육비를 다달이 부담하고 전부인이 키우고 있었습니다.. 35-18.. 저하고는 20살도 차이 안 나죠.. 사실 남편이 양육비를 부담하지만 전부인이 딸내미를 지극히 아껴서 남편도 사실상 제대로 얼굴을 본 게 4년은 됐을 겁니다... 그런데 얼마 전 갑자기 사무실에서 전부인이 쓰러졌고... 그대로 돌아가셨다더군요... 도저히 전부인 장례식장이 우리가 갈 자린 아니어서 남편과 잘 상의하구 기다렸습니다. 남편은 사진으로나 보던 딸내미 걱정에 애간장이 끓나 보더군요... 군대 있을 때 출산을 했다랬나.. 그래서 전부인에겐 미련 한 톨 없지만 그 아이에게만큼은 늘 미안하다고 그러더군요.. 그리구... 장례 끝나고 꼭 2주 있다 걔네 할머니 손에 붙잡혀 그 아이가 저희 집으로 왔습니다. 기가 막히더군요... 남편은 담배만 피고 있구 할머니란 사람은 못 키우겠으니 애비 니가 키우라고 하구... 더 어이없는 건 마치 죄라도 지은 양 고개를 푹 숙이던 그 아이였죠... 지가 뭔 죄가 있다구... 몸만 크지 하는 건 완전 애기더라구요.. 어른들 틈에서 그 애가 너무 불쌍하더라구요... 늘 미안하다고 했으면서 막상 닥치자 난색을 표하는 남편도 실망스럽더군요... 훗날 내가 저리되면.. 울 아들도 저래 울고 있을까.. 싶구.…… 어쨌든 그 할머니란 사람은 교통비나 쥐어주고 내려 보내구... 주말인데 불구하고 교복입고 덩그러니 서있는 애를 일단

애들 놀이방에 들여보내뒀습니다.…… 고등학교 전학 수속은 또 왜케 복잡한지... 머리가 아주 뽀샤지겠더군요 ㅎㅎ; 그렇게 지냈는데 벌써 5월... 세상에 기대도 안했는데 딸아이가 아들 둘 하구 합심해서 케익에 편지에 꽃까지 달아주더군요... 참... 복잡 미묘해요...…… 지금 저희 집에선 저만 복잡한가봐요... 아들 둘은 좋다구 친누나처럼 잘 따르고...애아빠는 말할것두 없구.. 딸내미도 곧잘 웃구 저를 잘따라주네요... 어떻게 해야 계모소리 안듣구 잘 키워줄수 있을까요...귀엽구 안쓰럽네요...아직 모성까진 아니어두...평생 잘 대해주고 싶구... 그렇습니다.

사례1〉 사례2〉 사례3〉은 친모와 함께 살던 전실 자식이 친모의 사망 후 아버지의 재혼가정으로 영입된 경우이다.

먼저 사례1〉에서 글쓴이는 결혼 18년차의 여성이며, 재혼인 남편과의 사이에는 두 딸이 있다. 남편의 전처와 아들은 이민을 가 만날 일이 없었다. 그러나 4년 전 남편의 전처가 암으로 사망을 하면서 남편이 아들을 맡게 되었고, 그에게 필요한 등록금과 생활비 전액을 모두 감당해야 됐다. 그런데 전실 아들은 글쓴이가 보기에 경제관념이 전혀 없고, 두 딸 또한 아픈 상황이라 이 가정에는 경제적인 여유가 없다. 글쓴이는 전실 아들에게 자신들의 상황을 이야기했지만 이후 전실 아들은 계모의 핸드폰은 받지 않으며, 아버지에게 끊임없이 용돈을 요구하고, 계모는 너무 힘든 상황이다. 글쓴이는 전실 아들에게 등록금 이외는 본인이 알아서 살라고, 더 이상은 안보고 살고 싶다고 말하고 싶지만, 암 초기인 남편에게 스트레스를 줄 수도 없고 어떻게 해야 될 지 고민이다.

사례2〉는 결혼한 지 2년이 된 여성으로, 남편에게 7살 된 아이가 있다는 것은 알았지만 시어머니가 키워주신다고 하셔서 많은 부담을 갖지는 않았다. 그런데 결혼을 하자마자 남편은 아이를 바로 데려오려고 했고, 애보기로 결혼을 하냐고 친정엄마가 따져서 학교에 갈 무렵 데리고 왔다. 그런데 남편은 전실 아들이 혼자 있으면 난리가 난다. 글쓴이가 생각하기에 아이가 혼자 있는 시간은 길면 40분, 짧으면 1~2분인데도 말이다. 글쓴이는 어찌 되었건 전실 아들을 자신의 자식으로 키우려고 노력하고 있고, 일주일에 한두 번 집을 비우는 건데, 남편이 자신이 나가는 것에 대해 너무 뭐라고 하는 게 힘들다.

사례3〉은 결혼한 지 10년이 된 여성으로, 남편과의 사이에는 올해 초등학교에 입학하는 아들과 5살 아들이 있다. 남편에게는 18살 된 딸이 있는데, 전처가 키우고 있으며 남편은 양육비를 부담했다. 그런데 갑자기 전처가 사무실에서 쓰러져 사망했고, 장례식이 끝나고 2주일이 지나 할머니라는 사람이 전실 딸을 데리고 와 자신은 키울 수 없으니 남편에게 키우라고 한다. 글쓴이는 자신이 죽으면 아들들도 저렇게 될까 싶고, 딸아이를 아낀다고 했으면서도 이 상황에 난색을 표하고 있는 남편도 실망스럽고, 죄라도 지은 양 고개를 숙이고 있는 딸아이가 불쌍해 아이를 받아들인다. 그리고 3달이 지나 어버이날 딸아이가 두 아들과 함께 케이크에, 편지에 꽃까지 달아준다. 아들 둘도 전실 딸을 친누나처럼 잘 따르고, 남편은 말할 것도 없고, 딸아이 또한 곧잘 웃고 자신을 잘 따라주지만 아직까지 글쓴이는 머리가 복잡하다.

다음으로 두 번째 사례들이다.

사례 4 전처의 아이가 받아드려지지 않습니다.

오빠가 이혼남에 아이가 있다는 거 알고 만났습니다. 당시 서로가 힘들 때 만난 것이라, 힘든 만큼 기댈 곳이 없어 오빠에게 기대었고, 그러다보니 너무 좋더라구요. 이혼은 문제가 될게 없었습니다. 아이는 전처가 키우고 있었으니까요. 오빠랑은 전처와 연락을 하지 않습니다. 추후에 내가 키워야 될 거라고 생각하지도 않았고, 키울 마음도 없었습니다. 오빠에게도 말했고, 오빠 가족에게도 말했습니다. 난 내가 초혼이기에, 당연히 둘이 시작하는 거라고 생각했고, 오빠와 나의 사이에 애 문제만 생각했지 전처의 아이는, 생각하지 않았습니다. 어쩌면 생각하기 싫었던 것일 수도 있죠... 그렇게 4년 정도 정말 행복하게 잘 살았습니다.…… 그런데 1년 전 쯤 전처가 아이를 못 키우겠다고, 오빠 형님 집에 아이를 놓고 갔다고 하더라구요. 그 아이를 오빠의 아버님이 데려 가셨구요,…… 오빠 아빠가 재혼한 새어머니랑 이혼하게 되어 아이를 더 이상 돌봐줄 수 없다고 하더라구요. 그래서 데려가라고 하더라구요, 오빠는 어떻게 하면 좋겠냐고 저는 딱 잘라 말했습니다. 난 절대 그렇게 못 한다구요, 솔직히 오빠가족이 한두 번 일 저지르고 통보 하는 것도 아니고 너무 짜증납니다. 아이문제는 본인들 마음대로 정할 수 있는 게 아닌데, 아이문제로 오빠랑 저한테는 속이고 가족끼리만 짜고, 아이를 전처에게 보냈다 데려왔다 연락 주고받고 했나 보더군요, 솔직히 저를 가족으로 대해주지 않는 가족들도 너무 섭섭했습니다. 만약 내가 오빠랑 재혼한 사람으로서, 가족으로 대했다면, 나에게 먼저 아이 이야기를 상의했어야했고 데려올 때도, 저와 오빠에게 상의하고 데려왔어야 한다고 생각해요, 그리고 만약 아이를 데려오면 오빠와 전처가 엮이는데 그것도 싫었구요.

나에 대한 도리는 안하면서 제가 가족들에게 도리를 하길 바라는 것도 싫습니다.(오빠가 아닌 가족들이 그래요) 그래서 오빠에게 헤어지자고 했습니다. 아이 없을 때 헤어지자고, 짐을 추리고 3일 동안 말 안했습니다.…… 아이를 생각하면 너무 불쌍합니다. 안타깝고. 지금 벌써 7살이라는데. 몇 달 있음 학교도 가야합니다. 근데 솔직히. 제가 키울 수 없습니다. 내가 왜 그 아이에게 희생해야 하는지도 모르겠고, 회사도 늦게 끝나는데 그 아이를 돌봐줄 사람이 없습니다.…… 오빠랑 똑같이 생긴 그 아이를 이번 주 주말에 만나러 가기로 했습니다. 우선 만나봐야 내가 그 아이에 대한 마음을 알 것 같았습니다. 자신이 없습니다. 만약 내가 정말 그 아이를 키워야한다면,,, 내가 사랑하지 않는 남과 어느 순간 살 맞대고 살고 있을까.. 잘 커줄까... 한편으로는 그냥 헤어지고 맘고생 하지 말고 도망치듯 다 정리하고 떠나버릴까…… 차라리 이렇게 될 거였음 우리 시작할 때 아이를 우리가 데려올 걸, 이제 아이도 알거 다 아는데, 내가 감당할 수 있을까 자신이 없습니다. 마음이 너무 혼란스러워요, 알고 시작했는데, 어떻게 받아드려야 하는 건지를 모르겠습니다.

사례 5 남편의 전처아이,, 어떻게 받아들여야 하나요

안녕하세요. 전 서른 살, 6개월 된 아이를 키우고 있는 엄마입니다. 남편은 첫 번째, 두 번째 결혼을 실패하고,, 세 번째로 저와 재혼을 하였습니다. 두 번째 부인과의 사이에 유치원생 딸이 있는데 친할머니와 함께 살고 있습니다. 친엄마가 재혼하는 관계로 아이에게서 정을 떼고 안 키우려 하는 것 같아요. 한두 달 전 까지만 해도 그 아이와 저와의 사이엔 아무 연결 고리가 없었어요. 시댁에 가더라도 애가 유치원 갔을 시간에 잠깐 갔다가 유치원에서 돌아올 시간이면 집으로 돌아오곤 했습니다. 그러다 어느 날, 남편이 저와의 딸을 두 번째 전처 딸과 만나게 해주는 게 어떻겠냐고,, 나의 존재도 이번기회에 자연스럽게 알려주는 게 좋겠다고 생각하여 그 아이와 저는 만나게 되었습니다. 그 아이가 예상외로 저를 너무 잘 따르더라구요. 엄마~하면서 쫓아다니구요. 그래서 처음에는 거부감이 별로 없었습니다. 엄마한테 버림받았다는 생각에 불쌍하고 안쓰러워서 잘해주어야겠다고 생각했어요. 그런데 어느 순간부터인가 주말마다 저희 집에 와서 자고가게 되었습니다. 그러기를 한두 달여,, 이제는 시어머니께서 자꾸 아이가 가족과 함께 살아야 하지 않겠냐, 이제 학교 들어가면 서울에서 배워야 하지 않겠냐 하시는 거예요(시댁이 경기도거든요). 그 말을 듣고 나니 갑자기 같이 살게 될 거라는 생각에 너무 부담이 되더라구요. 주말마다 와서 자고 가는 것도 나와의 한마디 상의도 없이 하게 된 것이라서 이러다가는 또 갑작스럽게 그 아이를 키워야 하는 건 아닌가 하는 생각에 너무 힘들었어요. 친정에서 재혼인 것도, 아이가 있는 것도 다 알지만,, 이런 얘기는 차마 못하고 누구하나 말할 곳이 없어 고민 고민 하다가 조심스레 남편에게 얘길 했습니다. 그 아이에게 잘 해주고 싶은데,, 그게 마음이 잘 안 따라준다고,, 좀 부담이 된다고.. 주말마다 오는 것도 좀 부담스러운데 어머니가 자꾸 그런 말씀을 하신다,, 자기는 어떻게 생각하느냐,, 자기도 데려다가 키울 생각인지,, 물어봤습니다. 그랬더니 그 당시에는 자기도 정이 잘 안 가는 아이인데, 나는 어떻겠냐며 이해하는 듯 했습니다. 그래서 마음이 한결 후련해진 듯 했고, 그래도 그 아이한테 더 잘 해주어야겠다는 생각을 했는데 어제 남편이 얘기 좀 하자며,, 사실 제가 그 얘기를 했을 때 저한테 많이 실망했다고 합니다. 주위에 시아버지나 시어머니 친척들이 제가 그 아이 손을 잡고 데리고 다니는걸 보고 다들 기특해하고, 천사 같다고, 착하다고 칭찬을 하셨다는데 그게 부담스러워서 못하겠다고 하면 그분들이 날 어떻게 생각하시겠냐고,, 미움만 살 거라고,, 그리고 내가 그렇게 거북스러워하는데 그 애를 위해서라도 이젠 안 데려 오겠다고 합니다. 저는 그 뜻까지는 아니었는데,,, 아무래도 갑자기 그렇게 되는 게 걱정되고 부담스러워서 좀 시간을 두고 천천히 진행되었으면 좋겠다는 의미에서 한 말이었는데 그렇게 생각하는 제가 잘못 되었다네요. 주위 사람들에게 누구에게 물어보아도 전처자식이 있는 걸 알고 결혼했으면 당연히 애를 키워야 한다고 말한다네요. 정말 그런 건가요,, 제가 잘못 생각하고 있는 건가요? 애가 무슨 잘못이 있겠어요, 저도 잘해보고 싶은데 아직 정이 가지 않는 걸.. 그 큰 애를 키워야 한다는 부담감에 벌써부터 그 생각만 하면 어떻게 하나 싶은데 어떻게 해결해야 하나요.. 어떻게 해야 부담감 없이 그 애를 내 애처럼 받아들일 수 있을까요.. 경험해보신 분들의 조언 부탁드립니다.

사례 6 재혼남과의 결혼을 이제야 후회합니다ㅠ

물론 저는 초혼이고요, 남편은 사별로 인해 재혼입니다. 남자아이가 하나 있고 시댁에서 키워주십니다. 저희 집 반대에도 불구하고 어렵게 결혼하게 되었습니다. 그때는 남편을 평생 사랑할 수 있을 거 같았고 아이 또한 내 아이처럼 키울 수 있을 거라 생각했으니까요. 결혼할 때 아이가 어려(그때 3살) 아이는 제가 그저 엄마라고 생각합니다. 시댁에서 키우고 있어 거리가 멀어 한 달에 한번 정도 보고 있습니다. 물론 가끔 보면 똑똑하니 이쁠 때도 있습니다. 어릴 때는 그저 귀엽고 이쁘기만 했는데.. 점점 커가는 아이를 보니 이제 부담으로 자꾸 느껴지네요. 제가 아직 아이가 없어서인지 자식을 생각하는 부모 맘이 뭔지도 모르겠습니다. 같이 살지 않으니 그저 가끔 보면 조카정도 느낌밖에는 ㅠㅠ 이번에 아이를 보러 갔는데. 아이가 어찌나 할머니한테 땡깡을 부리는지.. 그런 모습 보자니 갑자기 예전 엄마가 했던 말이 자꾸 맴도네요. 남의자식은 아무나 키우는 게 아니다.. 아이만 없어도 그렇게 반대를 안했을 거라는 엄마의 말.. 이제야 알 거 같아요.. 엄마의 그 말을.. 시댁에서는 첫손주니 아이에게 아무런 아쉬움 없이 다 해주고 있습니다. 그리고 시어머님이 워낙 성품이 좋으셔서 아이의 땡깡들도 너그러이 다 받아주십니다. 물론 교육적인 면에서 혼내기도 하시겠죠. 시댁에서 아이가 초등학교 들어갈 때 자기앞가림 잘 할 수 있을 때.. 데려가라 하십니다. 저에게 어려움 주고 싶지 않으시대요. 제 가족과 친한 친구 한두 명 빼고 아무도 아이존재 모르고 있어요. 이제 아이를 데려오려면 밝혀야하는데,, 저도 이제 아이 계획 중이니 제 아이 태어나면 과연 둘을 차별 없이 키울 수 있을지.. 이제야 모든 걱정이 한꺼번에 밀려오네요. 남편한테도 자꾸 미안해요.. 그래도 엄마인데 아이한테 잘 해주는 모습도 못 보여주고.. 내년에 유치원에 가니 이제는 너무 커버려서 안아주는 것조차 어색하고 자꾸 자신이 없어져요. 주위 친구들 보면 아이 낳고 가족들 행복해 하는 모습 보면 부럽기도 하고 나도 평범하게 초혼남 만나서 아이 갖고 하면 행복할 텐데 하고요 ㅠ 지금 후회해도 아무 소용없다는 거 알아요. 남편을 선택했을 때는 그런 고난 당연히 감수 해야겠죠. 아님 나중에 제 아이 낳고 후회하느니.. 지금이라도 그만둘까... 자꾸 그런 생각도 듭니다. 하지만 가족들 친구들한테 어찌 말해야할지도.. 직장에서도.. 이혼녀라는 주변의 시선들도 걱정되고요(아직 혼인신고는 안 되어있지만,,,

제 직장 그만두면 하려 했거든요) 암튼... 이런저런 생각이 교차되고 있습니다.

사례4〉 사례5〉 사례6〉은 결혼 후 아직까지는 전실 자식이 영입되지 않았지만, 앞으로 영입이 될 상황에서 전실 자식과의 관계를 걱정하는 경우이다.

사례4〉에서 글쓴이는 남편이 이혼남에 아이가 있다는 것을 알고 결혼했지만, 남편이 전처와 연락을 끊었고 아이도 전처가 키우고 있었기에 전실 자식 문제는 생각하지 않고 4년을 행복하게 살았다. 그런데 1년 전쯤 전처가 아이를 못 키우겠다고 남편의 형 집에 두고 갔고, 그 아이를 시아버지가 데려갔다. 시아버지와 시어머니가 이혼한 사이였기에, 글쓴이는 시아버지를 본 적이 없었고 시아버지가 키우겠다고 데려갔기에 글쓴이는 문제될 것이 없다고 생각했다. 그런데 시아버지가 재혼한 시어머니와 이혼하게 되면서, 더 이상 아이를 돌보아줄 수 없으니 데려가라는 말을 듣게 된다. 글쓴이는 자신과 상의 없이 전처와 연락을 해 아이를 데려오고, 이제는 자신에게 키우라고 하는 남편의 가족들이 마음에 들지 않는다. 그리고 아이가 올 경우 남편과 전처가 다시 엮기는 것도 싫다. 글쓴이는 남편에게 헤어지자고 했지만 그러기에는 남편을 너무 사랑하고, 아이를 생각하면 불쌍하지만 남편의 가족들에게는 화가 난다. 이번 주말에 아이를 만나러 가기로 했지만 아직도 글쓴이는 아이를 감당할 자신도 없고, 이 상황을 다 정리하고 떠나야 되나 고민 중이다.

사례5〉는 남편의 전실 딸을 어떻게 받아들여야 될 지 고민하고 있는 여성의 글이다. 글쓴이는 서른 살로 6개월 된 아이를 키우고 있으며, 남편은 두 번째 아내와의 사이에 유치원생 딸이 있다. 남편의 딸아이는 시댁에서 키워 별로 볼 일도 없었고, 그에 대한 부담도 없었다. 어느 날 남편은 전실 딸과 글쓴이가 낳은 딸을 만나게 해주는 게 어떻겠냐고 묻고, 글쓴이의 존재는 자연스럽게 전실 딸에게 알려지게 된다. 전실 딸은 글쓴이를 너무 잘 따랐고, 글쓴이 또한 안쓰럽고 불쌍한 마음에 잘 해주어야겠다고 생각했다. 그런데 어느 순간부터 그 아이가 주말마다 자신의 집에 와 자고 가게 되었고, 시어머니는 아이가 이제는 가족과 함께 살아야 되지 않겠냐고 이야기를 한다. 그 말을 듣자 글쓴이는 아이가 부담스러워지기 시작하며 갑작스럽게 아이를 키워야 되는 것은 아닌지 걱정이 된다. 남편 또한 전실 자식이 있는 걸 알고 결혼했다면 당연히 애를 키워야 된다고 주변에서 이야기를 한다는 말을 해, 글쓴이를 부담스럽게 한다. 글쓴이는 아직 아이에게 정이 가지 않는데, 갑작스럽게 닥친 상황이 당혹스럽고 아이가 부담스럽기만 하다.

사례6〉 또한 시댁에서 키워주는 전실 아들이 점점 자라면서, 데려와 키울 것을 생각하니 부담스러워지는 여성의 글이다. 결혼 당시 전실 아들은 3살이었고, 시댁에서 키우고 있어 별 부담이 없었다. 그런데 아이가 할머니에게 떼를 쓰는 모습을 보면서 자신이 아이를 잘 키울 수 있을지, 자신의 아이가 태어나면 둘을 차별 없이 키울 수 있을지 걱정스럽기만 하다. 나중에 아이를 낳고 후회하느니, 이제라도 이 결혼생활을 그만 둘까 싶은 생각도 들고, 평범하게 초혼남과 결혼을 했으면 행복했을 텐데 하는 마음에 이제 와서 재혼남과의 결혼이 후회스럽다.

마지막으로 세 번째 사례들이다.

사례 7 전처와 같이 사는 의붓자식

저는 초혼이고 남편은 재혼입니다... 남편과 나이차이는 15살 정도 되구요... 남편에게는 아들이 하나 있습니다... 서로마음을 나눌땐 아들이 있는 부분이 크게 느껴지지 않았습니다... 자주 찾아오는거 같지도 않고 대학졸업반이라 이제 자기인생 찾아갈 때라…… 어릴 때부터 현재까지 자기엄마와 같이 살고 있습니다.. 군대 가있을때 가끔 남편과 같이 면회도 가고 했는데.... 첨엔 남편아들이니.. 내가 잘해줘야 남편도 맘이 편할 거 같고 해서 어차피 같이 사는 것도 아닌데... 이런 생각에 친해지려고 노력을 했지요.... 서로 친해졌습니다.... 집에 놀러오면 집에 있는 맛있는 과일이랑 음식도 싸주고 올때마다 용돈도 주고 하면서요…… 그쪽에 들어가는 돈만 200만원정도가 되는 겁니다.... 그래서 아들한테 들어가는 기본적인 거 다 대주는데 무슨 양육비냐고 주지 말랬더니.. 이혼할 때 각서를 써서 줘야한답니다... 이제 어느 정도는 정리해야하지 않냐고 하니.. 양육비를 좀 줄여서 주겠다고 했습니다... 이러니 아들이 더 미워집니다... 한편으로 생각하면 불쌍하고 맘도 안 좋은데... 점점 보기 싫고 제발 안 왔으면 좋겠다는 생각이 들고... 내가 이때까지 왜 음식을 싸줬는지... 집에 가면 그 여자랑 같이 잘 먹었겠지 막 이러면서... 혼자생각하고 혼자 분이차서..가슴이 먹먹하고 답답하고.... 남편은 저랑 동행해야하는 사람인데... 그렇다고 천륜을 끊어라 할 수도 없고.... 요즘은 차라리 그 여자가 죽었으면 오히려 의붓아들을 받아들이는데 좀 더 쉽지 않을까 하는 생각도 들고.. 아니면 내가 아이가 생기면... 이런 것들을 더 이해할 수 있지 않을까.. 이런 생각도 들고..... 지금 감정과 스토리를 말로 다 표현할 수가 없네요…… 아들놈 생각하면 하루에 몇 번을 불쌍했다가 내 행복을 방해하는 사람이라 생각이 들어 미워졌다가 이럽니다... 누구에게도 선뜻 말을 하기 힘들어 계속 혼자만 생각하니 하루에도 몇 번씩 아들이 좋았다 미웠다.. 이러는 거 같습니다. 요즘은 잘 오지도 않지만 오면 그냥 말도안합니다... 눈도 마주치기 싫어서요.... 어차피 너랑은 오히려 남보다 못한 사이가 될 수 있다 이런 생각도 들고... 점점 이런 생각도 듭니다. 의붓자식 믿을 수 없다..... 자기엄마가 살아있으니... 어차피 잘되면 자기엄마한테 잘 하겠지요... 이제는 그런 생각까지 들면서.. 그럼 내가 잘해줄 필요가 없지.. 남 좋은 일 시키게... 이런 생각 그래서 아들놈한테 들어가는 학원비등 모두 주기 싫습니다..... 이런 생각들이 제 머릿속을 어지럽힙니다... 집중하다가도 갑자기 생각나면 화가 나서 미칠 것 같습니다.... 그래서 요즘 마음이 많이 힘이 드네요.....그냥 그애가 없었으면 좋겠습니다.. 제남편은 제꺼니까요....

사례7〉은 〈칠성풀이 이야기〉처럼, 전실 자식은 친모와 살고 있지만 한 번씩 재혼가정으로 영입이 되는 경우이다. 계모는 남편의 아들이 친모와 살고 있고, 대학 졸업반으로 이미 다 컸다고 생각했기에 재혼을 하면서 전실 자식에 대해서는 아무런 문제가 없을 것이라 생각했다. 그리고 같이 사는 것도 아닌데 자신이 잘 해줘야 남편 마음도 편할 것 같아 남편의 아들과 친해지려고 노력했고, 실제 원만한 관계를 유지했다. 그런데 남편이 아들에게 들어가는 기본적인 비용은 다 대주면서도, 그 외 매달 양육비로 많은 돈이 나가는 것을 알고 아들이 미워진다. 한편으로는 전실 아들이 불쌍하면서도 다른 한편으로는 전실 아들이 자신의 행복을 방해하는 사람 같아서 화가 난다. 글쓴이는 전실 아들이 친모가 있기에 어차피 잘 되어도 그것이 다 친모에게 돌아갈 것이며, 자신과는 상관이 없기에 전실 아들에게 들어가는 비용이 아깝다. 글쓴이는 전실 아들이 없었으면 좋겠다고 생각하며, 남편은 자신의 것이라고 말한다.

그렇다면 재혼 후 전실 자식의 영입과 관련된 이러한 사례들에서 〈북두칠성의 유래〉나 〈칠성풀이 이야기〉는 무슨 이야기를 해줄 수 있을까?

여기서 지적해줄 수 있는 것은 전실 자식은 남이 아니라, 남편과는 혈연으로 연결된 사람이라는 것이다. 설화에서나 실제 현실에서 계모가 계모가정으로 영입된 전실 자식을 미워하고, 그들을 거부하며, 전실 자식을 자신의 행복을 방해하는 침입자로 간주하는 것은 공통된 현상이다. 다만 다른 점은 설화에서는 계모가 전실 자식을 죽이려는 극단적인 행동을 한다는 것이다. 설화에서 하늘이 계모를 징치하는 것은 그녀가 전실 자식과 남편이 혈연으로 연결된 관계라는 사실을 무시하고 있기 때문이다. 앞서의 모든 사례들에서 계모가 전실 자식을 힘들어하는 이유는 전실 자식이 남편의 아이라는 사실을 간과하고 있기 때문이다. 특히 사례7〉의 경우 글쓴이는 남편은 자신의 것이라고 이야기하는데, 남편은 글쓴이 한 사람의 것이 아니라 전실 자식에게도 아버지이며 남편에게는 전실 자식에 대한 부모로서의 책임감이 존재한다. 그리고 그러한 남편과 결혼한 이상, 계모는 자신과 혈연관계는 없지만 남편과 동일하게 전실 자식에게 부모의 역할을 해야 하는 존재이다.

〈북두칠성의 유래〉와 동일한 첫 번째 사례들이나, 시간이 지나면 전실 자식이 영입될 두 번째 사례들의 경우에는 오히려 가족 간의 경계가 명확하다. 즉 시간이 지나면 전실 자식은 아버지의 가정에서 계모와 함께 가족 구성원으로 자리를 잡게 될 것이다. 이 경우 계모가 전실 자식 또한 본인의 가족이라는 것을 인정한다면, 이들의 문제는 수월하게 해결이 가능할 것이다. 그러나 가족 간의 경계가 명확하지 않은 세 번째 사례의 경우, 계모는 친모와 살고 있는 전실 자식을 본인과는 아무런 상관이 없는 사람으로 치부할 가능성이 높다. 그러나 아버지와 동거하지 않더라도 전실 자식은 남편은 자식이며, 함께 살지 않는 전실 자식 또한 가족임을 계모는 인정해야 된다. 그것을 인정할 때 모호한 가족 관계로 인해 계모가 겪게 될 갈등의 소지는 적어질 것이다.

또한 앞서 설화에서 이야기한 바와 같이 계모가 전실 자식의 영입을 거부하는 것은 전실 자식을 양육할 마음의 준비가 안 되었거나, 자식을 키워본 경험이 없어 아이 양육에 대해 두려움을 느끼기 때문이다. 실제 계모가정 사례에서는 계모가 전실 자식을 받아들이지 않아 아이가 친모에게로 보내지거나, 친척집을 전전하거나, 혹은 이른 독립을 하는 가정도 없지 않다. 그렇다면 전실 자식을 받아들이지 못하고 내친 계모는 과연 행복할까? 측은지심(惻隱之心)을 아는 계모라면, 그녀는 내친 전실 자식에게는 죄책감을, 남편에게는 미안함을 평생 안고 살게 될 것이며, 평생 전실 자식과의 원만한 관계는 불가능할 것이다. 그러므로 전실 자식보다 상대적으로 강자인 계모는 자신이 전실 자식에게 부모로서의 역할을 해야 되는 사람이라는 것을 인정하고, 전실 자식과 더불어 행복할 수 있는 길을 모색해 나가야 된다. 그러기 위해서는 계모의 불안한 마음을 다독이고, 격려

하고, 기다려주고, 배려해주는 남편의 역할이 꼭 수반되어야 한다. 원만한 부부관계가 선행될 때, 원만한 계모가정은 만들어질 수 있기 때문이다.

2장

아버지의 부재 후 전실 자식

1) 구비설화에 나타난 갈등양상과 해결방안

아버지의 죽음 후 계모와 전실 자식 간의 이야기가 전개되는 설화로는 〈세 형제 얘기〉가 있다. 이 작품은 [서방질에 미쳐 자식 죽이려 한 어머니] 설화군 안에 수록되어 있는데, 친모(親母)가 아닌 계모가 아이들을 죽이려 하는 것은 〈세 형제 얘기〉 1편 뿐이다. 이 설화의 줄거리를 요약해 보면 다음과 같다.

(1)옛날에 어떤 사람이 아들 삼형제를 두었는데 어머니가 돌아가시고 아버지가 계모를 얻자 계모와 아버지의 구박이 이만저만이 아니었다. (2)아버지가 돌아가시자 계모는 자기를 좋아하는 한문 선생과 짜고, 선생이 삼형제를 산중으로 꽃을 따러 보내면 포수에게 돈을 많이 줘서 그 아이들을 죽이도록 하였다. (3)어느 날 선생은 다른 아이들은 빼놓고 이

삼형제에게만 약주를 담는다며 철쭉꽃을 따오라고 시켰다. 삼형제는 자기들에게만 그 일을 시키는 것을 이상히 여기고 꽃나무를 붙잡고 울고 있었다. (4)그 모습을 본 포수는 차마 아이들을 죽이지 못하고 자기가 받은 돈을 삼형제에게 나누어주며, 이곳에서는 명대로 못살 테니 가고 싶은 곳에 가서 살라고 하였다. (5)삼형제는 고생을 하며 다녔는데 세 갈래 길에서 맏형이 생각하기를 이렇게 같이 다니면 아무 것도 못할 것 같았다. 그래서 나중에 그 길에서 다시 만나기로 하고 소나무에 아버지, 어머니와 자기들 이름을 새겨놓고는 동생들 먼저 길을 택하게 하고 남은 길로 맏형이 갔다. (6)형이 얼마만큼 가자 서당에서 글 읽는 소리가 났고, 형은 마루에 앉아 글을 읽었다. 서당 선생이 아이가 똑똑한 것을 알아보고 공부를 시켰는데, 재주가 뛰어나서 사위로 삼았다. (7)서당 선생이 사위 얼굴에 자꾸 근심이 서리는 것을 보고 연유를 물으니 비렁뱅이 잔치를 석 달 열흘 하는 것이 원이라고 하였다. 장인이 비렁뱅이 잔치를 열어주었는데, 석 달 열흘 되는 마지막 날 둘째 동생이 와서 만나게 되었다. 이 아이 역시 똑똑하여 그곳에서 공부를 시키고 중매해서 장가도 들게 하였다. (8)형제가 그 동네에서 살다가 또 비렁뱅이 잔치를 석 달 열흘 하여, 마지막 날 막내 동생까지 찾게 되었다. 삼형제가 그 동네에서 모두 장가들어 잘 살다가, 그 세 갈래 길에 찾아가 이름을 새겨놓은 나무 아래에 비를 세웠고, 계모와 한문 선생은 감옥에 있다가 죽었다.[3]

어떤 사람이 아들 삼형제를 두었는데, 아내가 죽자 남편은 계모를 얻는다. 이후 아버지와 계모는 아들들을 구박한다. 어머니가 죽고 아버지가 계모를 맞아들임으로써 이 가정은 계모가정이 되며, 아

---

3. [한국구비문학대계] 4-1, 545-548면, 고대면 설화14, 세 형제 얘기, 맹언순(여, 64)

버지 또한 계모에게 동조하여 부부는 전실 자식들을 구박한다. 그러던 중 아버지마저 죽자 계모는 자신을 좋아하는 한문선생과 짜고, 전실 자식들을 죽이려고 한다. 계모가정 내 갈등이 시작되는 지점은 이 부분으로, 전실 자식들은 이미 아버지와 계모에 의해 구박을 받고 있었지만 그 정도가 생명의 위협을 느낄 정도는 아니었다. 그러나 아버지의 부재 후 계모는 전실 자식들을 죽이려고 한다.

계모와 한문선생은 삼형제에게만 약주를 담는다고 하며 철쭉꽃을 따오라고 하고, 다른 아이들에게는 시키지 않고 자신들에게만 그 일을 시킨 것이 이상한 삼형제는 꽃나무를 붙들고 운다. 계모와 한문선생에게 부탁을 받고 아이들을 죽이기로 한 포수는 울고 있는 삼형제의 모습을 보고 차마 이들을 죽이지 못한다. 포수는 자신이 받은 돈을 삼형제에게 나누어 주며, 이곳에서는 명(命)대로 살기 힘드니 가고 싶은 곳으로 가 살라고 한다. 이처럼 〈세 형제 얘기〉가 여타의 계모가정 내 갈등설화와 다른 점은 아버지가 돌아가신 후 전실 자식들의 행보가 나타난다는 점이다.

이와 동일하게 아버지의 부재 후 전실 자식의 행보가 나타나는 작품으로 〈백사슴〉이라는 설화가 있다. 이 설화는 『한국구비문학대계』에 수록된 것은 아니지만, 〈세 형제 얘기〉와 더불어 시사해주는 바가 있기에 인용해보도록 하겠다.[4] 〈백사슴〉에서도 역시 아버지의 부

4. 백사슴, 훈춘현 · 김규찬 구술, 247-255면, 1978년(민간설화자료집2, 연변대학교 조선문학연구소 저, 허경진 역, 보고사, 2006.04.28). (1)옛날 한 곳에 젊은 부부가 살았는데 살림은 비록 가난했지만 부부지간의 정만은 두터웠다. (2)몇 해가 지나 그들에게도 딸애가 태어났는데 돌전에 벌써 걸음마를 탔고 세 살을 잡아들면서는 못하는 말이 없었으니 부부의 기쁨은 이루 다 말할 수 없었다. 그들은 딸을 이쁜이라고 불렀다. (3)어느 날 남편이 밭에서 돌아오니 이쁜이가 문밖에

서 기다리고 있었다. 웬 일인가 물었더니 어머니가 몹시 앓는다고 하는지라 남편이 급히 달려가 보니 아내는 급병으로 정신을 잃고 쓰러져있었다. 남편은 터 밭까지 다 팔아가며 아내를 치료했으나 아내의 병은 좀처럼 낫지 않았다. (4)병이 난지 사흘이 되던 날, 아내는 약 지으러 떠나는 남편의 손목을 잡고 눈물을 흘리며 내 몫까지 이쁜이를 잘 키워달라고 하고는 눈을 감고 말았다. (5)장례가 끝났으나 남편은 사흘 동안이나 아내의 무덤을 지키다 배고파 우는 이쁜이가 불쌍하여 등에 업고 산에서 내려왔다. 그때부터 남편은 이쁜이를 등에 업고 다니며 그날그날을 연명해갔다. 후처를 맞아들이라는 권고도 많았고 혼처자리도 있었지만 남편은 아내의 옛정을 못 잊어 모든 정성을 이쁜이에게 쏟았다. (6)이렇게 3년 세월을 보낸 어느 날, 한 여인이 돌이 갓 지난 어린 것을 업고 찾아와 자진 청혼했다. 여인은 비록 박색이었지만 말을 잘했고 비위가 좋았으며 부끄러움을 몰랐다. 곁에서 하도 권고하고, 그 여인도 이쁜이를 친딸보다 더 극진히 사랑하고 남편을 잘 공대하겠다고 곱씹는 바람에 그는 여인을 후처로 맞아들였다. (7)그런데 이쁜이는 7살부터 계모에 의해 가마 목 일을 도맡아 해야 했다. 네 식구를 먹여 살리려고 새벽에 집을 나선 남편은 날이 저물어서야 집에 돌아오다 보니 후처가 이쁜이를 고생시키리라고는 생각도 못했고, 차츰 셈이 든 이쁜이는 계모의 소행을 이야기하려다가 고생하시는 아버지가 마음이 상할까봐 참고 참았다. (8)하루의 고된 일을 마친 이쁜이는 날이 저물면 아버지가 돌아오기를 기다리다 잠이 들었고, 계모는 초저녁에는 실컷 자고나서 남편이 돌아올 때쯤이면 이쁜이를 깨워 바로 눕게 하고 이불을 덮어주었다. (9)이쁜이가 13살 나던 해, 아버지는 끝내 병든 몸으로 삯일을 하다가 객사하고 말았다. 마음씨 착한 사람들은 그의 시체를 찾아다 본처의 산소 곁에 묻어주었다. (10)아버지마저 세상을 떠나자 이쁜이가 16살 먹을 때까지 계모의 학대는 하루하루 더 심해만 갔다. 계모는 욕하고 때리고 부려먹다 못해 나중엔 이쁜이를 죽여 버리려 했다. 얼마 안 되는 재산이라도 이쁜이가 있으면 남의 눈치가 보여 혼자 독차지할 수 없고, 또 남편을 얻자 해도 말썽거리가 되기 때문이었다. (11)그해 오월 단오 날, 계모는 친 딸은 곱게 차려 입혀 그네 터에 내보내고 이쁜이에게는 광주리를 주어 고사리를 뜯어오라고 호통 치면서 조금이라도 굶으면 집으로 돌아오지 말라고 했다. (12)이쁜이가 큰 광주리를 이고 눈물을 흘리며 터벅터벅 걸었다. 얼마를 걸었던지 부모님 산소인지라 영전 앞에 쓰러지며 이 딸이 불쌍하거든 빨리 데려가 달라며 통곡했다. (13)문득 산소 뒤의 참나무 숲이 설레더니 백사슴 두 마리가 이쁜이 앞에 나타나 왜 이렇게 섧게 울고 있냐고 물었다. 이쁜이는 계모의 악행을 이야기하고는 부모님이 계시는 저승으로 내 영혼이나 데려다달라고 하면서 더욱 서럽게 울었다. (14)두 사슴은 우리가 도와주러 왔으니 슬퍼말라면서 광주리를 뿔 위에 걸어놓고 등에 올라타라고 했다. 이쁜이가 시키는 대로 하자 두 백사슴이 날더니 어느 산등성이에 내려놓았는데, 이쁜이가 바라보니 큰 고사리 밭이었다. (15)암사슴이 고사리 한광주리 뜯으면 계모가 그

처럼 학대하지 않을 것이라 했다. 이쁜이가 뜯기는 해도 이 먼 곳에서 나절로 어떻게 가져가겠냐며 한숨을 쉬자 수사슴이 올 때처럼 우리가 실어다주겠다고 했다. (16)이쁜이가 한참 뜯으니 한광주리가 차고 넘쳤고 두 사슴은 이쁜이를 산소까지 데려다주면서 일후에도 급한 일이 있으면 이곳에 와서 〈백사슴아!〉하고 부르면 와서 도와줄 테니 절대 죽을 생각을 하지 말라고 하고는 사라졌다. (17)이쁜이가 고사리 광주리를 메고 집에 돌아오니 계모는 몹시 놀랐다. 이해 봄은 가물어 근처에는 고사리가 없었던 것이다. (18)계모가 어디 가서 누가 캐놓은걸 훔치지 않았냐고 묻자 이쁜이는 내 손으로 뜯은 것이라고 했다. 계모가 네 손으로 뜯었다면 큰 고사리 밭을 만난 것이 틀림없으니 당장 가서 한광주리 더 뜯어가지고 오라며 빈 광주리를 내주었다. (19)이쁜이가 오래지 않아 해가 지는데 점심도 먹지 못한 내가 어찌 가냐며 맥없이 마루에 걸터앉자 계모는 부엌에 들어가더니 거멓게 탄 누룽지를 주먹만큼 들고 나와 던져주면서 이쁜이를 내쫓았다. (20)이쁜이가 할 수 없이 빈 광주리를 머리에 이고 자리를 떴지만 해는 지고 갈 데는 없고, 백사슴을 찾아가 말하자니 미안한 생각이 앞서면서 계모의 학대 속에서 살아갈 길이 아득하여 또 다시 죽으려 마음먹었다. (21)하여 마지막으로 부모님 산소에 가서 세 번 절을 하고는 허리띠를 풀어 참나무가지에 매는데 또 백사슴 두 마리가 나타났다. (22)수사슴이 하늘이 무너져도 솟아날 구멍이 있다는데 죽다니 웬 말이냐며 나의 등을 타라고 했고, 암사슴은 우리가 시키는 대로 하면 원을 풀 수 있을 것이라며 산삼 두 뿌리를 이쁜이 등에 지워주었다. (23)이쁜이가 수사슴의 등에 올라타니 백사슴은 산을 넘고 강을 건너 장밤 달리다가 동녘 하늘에 해가 솟아오를 때 큰 고갯길 영마루에 이르렀다. (24)백사슴이 이쁜이에게 저 아래 큰 길에 어사가 출도 하는데 이제 저 어사와 대면하면 주저 말고 계모의 악행을 다 이야기하라고 했다. (25)어사가 독교에 앉아 앞을 내다보니 두 백사슴이 자기를 향해 큰길로 곧게 오는지라 처음엔 크게 놀랐으나 인차 무릎을 치며 「내 앞의 큰길이 활짝 트이게 너희들은 양옆으로 물러서라」고 명령했다. (26)그러자 양옆에 늘어선 나졸들 사이로 두 백사슴이 이쁜이를 태우고 의젓이 걸어오는지라 어사는 급히 독교에서 내려 백사슴들 앞에 무릎을 꿇으며 신령께서 분부가 계시면 명으로 받들겠다고 아뢰었다. (27)이쁜이가 사슴의 등에서 내려, 사슴이 시켜준 대로 계모의 악행을 다 이야기하고는 산삼 두 뿌리를 내놓으면서 이는 백사슴이 어사에게 드리는 선물이라고 했다. (28)어사가 이는 필시 천지신명이 앞길을 지시하는 일로 여겨져, 소녀를 나에게 맡겨주면 신령님의 뜻대로 처사하겠다고 하자 두 백사슴은 머리를 끄덕이고는 사라졌다. (29)어사는 이쁜이를 독교에 앉혀 고을에 들린 후, 곱게 단장시켜 이쁜이의 요구대로 무사 수십 명을 달아주었다. (30)이쁜이가 독교를 타고 무사들에게 호위되어 고향에 나타나니 마을사람들은 구경하느라고 달려 나왔으나 독교에 앉은 것이 이쁜인 줄은 몰랐다. (31)이쁜이는 무사들을 시켜 사람들 속에 끼어있는 계모를 잡아오게 하고는 그대에게 이쁜이란 딸이 있는가

재 후 전실 자식의 모습이 나타난다. 아내가 병으로 죽은 후 남편은 후처를 맞이하라는 주위의 권고를 만류한 채, 아내와의 옛정을 잊지 못하고 둘 사이에서 태어난 이쁜이에게만 정성을 쏟는다. 그렇게 시간이 흘러 어느 날, 한 여인이 돌이 갓 지난 아이를 업고 찾아와 청혼을 하고 이쁜이를 친딸보다 더 극진히 사랑하고 남편을 공대하겠다는 말에 아버지는 그녀와 혼인을 한다. 그러나 이쁜이는 7살부터 계모에 의해 온갖 일을 도맡아 해야 했고, 네 식구를 먹여 살리느라 새벽에 나갔다가 날이 저물어야 돌아오는 아버지는 이러한 사실을 알지 못한다. 이쁜이 또한 철이 들면서 아버지의 마음이 상할까봐 이러한 이야기를 하지 않는다. 이쁜이가 13살 되던 해 아버지는 병든 몸으로 일을 하다 객사를 하고, 사람들은 그의 시체를 찾아 본처의 곁에 묻어준다. 아버지가 돌아가신 후 16살이 될 때까지 이쁜이에 대한 계모의 학대는 하루하루 더 심해져 갔고, 계모는 욕하고 때리고 부려먹다 못해 전실 딸을 죽이려 한다. 이쁜이가 있으면 얼마 안 되는 재산을 독차지 할 수 없고, 남편을 얻으려 해도 방해가 되기 때문이다. 계모는 단오 날 자신의 딸은 곱게 입혀 그네 터로 내보내고, 이쁜이에게는 광주리를 주며 고사리를 뜯어오라고 내보낸다. 그러면서 조금이라도 굶은 게 있다면 집에 돌아오지 말라고 한다. 이

물었다. 계모가 머리도 들지 못하고 있다고 대답하자, 지금은 무얼 하냐고 물었더니 단오 날 고사리 뜯으러 갔다가 맹수들에게 죽었다고 대답했다. (32)이쁜이가 머리를 들고 나를 보라고 호통 치자, 계모가 머리를 들고 보니 죽었으리라 짐작했던 이쁜이었다. 계모가 무릎을 꿇으며 죽을죄를 지었다고 하자 이쁜이가 「네년의 악행을 보면 능지처참을 해도 원을 다 끌 수 없다만 한때나마 아버지를 섬긴 정을 봐서 용서하니 오늘부터 절간에서 더러운 목숨이나 이어가라」고 호령했다. (33) 이쁜이가 다시 고을로 돌아오니 어사는 이쁜이의 처사가 너무도 명철하고 과인한지라 크게 감격하면서 며느리로 맞아들였다.

처럼 〈백사슴〉에서도 〈세 형제 얘기〉와 마찬가지로 아버지가 죽은 후, 계모에게 구박을 당하는 전실 자식의 이야기가 전개된다.

〈세 형제 얘기〉에서 고생을 하며 다니던 세 형제는 세 갈래 길에서 멈춰 선다. 첫째아들은 이렇게 함께 다니다가는 아무것도 할 수 없다고 생각해 소나무에 아버지와 어머니 그리고 자신들의 이름을 새겨놓고, 동생들에게 먼저 가고자 하는 길을 택하게 한 후 남은 길로 간다. 이후 첫째아들의 이야기가 전개되는데, 그가 가다보니 서당에서 글 읽는 소리가 들리고 첫째아들이 마루에 앉아 글을 읽자 서당선생은 아이가 똑똑한 것을 알아보고 공부를 시킨다. 그리고 아이의 재주가 뛰어나자 그를 사위로 삼는다. 그런데 사위의 얼굴에 자꾸 근심이 서린다. 장인이 그 연유를 묻자 사위는 비렁뱅이 잔치를 석 달 열흘 동안 하는 것이 소원이라고 하고, 장인은 사위의 소원을 들어준다. 그리고 잔치의 마지막 날, 첫째아들은 헤어졌던 둘째동생과 만나게 된다. 둘째아들 역시 똑똑하여 장인은 그를 공부시키고 결혼도 시킨다. 두 형제는 또다시 비렁뱅이 잔치를 석 달 열흘 동안 열어, 마지막 날 막내동생까지 찾게 된다. 이들 세 형제는 모두 장가를 들어 잘 살다가, 예전 세 형제가 헤어졌던 세 갈래 길의 소나무를 찾아 그 아래 아버지와 어머니의 비를 세운다. 그리고 계모는 감옥에 넣어 죽이고, 한문선생은 단번에 죽여 버린다.

이 설화에서 세 형제의 문제를 해결해 주는 것은 서당 선생으로, 그는 세 형제의 원조자가 된다. 서당 선생은 헤어진 세 형제가 다시 만날 수 있는 계기를 마련해주며, 그들에게 공부를 가르치고 장가를 들게 해준다. 즉 세 형제가 스스로 자립할 수 있는 기반을 마련해주는 것이다. 서당 선생의 도움으로 인해 이들은 계모가정으로부터 완전히 분리되며, 이들이 계모가정으로부터 완벽하게 독립된 순간 계모로 인해 유발되었던 갈등은 모두 해결된다. 그러므로 설화에서 계모가정 내 갈등을 해결해주는 가장 중요한 방안은, 전실 자식을 도와주는 원조자의 존재와 이들이 독립하여 한 가정을 이룰 때까지의 시간이다. 이들을 죽이려고 했던 계모와 한문선생은 결국 죽는데, 이들이 계모가정인 본가로부터 완전히 분리된 순간 계모는 이들 세 형제와는 전혀 관련이 없는 사람이 되는 것이다. 세 형제가 자신들을 죽이려고 한 한문선생과 계모를 죽이는 것은, 이제 이들과 계모 사이에 연결 고리는 아무것도 없기 때문이다.

앞서 살펴본 〈백사슴〉에서도 이러한 현상은 동일하게 나타나는데, 설화에서 이쁜이를 도와주는 원조자로 등장하는 것은 백사슴과 고을의 어사이다. 큰 광주리를 이고 눈물을 흘리며 걸어가던 이쁜이는 부모의 산소 앞에 다다르게 되고, 산소에 엎드려 자신도 데려가 달라며 통곡을 한다. 그때 산소 뒤 참나무 숲에서 백사슴 두 마리가 나타나 이쁜이에게 왜 이렇게 서럽게 울고 있느냐고 묻고, 이쁜이는 계모의 악행을 이야기하며 자신의 영혼을 부모님이 계시는 저승으로 데려가 달라고 한다. 두 백사슴은 이쁜이에게 자신들이 도와주겠으니 등이 올라타라고 하고, 이쁜이를 고사리 밭으로 데려다준다. 그리고 광주리가 고사리로 가득 차자 이쁜이를 다시 산소 앞으로 데려다준다. 백사슴은 이쁜이에게 급한 일이 생기면 언제든지 자신들을 부르라며, 절대 죽을 생각은 하지 말라고 한다. 이쁜이가 고사리를 들고 들어가자 계모는 검게 탄 누룽지를 던져 주며 고사리를 더 뜯어오라고 하고, 그녀는 백사슴을 부르기도 미안하고 계모의 학대 속에 살아갈 길도 아득하여 또 다시 죽으려고 마음을 먹는다. 이쁜이가 마지막으로 부모님 산소에 가서 세 번 절을 하고 허리띠를 풀어 참나무 가지에 매는데, 또 백사슴 두 마리가 나타난다. 수사슴은 이쁜이에게 등에 올라타라고 하고 암사슴은 산삼 두 뿌리를 이쁜이 등에 지워주며, 어사가 있는 곳으로 그녀를 데려간다. 어사가 독교에 앉아 쳐다보니 두 백사슴이 자기를 향해 걸어오고, 어사는 급히 독교에서 내려 백사슴들 앞에 무릎을 꿇으며 "신령께서 분부가 계시면 명으로 받들겠다."고 아뢴다. 이쁜이는 계모의 악행을 다 이야기하고 산삼 두 뿌리를 내놓으며 이는 백사슴이 어사에게 드리는 선물이라고 한다. 어사가 소녀를 맡겨주면 신령님의 뜻대로 하겠다고 하자, 두 백사슴은 머리를 끄덕이고 사라진다. 어사는 이쁜이를 곱게 단장시켜 독교에 앉히고 무사 수십 명을 딸려 고향으로 보낸다. 이쁜이는 무사들을 시켜 계모를 잡아오게 하고는 이쁜이에 대해 묻고, 계모는 단오 날 고사리 뜯으러 갔다가 맹수들에게 죽었다고 대답한다. 이쁜이가 고개를 들라고 호통을 치고, 계모가 머리를 들고 보니 이쁜이가 그곳에 앉아있었다. 계모가 무릎을 꿇으며 죽을죄를 지었다고 하자 이쁜이는 "네 년의 악행을 보면 능지처참을 해도 원을 다 풀 수 없지만, 한때나마 아버지를 섬긴 정을 봐서 용서하니, 오늘부터 절간에서 더러운 목숨이나 이어가라"며 호통을 친다. 이쁜이의 처사를 알게 된 어사는 크게 감격하고 그녀를 며느리로 맞아들인다.

이 설화에서 또한 이쁜이의 원조자로 등장하는 것은 백사슴과 어사이다. 이들은 이쁜이의 목숨을 구해주고, 억울함을 풀어줄 방도를 제시해주며, 그녀에게 살 길을 마련해 준다. 즉 백사슴과 어사는 이쁜이에게 계모를 징치할 수 있는 권한을 부여해주며, 그녀를 며느리로 삼아 그녀가 계모가정에서 벗어나 새로운 가정으로 이전해갈 수 있는 계기를 마련해준다. 이처럼 〈백사슴〉에서 또한 이쁜이가 계모가정을 떠나 새로운 가정, 즉 시집으로 이동을 하면서 계모가정 내 가족갈등은 해결되고 있다.

그렇다면 아버지의 부재 후 발생할 수 있는 계모가정 내 문제의 해결방안은 무엇일까?

첫째, 원조자의 존재이다. 〈세 형제 이야기〉에서 삼형제의 문제를 해결해주는 원조자로 등장하는 것은 서당 선생이며, 〈백사슴〉에서 이쁜이의 원조자로 등장하는 것은 백사슴과 어사이다. 이들은 전실 자식이 계모가정으로부터 독립될 수 있는 기반을 마련해주며, 이들이 계모가정으로부터 완전히 독립된 순간 계모로 인해 유발되었던 갈등은 모두 해결된다.

둘째, 계모가정으로부터의 완전한 독립이다. 〈세 형제 얘기〉나 〈백사슴〉에서 보여주는 계모가정으로부터의 완전한 독립이란, 남성의 경우 결혼을 통해 자신의 가정을 이루거나 여성의 경우 결혼을 통해 시댁으로 편입된 것을 의미한다. 이러한 결혼으로 인한 독립 이외에도 전실 자식이 경제적으로나 심리적으로 계모가정으로부터 완전히 분리가 된다면, 이 또한 완전한 독립이라고 이야기할 수 있다. 계모는 더 이상 전실 자식에게 아무런 영향력도 행사할 수 없으며, 전실 자식과 계모는 각자 자신의 삶을 살아가게 되는 것이다.

2) 실제 계모가정 내 가족갈등 사례에의 적용

아버지의 부재 후 계모가정 내 가족갈등과 연결해볼 수 있는 실제 사례는 남편이 죽은 후 성장한 전실 자식에게 의지하고자 하는, 혹은 전실 자식과의 관계를 개선하고자 하는 사례들이다. 전실 자식이 계모가 의지할 만큼 성장한 후라면, 이제 전실 자식은 계모에게 양육의 대상이 아니라 의지하고 싶은 대상이 되는 것이다. 다음에서는 이러한 사례들을 살펴보도록 하겠다.

사례 1 아들의 맘은 어떤 맘일가요????

너무 답답해서 이렇게 써봅니다. 제 아들이 2살 때 제가 시집 왔구요. 엄연히 말하면, 남편의 아들이 2살 때 제가 계모로 들어왔지요. 저는 처녀의 몸으로요, 그리고 아들을 정말 제 피붙이처럼 키워왔습니다. 그 아들이 이젠 커서 고2가 되여 명년이면 대학 입시 치게 됩니다. 아주 훤칠하게 잘 컸구요. 애 아빠는 재작년에 사고로 저세상에 갔구요. 애 아빠 가기 전까지만 해도 우리 다섯 식구(아들, 그리고 또 남편사이에 쌍둥이남매가 있음)가 정말 아기자기 행복하게 살았죠. 애 아빠가 급작스레 돌아가서, 정말 어렵고, 생활이 막심할 때 사춘기의 아이들답지 않게 어른스럽게 가정을 이끌어간 아들입니다. 애 아빠 가고 나서, 아들이 아닌 남편처럼 믿고 의지했던 아들입니다. 그런데 그 아들의 친모가 며칠 전에 연락이 왔습니다. 남편이 없으니까 인젠 아들이 저랑 같이 살 이유가 없다는 겁니다. 그렇지만 저는 정말 제 아들처럼 키워왔습니다. 처녀의 몸으로 시집와서, 한 번도 못해봤던 우유먹이고, 똥오줌 치워주고, 등에 업어서 재우고, 어릴 적 사내라서 사고뭉치일 때 얼마나 맘을 졸이면서, 오늘은 어디서 사고치지 않을까 조바심내고, 미끄럼에서 떨어질까봐, 창문에 올라갈까봐 정말 한시도 눈을 떨구지 않았구요.…… 정말 남편이 떠나고서 집에선 기둥입니다. 그 아들이 있기에 누구 업신을 안당하면서 잘 살구요. 그런데 친모가 나타나서 그 아들을 돌려달랍니다. 내 아들을 말입니다. 만나서 아들이랑 얘기하잡니다.…… 그래서 친모가 만나서 말하기 전에 제가 어제 저녁에 아들과 조용히 너는 내 친 아들이 아니다, 그렇지만 정말 친아들처럼 키워왔고, 지금도 그렇게 생각한다. 친모는 살아생전이고 널 만나고 싶어 하고, 이번 주 토요일에 만날 예정인데, 어쩔 셈이냐? 처음에는 믿지 않더군요. 그래서 결혼날짜랑 아들의 생일이랑 맞춰보라고 하고, 또 호적이랑 상세하게 보여줬지요. 그랬더니 아주 평온하게 "그래서요, 친모가 만나고 싶어 하면 만나보는 것이 도리인 것 같아요. 모르는 사람이 보자 해도 들어주는 것이 도리라 싶습니다."고 하면서 토요일 만남을 선뜩 응합니다. 피는 물보다 진하다 했는데, 어떡합니까? 토요일이 영원히 오지 않았으면 좋겠습니다. 친모가 죽어버렸으면 좋겠다는 못된 생각도 들구요. 만약 친모가 울 아들을 데려가면 어떡합니까? 시댁에서나, 친정에서는 절대로 만나게 못하라 하는데, 아들 보겠다는 어미를 막을 재간은 없구요. 울 집안의 기둥이 없으면 저는 어떻게 삽니까? 아직 둘째와 딸애는 어립니다. 어린 아들딸 데리고 살 것 같지는 못합니다. 혹 집에 강도 들어와도 그렇게, 도적이 들어와도 그렇고, 불이 나도 그렇고, 혹 지진이 일어나도 그렇고, 누구하고 시비 붙어도 그렇고…… 정말 내 명이 감소되더라도 친모가 확 죽어버렸으면 좋겠습니다.

사례 2 제가 은혜도 모르는 검은 머리 짐승일까요?

저는 20년 가까이 재혼가정에서 자란 사람입니다. 7살, 친척집을 전전하다 아버지가 어느 날 엄마라고 새어머니를 데려왔습니다. 처음엔 이상했습니다. 난 엄마 있는데 아버지가 처음 보는 사람을 엄마라고 데려왔으니까요.. 하지만 곧 좋아졌습니다. 그분도 제게 잘해주셨고 저도 미주알고주알 서슴없이 아는 것 모르는 것 다 얘기하면서 엄마가 날 좋아했으면 했습니다.…… 체벌의 수위가 높아지기도 하고 늘 웃어주던 새어머니가 무표정하거나 화난 얼굴로 저를 대할 때가 많았습니다. 새어머니가 날 좋아하지 않는 것 같은 느낌이 들기도 했고 그래서 더 눈에 들려고 칭찬받으려고 행동했습니다. 그래서 혼날까봐 미움 받을까 눈에 보이는 거짓말로 혼나기도 많이 혼났습니다. 과자가 먹고 싶어도 사 달라 돈 달라 말을 못해 며칠을 끙끙 앓기만 할뿐 얘기조차 못했습니다.. 그저 그렇게 사이가 벌어졌습니다. 집안사정이 좋지 않아 아버지와 싸우시던 새어머니가 저를 지목하며 재랑 살기 싫다고 너무 싫어 죽겠다고 얘기하던 게 아직도 생생합니다.…… 중학교에 들어가자 새어머니가 제게 하는 말들은 저를 흠집 내는 상처 주는 말들이 많아졌고 학교 다녀와서 학교에서 있었던 일 친구얘기를 한참을 떠드는데도 설거지만 마저 하고 안방으로 들어가 버리는 등.. 저를 투명인간 취급했습니다,…… 전엔 일방적으로 내가 잘못해서 그런 거다 라고 생각했던 제가 어머니의 체벌이 화풀이로 느껴졌기 때문입니다. 전화소리를 못 듣고 있다 나중에 부재중 뜬 걸로 확인하고 다시 전화했더니 자길 무시했다고 고래고래 소리 지르더니 집에 가자마자 머리채 잡혀 뺨을 일곱 대나 맞기도 하고…… 고등학교 졸업과 동시에 집을 나왔습니다. 대학 들어가는 순간부터 집에서 어떠한 지원도 없었습니다.. 아버지와 동생이 보고 싶어 눈치 보며 가면 쌩 하니 방에 들어가 버리고 밥도 따로 드시고.. 너무 힘들어 하소연하니 네가 더 안 왔으면 좋겠다고 네가 싫다고 네가 내 살림 만지는 것도 싫다고 그러더군요.. 그렇게 발길을 끊었습니다. 그 후 아버지가 지병으로 돌아가시고 상황은 다시 한번 바뀌었습니다. 갑자기 잘해주시기 시작했습니다. 제게 조심하는 것도 보입니다. 제게 너는 친모에 대한 기억이 많아서 본인이 그걸 부수고 들어가기엔 나이도 많았고 그래서 정을 주지 않았다고.. 눈치도 빠르고 그래서 그랬던 것 같다고 네가 나를 보지 않고 살아도 할 말이 없다 라고 말씀하시더군요.. 하지만 저는 마음의 병이 커진 상태라 하루에도 몇 번씩 울컥울컥하고 새어머니 때문에 몇 번이나 자살시도를 했는지 모릅니다.…… 내가 엄마가 필요할 땐 힘들 것 같단 이유로 내치더니 이젠 내가 엄마가 필요 없을 만큼 크니 다시 내게 손을 내미는 새어머니.. 얼굴 보면 속이 뒤집어지는데도.. 꾹 참고 또 참습니다.. 그런데 더 이상 제가 힘들어 못 견디겠어서.. 글 올립니다. 제가 인연을 끊어버리면 검은 머리 짐승일까요?

사례 3 엄마인생도.. 내인생도 모두 불쌍하네요

답답한 마음에 글을 남깁니다. 날 23년 동안 기르신 울 엄마 7살 때 헤어진 친엄마는 얼굴도 기억나지 않습니다. 아빠한테 날 데려가서 키우라던 친엄마의 목소리만 기억날 뿐.. 그렇게 아빠는 지금의 엄마와 결혼을 하셨어요. 아빠는 재혼.. 엄마는 나이 서른에 초혼. 갑자기 7살짜리 딸을 키우게 되신 거죠. 그리고 연이어 태어난 두 명의 동생들 지금도 너무나 예쁜 내 동생들입니다. 장녀라는 명분하에 부모님

> 께 많이 혼나고 맞았던 것 같아요. 부모님은 어린 동생들한테만 관심을 두고 전 사랑을 많이 받고 자라진 못했네요. 그러다가 고1때 갑자기 아빠가 돌아가시고, 아빠는 저희에게 빚만 남겨두고 가셨네요. 혼자되신 엄마는 처음으로 음식장사라는 걸 하면서 저희 셋을 키우셨어요. 저 대학도 보내주시고, 아빠 돌아가신 뒤 저한테 많이 의지하면서 사랑으로 키워주셨어요 그렇게 고생만 하던 엄마 얼마 전에 암 확진을 받았네요. 이게 무슨 운명의 장난인지... 올해 결혼 예정이었던 나 부랴부랴 상견례하고 결혼준비중입니다. 엄마는 곧 수술을 앞두고 계시구요. 결혼을 하는 게 잘하는 것인지 고민만 됩니다. 내가 옆에서 엄마 지켜드려야 하는데.. 우리 아빠만 만나지 않았다면 지금의 엄마 인생은 달라져 있을 거 같은데... 엄마만 생각하면 눈물만 나네요. 수술 잘 받으셔서 건강하게 내 옆에 오래오래 사셨으면 좋겠어요. 사랑해요 엄마. 내가 지켜줄게 엄마!

사례1〉에서 계모는 처녀의 몸으로 전실 자식이 있는 남편과 재혼해, 2살 된 전실 아들을 친자식처럼 키웠다. 전실 아들은 계모를 친모로 알고 성장했으며, 남편과의 사이에는 어린 쌍둥이 남매가 있다. 남편이 사고로 갑자기 사망한 후 전실 아들은 어른스럽게 가정을 이끌어 갔으며, 계모는 남편처럼 전실 아들에게 의지하고 있다. 그런데 친모가 나타나 전남편이 죽은 이상, 자신의 아들이 계모와 살 이유가 없다며 아들을 돌려달라고 한다. 계모는 전실 아들에게 자신이 친모가 아님을 이야기하고, 친모가 만나고 싶어 한다는 말을 전해주며, 아들의 의향을 살핀다. 아들은 너무나 평온하게 친모와의 만남에 선뜻 응하고, 계모는 친모가 전실 아들을 데려 갈까봐 몹시 불안하다.

사례2〉에서 글쓴이는 어릴 적 친척집을 전전하다가 7살이 되던 해 아버지가 새어머니를 데려왔다. 새어머니는 글쓴이에게 잘 해주었고 글쓴이 또한 새어머니가 자신을 좋아했으면 했다. 그러나 시간이 지나면서 체벌의 수위가 높아지기도 했고, 새어머니가 자신에게 무표정하거나 화난 얼굴로 대할 때가 많았다. 중학교에 들어가자 새어머니는 글쓴이에게 상처 주는 말을 많이 했고 글쓴이를 투명인간처럼 취급했다. 글쓴이는 고등학교 졸업과 동시에 집을 나와 대학에 들어가면서부터는 집에서 아무런 도움도 받지 못했다. 아버지와 동생이 보고 싶어 집에 가면 새어머니는 쌩하니 방으로 들어가 버리고, 글쓴이가 싫다며 더 이상 안 왔으면 좋겠다는 말에 글쓴이는 집에 발길을 끊는다. 그 후 아버지가 지병으로 돌아가시고 새어머니는 글쓴이에게 갑자기 잘 해주며 조심을 한다. 그러면서 너는 친모에 대한 기억이 많아 그것을 부수고 들어가기가 힘들었고 그래서 정을 주지 않았다고 한다. 글쓴이는 자신이 엄마가 필요할 때는 내치더니 엄마가 필요 없을 만큼 커버리니 손을 내미는 새어머니가 속이 뒤집어질 만큼 싫지만 꾹 참으며, 자신이 새어머니와 인연을 끊는다면 은혜도 모르는 검은 머리 짐승일까 고민하고 있다.

사례3〉에서 글쓴이는 7살 때 헤어진 친엄마는 얼굴도 기억이 나지 않는다. 이 여성에게 엄마는 23년 동안 자신을 키워준 새엄마뿐이다. 새엄마는 7살 딸이 있는 아빠와 초혼으로 결혼했고, 새엄마와 아빠 사이에는 연이어 두 동생이 태어났다. 부모님은 어린 두 동생들에게만 관심을 가졌고, 글쓴이는 사랑을 많이 받지는 못했고 장녀라는 명분하에 많이 혼나고 맞으면서 자랐다. 그러다가 고1때 아버지가 빚만 남긴 채 돌아가시고, 혼자되신 새엄마는 처음으로 음식장사를 하면서 자식 셋을 키웠다. 글쓴이를 대학에 보내주고, 아빠가 돌아가신 후 새엄마는 글쓴이에게 많이 의지하며 사랑으로 그녀를 키워주셨다. 그렇게 고생만 하던 새엄마가 얼마 전 암 확진 판정을 받았고, 곧 수술을 앞둔 상황이며, 올해 결혼 예정이던 글쓴이는 부랴부랴 상견례를 하고 결혼 준비 중이다. 글쓴이는 엄마가 아픈 상황에서 결혼을 하는 것이 잘 하는 일인지 고민이 된다. 엄마만 생각하면 눈물이 난다는 글쓴이는, 새엄마가 수술을 잘 받으셔서 자신의 옆에서 오래오래 잘 사셨으면 좋겠다.

그렇다면 아버지의 부재 후 유발되는 이러한 일들에 대해, 〈세 형제 얘기〉나 〈백사슴〉은 무슨 이야기를 해줄 수 있을까?

앞서 제시한 네 가지 사례들과 설화는 약간의 차이가 있다. 〈세 형제 얘기〉나 〈백사슴〉의 경우는 전실 자식의 성년 이전의 이야기가 주(主)가 된다. 아버지가 돌아가신 후 전실 자식은 계모의 구박 속에 성장하다가, 〈세 형제 이야기〉에서는 자신들을 죽이려 하는 계모를 피해 도망을 가며, 〈백사슴〉의 경우에는 죽은 부모의 산소를 찾아가 자신도 데려가 달라며 운다. 이 때 원조자가 등장을 하게 되는 것이다. 그러므로 원조자의 존재가 중요하다. 그러나 사례들의 경우는 이미 성년이 된, 혹은 성년에 준한 전실 자식과 계모와의 문제가 다루어지고 있으므로 원조자의 존재보다는 오히려 전실 자식과 계모의 관계가 어떻게 마무리되고 있느냐가 더 중요하다. 이 두 설화에서 전실 자식은 자신들을 죽이려고 한 계모를 징치하거나, 아버지를 섬긴 정을 생각해 계모를 용서한다. 이것은 성년 후 전실 자식과 계모와의 관계는, 오히려 전실 자식의 선택에 의해 결정된다고 할 수 있다.

사례1〉에서 계모는 전실 아들을 2살 때부터 자신의 자식처럼 키웠다고 이야기하며, 남편이 죽은 후 친모가 아들을 데려갈까 봐 전전긍긍하고 있다. 사례2〉에서 전실 딸은 자라면서 계모에게 신체적 언어적인 학대를 받았고, 더 이상 안 왔으면 좋겠다는 계모의 말에 집과는 발길을 끊는다. 아버지가 돌아가신 후 계모는 이제와 전실 딸에게 손을 내밀고 전실 딸은 계모와 인연을 끊는 것이 은혜를 모르는 검은 머리 짐승이 되는 일일까 고민하고 있다. 사례3〉에서는 앞서 사례와는 반대로 계모는 아버지가 빚만 남기고 돌아가신 후 계모는 음식장사를 하며 자식 셋을 키웠고, 장녀인 글쓴이에게 많이 의지하며 사랑으로 그녀를 키워주셨다. 이제 계모는 암 확진 판정을 받아 수술을 앞둔 상황이며, 전실 딸은 계모만 생각하면 눈물이 난다.

이들 사례에서 중요한 것은 성년 이전에 계모가 행한 행위에 따라, 전실 자식의 선택 또한 달라질 것이라는 점이다. 그리고 전실 자식에게 이 선택이 가능한 이유는 이제는 전실 자식이 계모가정으로부터 완전히 독립되어 계모가 더 이상 전실 자식에게 아무런 영향력도 행사할 수 없기 때문이다. 그러므로 설화에서 제시된 계모가정으로부터의 완전한 독립은 실제 사례에서도 중요한 해결방안이 될 수 있다.

계모 가정에서 힘들어하는 전실 자식의 경우 계모가정으로부터 독립할 수 있는 능력을 키우는데 힘써야 하며, 계모의 경우 전실 자식이 현재는 자신에게 부담이 되는 양육 대상일지라도 언젠가는 자신이 의지처가 될 수 있는 대상임을 기억해야 된다. 노력한 만큼 얻는다, 또는 어떤 원인이 되는 행동을 하면 그에 상응하는 결과를 얻는다는 뜻의 '종두득두(種豆得豆)'라는 속담이 있다. 자연의 법칙과 마찬가지로 인간관계 역시 자신이 과거에 한 행위에 대해 시간이 지나면 대가나 보답을 받게 된다. 계모와 전실 자식의 관계 또한 이 같은 적용이 가능할 것이다.

3장
전실 자식과 본인 자식을 차별 · 편애

1) 구비설화에 나타난 갈등양상과 해결방안

계모가정에서 전실 자식과 계모 자식 간의 차별이나 편애가 나타나는 설화는 두 가지 종류가 있다. 하나는 전실 자식과 계모가 데려온 자식 간에 차별이나 편애가 나타나는 경우이고, 또 다른 하나는 전실 자식과 계모가 결혼한 이후 태어난 자식 간에 차별이나 편애가 나타나는 경우이다. 후자의 경우 계모가 결혼한 이후 태어난 자식은, 전실 자식에게는 이복(배다른) 동생이 된다. 본 장에서는 먼저 전자부터 살펴보도록 하겠다.

전실 자식과 데려 온 자식 간에 차별이나 편애가 나타나는 대표적인 설화군으로는 [콩쥐와 팥쥐]가 있다. 이것은 한국인이라면 누구나 다 알고 있을 만큼 대표적인 설화이다. 이 설화는 『한국구비문학대계』에 10편이 수록되어 있는데, 대강의 줄거리를 정리해보면 다음과 같다.

(1)한 남자가 첫 번째 아내가 죽자 서모를 얻었다. 그 남자에게는 전실 딸인 팥조지와 서모가 데려온 콩조지란 딸이 있었다. (2)그런데 서모는 밭을 매러 갈 때면 자기 딸에게는 쇠 호미를 주었고 전실 딸에게는 나무 호미를 주었다. (3)팥조지가 밭을 매다가 나무 호미가 부러져 울고 있었는데, 꼬부랑 소가 내려와 좋은 호미를 주어 도와주었다. 그 소는 어머니의 넋이었다. (4)하루는 잔치 날이라 식구들이 구경을 가는데, 서모는 팥조지에게 너는 삼을 삶아 놓고, 밑 없는 항아리에 물을 길어 놓고, 밑 없는 솥에 밥 한 솥 지어 놓고, 나락 한 섬을 찧은 뒤 구경을 오라고 했다. (5)그런데 새들과 꼬부랑 소와 두꺼비가 나타나 모든 일을 해주었다. 일을 다 하고도 팥조지가 입고 갈 옷이 없어 울고 있으니 꼬부랑 할머니가 와서 앞문 구석과 뒷문 구석을 보라고 했다. 그래서 가보니 천상에서 내려 보낸 옷과 신이 있었다. (6)팥조지는 그 옷과 신을 신고 말을 타고 구경을 나섰다. 그런데 신 한 짝이 벗겨져 애를 태우고 있었는데 어떤 총각이 나타나 나랑 살면 신을 주겠다고 했다. (7)그래서 굿을 보러 갔는데 서모가 무엇으로 옷을 사 입었냐며 때리고 야단이 났다. (8)팥조지는 구경을 하다 말고 말을 타고 오는데 집에 가 보아야 계모의 괴롭힘에 못 견딜 것 같았다. 그래서 그 총각에게 시집을 가서 잘 살았다. (9)하루는 신랑이 어디 가면서 팥조지에게 절대 문을 열어주지 말라고 했다. (10)콩조지는 형부가 없는 것을 알고 팥조지에게 찾아와서 뜨거운 팥죽을 끓여 왔으니 같이 먹자고 했다. 팥조지는 문을 열어주지 않으려고 했는데 콩조지가 너무 뜨겁다고 난리를 쳐서 열어줄 수밖에 없었다. 문을 열어 주자 콩조지가 들어와서는 밖으로 구경을 가자고 졸랐다. (11)둘이 물 구경을 갔는데 콩조지가 팥조지를 물속에 밀어 죽여 버리고 자기

가 언니 집으로 들어갔다. (12)팥조지의 신랑은 팥조지 흉내를 내는 콩조지를 보고 얼굴이 왜 그렇게 얽었냐고 물었다. 콩조지는 팥 밭에 자빠져서 그렇게 되었다고 말했다. (13)하루는 팥조지의 신랑이 이웃에 일을 갔는데, 꽃 한송이가 팥조지 신랑이 오기만 하면 피어 있는 것이었다. 그래서 꽃송이를 꺾어 문고리에 걸어 놓았다. (14)콩조지는 그 꽃을 쥐어뜯고 아궁이에 넣어 버렸다. (15)이웃에서 불을 꾸러 왔다가 아궁이에 구슬을 보았다. 그래서 헝겊에 싸서 농속에 넣어 두었다. (16)하루는 신랑이 일을 하러 그 집에 갔더니 짝짝이 젓가락을 신랑 앞에 놓아두었다. (17)신랑은 "젓가락을 짝짝이로 놨네요."라고 했다. 팥조지는 "젓가락이 짝짝이인 줄은 알아도 계집 바뀐 줄을 모르나봐."라고 했다. 팥조지는 지금까지의 일을 말해주고 콩조지가 죽기 전에는 자신은 돌아가지 않겠다고 했다. (18)신랑은 집에 돌아와 콩조지를 죽였는데 마침 계모가 사위의 집을 찾아왔다. 그러자 콩조지로 국을 끓여 주었다. (19)계모가 맛있다고 하며 다 먹으니 사위는 당신 딸의 살을 먹었다고 말했다. 그래서 어머니가 탄식을 하며 울었다.[5]

한 남자가 첫 번째 아내가 죽자 계모를 얻었는데, 이들 사이에는 전식자식인 팥조지와 계모가 데려온 콩조지라는 딸이 있었다. 계모는 밭을 매러 갈 때면 자기 딸에게는 쇠 호미를 주고 전실 딸에게는 나무 호미를 주었다. 팥조지가 밭을 매다가 나무 호미가 부러져 울고 있었는데 소가 내려와 도와주었다. 소는 죽은 어머니의 넋이었다. 하루를 잔치 날이라 다들 구경을 가는데, 계모는 팥조지에게 너는 삼을 삶고, 밑 없는 항아리에 물을 길어놓고, 밑 없는 솥에 밥을

5. [한국구비문학대계] 5-2, 538-543면, 고산면 설화20, 콩조지 팥조지, 김현녀(여, 86)

지어놓고, 나락 한 섬을 찧은 후 구경을 오라고 한다. 새들과 소와 두꺼비가 나타나 팥조지의 모든 일을 해결해 주고, 그녀가 입을 옷이 없어 울고 있자 할머니가 나타나 옷과 신발을 준다. 팥조지는 계모의 괴롭힘을 피해 신발을 찾아준 총각에게 시집을 가 잘 살았는데, 하루는 신랑이 어디를 가면서 절대로 문을 열어주지 말라고 한다. 형부가 없는 것을 안 콩조지는 뜨거운 팥죽을 끓여와 같이 먹자고 하고, 콩조지가 너무 뜨겁다고 난리를 치는 바람에 팥조지는 문을 열어준다. 콩조지는 물가로 가 팥조지를 죽여 버리고, 언니의 집으로 가 팥조지 흉내를 낸다. 형부가 왜 그렇게 얼굴이 얽었냐고 묻자 콩조지는 팥 한 가운데서 자빠져 그렇게 되었다고 했다. 하루는 신랑이 이웃에 일을 갔는데, 꽃 한 송이가 신랑이 오기만 하면 피어 있었다. 신랑은 신기해 꽃을 꺾어 문고리에 걸어놓았는데, 콩조지는 그 꽃을 뜯어 아궁이에 넣어 버린다. 이웃에서 불을 꾸러 왔다가, 아궁이에 있는 구슬을 보고 헝겊에 싸서 농속에 넣어 둔다. 하루는 신랑이 이웃집에 갔는데 짝짝이 젓가락을 상 위에 두었고, 신랑이 젓가락이 짝짝이라고 하자 젓가락 바뀐 것은 알아도 계집 바뀐 것은 모른다고 하며, 팥조지는 지금까지의 일을 이야기해 준다. 신랑이 집으로 돌아와 콩조지를 죽였고, 마침 찾아온 계모에게 콩조지로 국을 끓여 주었다. 계모가 다 먹은 후 사위는 장모에게 당신 딸의 살을 먹었다고 하고, 계모는 탄식을 하며 울었다.

예문으로 제시한 설화는 『한국구비문학대계』에 수록되어 있는 10편 중 하나이다. 일반적으로 우리가 알고 있는 설화 혹은 전래동화에서 착한 전실 딸은 콩쥐로, 나쁜 계모 딸은 팥쥐로 명명이 되는데, 여기서는 반대로 명명이 되는 것이 특이해 예문으로 제시해 보았다.

또 화자의 구술이 일관성이 부족해 이야기의 연결 또한 매끄럽지 못하다. 하지만 본고에서 다루고자 하는 것이 계모가정에서 계모가 전실 자식과 본인 자식을 차별하는 양상이기에, 그 부분을 보여주는 데는 문제가 없다고 생각해 예문으로 제시하였다. 예문에서 계모가 자신의 딸에게는 쇠 호미를 주고 전실 딸에게는 나무 호미를 주는 것이나, 자신의 딸은 잔치에 데리고 가면서 전실 딸에게는 혼자서는 불가능한 집안일을 시키는 부분에서는 전실 자식과 본인 자식을 차별하는 계모의 모습이 잘 드러난다.

이 설화에서는 전실 딸에게 원조자가 등장하는데, 어머니의 넋이라고 이야기되는 소나 새들, 두꺼비 등의 동물 원조자들은 위기 상황에서 전실 딸을 도와주는 역할을 한다. 즉 계모가정에서 계모의 차별로 인해 문제가 발생했을 때, 그 문제를 해결할 수 있는 방안이 되는 것은 전실 자식을 도와주는 원조자의 존재이다. 여기서 원조자는 경제적으로나 심리적으로 실질적인 도움을 주는 사람일 수도, 혹은 마음을 나누는 동물일 수도, 혹은 마음에 위안을 주는 절대자일 수도 있다. 또 하나 해결방안으로 제시할 수 있는 것은 계모가정으로부터의 분리이다. 이 설화에서도 팥조지는 계모의 괴롭힘에서 벗어나기 위해 신발을 찾아준 총각과 결혼을 하는데, 신랑의 말대로 팥조지가 친정과의 관계를 단절했다면(문을 열어주지 않았더라면) 콩조지에 의해 죽임을 당하는 일은 없었을 것이다. 이것은 계모가정에서 유발되는 갈등의 정도가 전실 자식이 신체적 위협을 느낄 만큼 심각할 경우, 전실 자식은 계모가정 내에서 해결방안을 찾기보다 계모가정으로부터 분리, 독립하여야 한다는 것을 보여주고 있다.

[콩쥐와 팥쥐] 외 전실 자식과 데려 온 자식 간에 차별이나 편애가

나타나는 설화로 〈드러난 계모의 간계〉 〈비비각시섬의 유래〉 〈후실의 심보〉 등을 들 수 있다. 먼저 〈드러난 계모의 간계〉이다.

(1)옛날에 어떤 사람이 아내가 죽고 딸 하나를 키우고 있었는데 딸이 참 얌전하고 귀엽게 컸다. (2)서모가 딸 하나를 데리고 들어왔는데 데리고 온 딸이 못났다. (3)데리고 온 딸이 더 나이가 많아 먼저 결혼을 시켜야 되는데 전실 딸에게만 자꾸 중매가 들어왔다. (4)계모는 전실 딸의 혼사를 훼방질 하고 전실 딸을 죽이려고 한다. (5)계모는 마을에서 제일 가난한 집 총각을 불러 자신의 집 담장을 뛰어넘으라고 하며, 그러면 자신이 소리를 지를 테니 신발 한 짝을 벗어두고 가라고 했다. (6)어느 날 총각이 약속대로 담장을 뛰어넘고 계모는 전실 딸의 방에서 남자가 나갔다고 소리를 지르며, 전실 딸은 누명을 쓰고 죽게 된다. (7) 전실 딸은 누명을 벗겠다며 지서를 찾아가, 제일 어른만 남고 다들 나가달라고 부탁을 한다. (8)다들 나가자 전실 딸은 우리 마을에 아무개가 자신을 범했다고 하는데 자신은 그런 일이 없으니 누명을 벗겨달라고 한다. 그러면서 자신의 몸에는 흉터가 있는데, 아무개가 자신의 몸을 봤다면 흉터가 있는 곳을 알 것이라고 했다. (9)아무개를 불러 전실 딸의 몸에 흉터가 있는지 묻자 총각은 배꼽 밑에 삼태성 같은 사마귀 셋이 주르륵 있다고 했다. (10)전실 딸이 그 이야기를 듣고는 자신의 몸 어디에 삼태성이 있냐며 했다. (11)실은 처녀가 어른에게 거짓말로 자신의 흉터 부위를 말하고 총각은 그걸 엿들었기에 전실 딸이 말한 대로 이야기한 것이었다. (12)누명을 벗은 전실 딸은 좋은 곳으로 시집을 가 잘 살고, 총각의 실토로 계모와 총각은 벌을 받는다.[6]

---

6. [한국구비문학대계] 6-5, 344-348면, 화산면 설화49, 드러난 계모의 간계, 김달심(여, 53)

이 설화에서는 전실 딸의 기지가 돋보이는데, 계모가 전실 딸을 죽이려는 이유는 자신의 딸보다 전실 딸의 용모와 행실이 뛰어나기 때문이다. 계모는 나이가 많은 자신의 딸을 먼저 결혼을 시키고 싶지만, 전실 딸에게만 중매가 들어오고 이것은 계모의 질투심을 자극한다. 이것은 계모가 두 딸을 차별하고 있다는 것을 보여준다. 즉 계모에게 딸은 본인이 데려온 딸 뿐이며, 전실 딸은 계모에게는 남 같은 존재인 것이다. 계모는 전실 딸의 혼사를 방해하며 그녀를 죽이려고 계략을 꾸민다. 계모는 마을에서 제일 가난한 집 총각을 불러 자신의 집 담장을 뛰어넘으라고 하고, 총각이 약속대로 담장을 뛰어넘자 계모는 전실 딸의 방에서 남자가 나갔다고 소리를 지르며, 전실 딸은 누명을 쓰게 된다. 계모의 뜻대로 진행되던 일은 전실 딸의 기지로 인해 반전을 맞게 되는데, 전실 딸은 거짓말로 자신의 몸에 흉터가 있는 것처럼 이야기를 하고 그 말을 엿들은 총각은 전실 딸의 몸에 흉터가 있다고 말을 한다. 전실 딸의 몸에 흉터가 있는 것이 거짓임이 밝혀지면서 전실 딸은 누명을 벗게 되고, 좋은 곳으로 시집을 간다. 여기서도 문제의 해결방안으로 이야기할 수 있는 것은 전실 딸이 계모가 있는 친정으로부터 독립되는 것이며, 계모는 벌을 받음으로써 전실 딸과의 관계는 끊어지게 된다. 또 하나는 계모의 계략을 밝혀낸 전실 딸의 기지(奇智)로 이것은 전실 딸의 뛰어난 능력이라고 이야기할 수 있다. 다음으로 〈비비각시섬의 유래〉이다.

(1)옛날에 섬나라가 있었는데 왕, 왕비, 아들 이렇게 셋이 살았다. (2)왕비가 병이 들어 죽게 되었는데 '이웃 나라 공주하고 결혼을 하라'는 유

언을 남기고 죽었다. (3)왕비 새 왕비를 모셨는데 그 왕비는 네 명의 아들을 데리고 들어왔다. (4)새 왕비는 이웃 나라의 공주가 하도 예쁘고 좋아 전실 아들 대신 자신의 아들과 공주를 결혼시키고 싶었다. (5)새 왕비는 요술쟁이 할머니를 불러 전실 아들을 구렁이로 만들어 버렸다. (6)이웃 공주는 결혼을 약속한 터라 구렁이가 된 왕자와 결혼을 한다. (7)새 왕비는 공주와 전실 아들이 같이 사는 게 보기 싫어 바다로 나가라고 한다. (8)계모의 말을 거역하지 못하고 바다로 나온 후 공주는 자신은 죽겠다며 바다에 빠지고, 구렁이 왕자는 공주를 살린다. (9)섬에서 둘이 살면서 공주는 날마다 엎드려 요술쟁이가 구렁이로 만든 왕자를 살려달라고 빈다. (10)기도를 얼마나 열심히 했는지 하늘에서 용이 내려와 두 내외를 태우고 하늘로 올라가고, 공주가 엎드려 빌었다고 하여 그 섬을 비비각시 섬이라고 부른다. (11)또 우리들이 보면 반다시 섬나라 라고도 하는데 여기에 가서 보면 능 같은 묘도 있고, 동산도 많이 있고, 석기시대 유물로 본다고 한다. 그래서 반다시 여기가 왕국이었다, 뭔 나라가 있었다 하는 것이 분명하다. (12)또 정씨 시조가 정승을 살았다 해서 정싱동이라 했다고도 한다. (13)요즈음 배가 파산해 빠졌던 문화재를 건져내 목포에 많이 전시돼 있는데, 그것이 분명히 이 왕국을 찾아오다가 배가 파산하지 않았겠나 싶다.[7]

이 설화에서 또한 계모가 전실 자식과 본인 자식을 차별하는 모습이 잘 나타난다. 계모는 이웃 나라의 공주가 예쁘고 좋다고 생각해 전실 아들이 아닌 자신이 낳은 아들과 공주를 결혼시키고 싶어 하고, 둘의 결혼을 방해하기 위해 전실 아들을 구렁이로 만들어버린

---

7. [한국구비문학대계] 6-6, 331-333면, 압해면 설화19, 비비각시섬의 유래, 백금문(남, 71)

다. 그럼에도 불구하고 공주가 전실 아들과 약속된 결혼을 하자, 계모는 공주와 전실 아들이 함께 사는 것이 보기 싫어 둘을 바다로 쫓아낸다. 이후 공주는 죽으려고 하지만 전실 아들이 살려내고, 공주는 날마다 바다에 나가 엎드려 빌면서 요술쟁이 할머니가 구렁이로 만든 남편을 살려달라고 빈다. 그리고 그 기도는 하늘에 닿아 용이 내려와 두 내외를 태우고 하늘로 올라간다. 여기까지가 이 섬이 비비각시섬이란 이름을 얻게 된 연유를 설명하는 부분이며, 이후에는 여기에 왕국이 있었다는 것을 해양문화재를 근거로 화자가 이야기를 하고 있다. 이 설화에서 계모의 악행은 징치되지 않는다. 다만 공주가 열심히 빌었고, 하늘에서 용이 내려와 이들을 데려갔다는 것은 이들에게 뭔가 좋은 일이 벌어졌을 거라는 기대를 갖게 해준다. 즉 여기서 문제를 해결해 주는 것은 하늘이라는 절대자이다.

마지막으로 살펴볼 설화는 〈후실의 심보〉이다. 이 설화는 『임석재전집』에 수록이 되어 있는데, 계모가 전실 자식과 데리고 들어온 자식을 음식으로 차별하고 있다.

(1)옛날에 한 사람이 아들 하나를 두고 마누라가 죽어 후실을 얻었다. (2)후실은 전실 아들만한 아들을 데리고 들어와서 잘 살았다. (3)후실은 마음씨가 곱지 못하여 제 자식에게는 하얀 쌀밥을 먹이고 전실 아들에게는 콩밥이나 보리밥만 먹였다. (4)아버지는 속이 상하고 못마땅하였지만 어찌할 수가 없어 보고만 있었다. (5)하루는 아버지가 제 아들과 후실이 데리고 온 아들을 씨름을 시켰다. 그랬더니 제 아들이 이겼다. (6)아버지는 이것을 보고 고놈 콩밥과 보리밥만 먹더니 기운이 세구나 하며 혼잣말로 중얼거렸다. (7)후실이 그 말을 듣고 그 후부터는 제 자식에게는 콩

밥과 보리밥을 먹이고 전실 아들에게는 하얀 쌀밥만 먹였다고 한다.[8]

옛날에 한 사람이 후실을 얻었는데, 아내가 자신이 데리고 들어온 아들과 전실 아들을 차별해 자신의 아들에게는 쌀밥을 전실 아들에게는 콩밥이나 보리밥을 먹였다. 아버지는 아들이 차별받는 것에 속이 상했지만 어찌할 수 없어 지켜만 보았다. 하루는 아버지가 둘을 씨름을 시켰고, 전실 아들이 이기자 "고놈이 콩밥과 보리밥만 먹더니 기운이 세다"면서 중얼거렸다. 이를 들은 계모는 그 후부터 자신의 아들에게는 콩밥과 보리밥을, 전실 자식에게는 쌀밥을 먹였다.

이 설화에서는 자신의 아들과 전실 아들을 차별하는 계모의 모습이 잘 나타나는데, 아버지는 계모의 마음을 역으로 이용하여 문제를 해결하고 있다. 아버지는 두 아이에게 씨름을 시키고, 전실 아들이 이기게 된 이유가 콩밥과 보리밥을 먹어서라는 느낌을 계모에게 심어 준다. 그리고 계모는 전실 아들이 이기는 것을 보고 콩밥과 보리밥이 쌀밥보다 더 좋은 것이라는 생각을 하게 된다. 이후 계모는 자신의 아들에게는 콩밥과 보리밥을, 전실 아들에게는 쌀밥을 먹인다. 이 설화에서 아버지가 자신의 아들이 계모에게 차별받는 것이 속상했지만 어찌할 수 없었다는 것은, 아버지가 계모에게 자신의 속상한 마음을 이야기함으로써 집안 내 분란(紛亂)을 만들고 싶지 않았다는 것으로 이해할 수 있다. 그리고 아버지는 기지(奇智)로 발휘해 집안 내 분란을 만들지도 않고, 누구도 상처받지 않는 방향으로 일을 처리하고 있다.

---

8. [임석재전집] 5, 경기도편, 후실의 심보, 평민사, 1989, 263면.

이와 비슷한 작품으로 〈이밥과 콩밥〉[9]이라는 설화가 있는데, 이것은 『한국구비문학대계』나 『임석재전집』에 수록되어진 것은 아니다. 그러나 여기서도 아버지는 기지를 발휘해 전실 아들의 상처받은 마음을 달래주고 있다. 설화에서 어떤 남자가 네 살 된 아이를 데리고 재혼을 하였는데, 계모 역시 네 살 된 아들을 데리고 들어왔다. 그런데 계모는 마음이 고약해서 남편이 외출을 하면 자신의 아이에게는 쌀밥을, 전실 아이에게는 콩밥을 주며 쥐어박고 욕을 한다. 어느 날 아버지가 외지에 나가 얼마 동안 있다가 돌아오니, 얼굴이 창백한 전실 아들이 계모가 구박을 한 일이며 콩밥을 먹은 일을 말한다. 아버지는 아이를 달래고, 아이에 뭐라고 귓속말을 한다. 저녁에 남편은 아내에게 한 아이는 기름기가 도는데 한 아이는 왜 이렇게 창백하냐며, 아마 기름기 있는 콩을 많이 먹은 게 아니냐고 이야기를

9. 이밥과 콩밥, 김규환 구술, 343-344면, 1978년(민간설화자료집2, 연변대학교 조선문학연구소 저, 허경진 역, 보고사, 2006.04.28). (1)옛날 한 사람이 상처하고 네 살 난 아이를 기를 수 없어 재취하였는데 후처도 네 살짜리 아들을 데리고 들어왔다. (2)그런데 후처는 마음이 고약하여 남편이 외출하면 제 아이는 이밥을 주고 전실의 아이는 콩밥을 주며 쥐어박고 욕을 했다. (3)한번은 남편이 외지에 가 얼마동안 있다 집에 돌아오니 얼굴이 창백한 전실의 아들이 아버지한테 매달려 울며 계모에게 구박 당하던 일이며 콩밥 먹던 일을 말했다. (4)그러자 아버지는 애를 달래며 귓속 말 한마디를 했다. (5)저녁에 남편은 아내에게 집에 없는 동안 애들을 데리고 고생했다면서 이 아이는 기름기 도는데 그 아이는 왜 그리 창백하냐며 아마 기름기 있는 콩을 많이 먹은 게 아니냐고 했다. 그러면서 아이들에게 한번 씨름해보라고 하자 전실의 아들은 아버지가 시켜준 대로 후실의 아들을 번쩍 떠밀어 메쳤다. (6)그 후 남편이 또 외지살이를 떠나게 되었는데 계모는 자기가 데리고 온 아이에겐 콩밥을 주고 전실의 아이에겐 이밥만 먹였다. (7)한 달 후 남편이 돌아와 두 아들을 씨름시켰는데 전실의 아들은 일부러 졌다. (8) 저놈이 저렇게 나넘어지는 걸 보니 콩을 못 먹은 탓이라고 생각한 계모는 남편이 집에 없기만 하면 늘 제 아이에게 콩밥을 주고 전실의 아들에겐 이밥만 주었다.

한다. 그러면서 아이들에게 씨름을 시키고, 아버지가 시킨 대로 전실 아이는 후실 아이를 번쩍 떠밀어 메친다. 그 후 남편이 또 외지로 떠나자 계모는 자신의 아이에게는 콩밥을 주고, 전실 아이에게는 쌀밥만 먹인다. 한 달 후 두 아들에게 씨름을 시켰는데 전실 아들은 일부로 졌고, 전실 아들이 진 이유가 콩밥을 못 먹은 탓이라고 생각한 계모는 남편이 집에 없기만 하면 늘 제 아이에게는 콩밥을 전실 아이에게는 쌀밥만 준다. 여기서도 아버지는 두 아이를 차별하는 계모의 마음을 역으로 이용해, 일부로 씨름을 시켜 콩밥만 먹은 전실 아들이 이기게 만듦으로써 아내에게 콩밥이 쌀밥보다 좋다는 생각을 갖게 만든다. 아버지의 기지로 인해, 계모의 아이차별로 인한 문제는 잘 해결이 되고 있는 것이다. 또한 이 설화에서 주목해볼 부분은 아버지가 전실 자식의 편이 되어주고 있다는 것이다. 아버지는 전실 자식의 말에 귀 기울여 주고, 그의 속상한 마음을 달래주며, 전실 자식이 계모로부터 받았을 마음의 상처를 치유해주고 있다.

다음으로 후자인, 전실 자식과 이복동생 간에 차별이나 편애가 나타나는 설화군으로는 [옷에 솜 대신 갈대꽃 집어넣은 계모]가 있다. 『한국구비문학대계』에는 2편이 수록되어 있는데, 〈전실 자식의 효도〉와 〈효자 민자공과 백인〉이 그것이다. 대강의 줄거리를 살펴보면 다음과 같다.

> (1)한 사람이 본처가 죽어 후처를 봤다. (2)본처가 남긴 아들이 하나 있었고 후처가 낳은 아들이 둘 있었다. (3)아버지가 자식들을 공부 시켰는데 늘 본처 아들이 추워서 떠는 것이었다. (4)하루는 아버지가 네 동생들은 춥다고 안하는데 너는 왜 매일 춥다고 하느냐며 본처 아들의 옷을

> 살펴보았다. 그랬더니 후처가 솜 대신 갈대꽃을 넣어 본처 아들의 옷을 만들어 입힌 것이었다. (5)아버지는 후처가 괘씸하여 쫓아내려고 하였다. (6)그러자 본처 아들이 아버지에게 말하기를 "모거삼자한(母去三子寒, 어머니가 가면 세 자식이 춥고), 모재일자한(母在一子寒, 어머니가 있으면 한 자식만 춥다.)"이라고 했다. (7)본처 아들이 사정을 하여 후처가 쫓겨나지 않았다. (8)본처 아들은 중국의 민자건이라는 사람이었다.[10]

한 사람이 본처가 죽어 계모를 들였는데, 이들 사이에는 본처가 남긴 아들 하나와 계모가 낳은 아들이 둘 있었다. 아버지가 자식들을 공부 시켰는데 늘 본처 아들이 추워서 떠는 것이었다. 아버지가 이상하게 생각해 본처 아들의 옷을 살펴보니, 아들의 옷에는 솜이 아닌 갈대꽃이 들어있었다. 아버지는 괘씸해 계모를 쫓아내려고 한다. 설화에서 계모는 전실 자식과 이복동생들을 차별해 옷을 해 입히고, 그 사실을 알게 된 아버지는 계모를 쫓아내려고 하면서 이 계모가정에는 갈등이 유발되고 있다. 전실 아들은 계모를 쫓아내려는 아버지를 말리는데, 그는 "어머니가 가면 세 자식이 춥고, 어머니가 있으면 한 자식만 춥다"며 아버지께 사정을 한다. 전실 아들의 이 말에는 계모는 누구나 전실 자식보다는 본인 자식을 우선시한다는 생각이 담겨져 있다. 전실 아들의 이 말에 아버지는 계모를 쫓아내지 않았는데, 이 설화에서 본처 아들은 중국의 민자건으로 나타난다.

이와 동일한 이야기인 〈효자 민자공과 백인〉에서도 민자공은 어릴 때 계모 아래에서 서러움을 많이 당했는데, 하루는 아버지와 말

---

10. [한국구비문학대계] 8-14, 453-454면, 악양면 설화1, 전실 자식의 효도, 이종기(남, 77)

을 타고 가던 중 너무 추워서 덜덜 떨다가 고삐를 놓치고 만다. 민자공이 하도 추위에 떠니까 아버지가 그렇게 두꺼운 솜옷을 입고도 떠느냐며 아들의 옷을 살피고, 아들의 옷에 솜 대신 갈대꽃이 가득한 것을 알게 되었다. 아버지는 화가 나 당장 계모를 쫓아내겠다며 집으로 돌아갔는데, 민자공이 아버지를 따라가 엎드려 빌면서, 지금은 한 자식이 떨지만 계모를 쫓아내면 세 자식이 추위에 떨 것이니 참으라고 한다. 여기서도 전실 자식과 자신의 자식을 차별하는 계모의 모습이 그려지는데, 사람들은 계모를 쫓아내지 못하도록 막은 민자공을 효자라고 칭하고 있다. 계모의 행동이 효자인 민자공으로 인해 어떻게 변화되었는지 설화에는 나타난 바 없다. 다만 설화에서 민자공은 자신이 희생을 함으로써 계모가정을 유지하며, 두 동생들의 불행을 막고 있다.

이처럼 [옷에 솜 대신 갈대꽃 집어넣은 계모] 설화군에서는 계모가 본처 아들과 자신의 아들들을 차별하는 모습이 잘 드러나며, 그로 인해 계모가정에는 문제가 발생하고 있다. 그리고 본처 아들은 계모를 쫓아내려는 아버지를 말리고, 자신이 희생하여 계모의 나쁜 행동을 수용해줌으로써 계모가정에서의 문제를 해결하고 있다.

2) 실제 계모가정 내 가족갈등 사례에의 적용

앞서 설화에서 살펴본 바와 같이 전실 자식과 계모 자식 간의 차별이나 편애가 나타나는 설화는 두 가지 종류가 있다. 하나는 전실 자식과 계모가 데려온 자식 간에 차별이나 편애가 나타나는 경우이고,

또 다른 하나는 전실 자식과 계모가 결혼한 이후 태어난 자식 간에 차별이나 편애가 나타나는 경우이다. 실제 사례들 또한 설화와 동일하게 두 가지 형태로 나타난다. 다음에서는 전자부터 살펴보도록 하겠다.

사례 1 재혼가정 쉽지 않군요 ㅠ

남편의 열한 살 아들과 저의 열 살 딸과 가정을 이루었습니다. 아이들과는 워낙 어릴 때부터 친하게 지내고 잘 따라서인지 합치는데 큰 부담은 없었습니다. 진심으로 아이들을 차별하지 않고 키워야지 내 새끼한테 조금 미안해지더라도 잘해야지 하고 티비에 사람들 입방아에 오르내리는 계모는 안돼야지 마음에 마음을 먹고 다짐에 다짐을 했더랬죠. 근데요 사람마음이 그런가 봐요. 무엇을 해도 내 자식이 더 눈에 먼저 들어오고 내 자식이 더 잘났으면 좋겠고 더 이쁘고 이런 맘이기만 하면 다행이지만 내 자식이 남편 아들 때문에(편의상 이렇게 씁니다) 속상해하고 기분 나빠하고 눈물바람일 때는 진짜 진짜 너무 나도 밉고 밉상이고 꿀밤을 한대 때리고 싶고 ㅠ 그렇습니다. 저희 딸 영리하고 애살 많고 눈치 빠르고 예민하고 센스 있습니다. 어 라고 말해도 아 라고 알아먹는 아이입니다 남편아들 눈치제로에 센스 없고 대화가 잘 안 되는 조금 늦되는 아이구요. 최대한 객관적으로 본 상황입니다 남편도 이렇게 인정을 하구요 남편은 여자아이라서 예민한 거고 머스마는 둔해서 잘 몰라서 그런다 하고 넘어갈려고만 합니다. 센스 없고 눈치 없는 건 딱 지 아빠를 쏙 뺐죠. ㅠ 오늘도 제 딸이 지 오빠 때문에 삐지고 결국 눈물까지 보이는데 아 정말 속이 너무 상하더군요. 가슴이 아프다는 말이 그럴 때는 재혼이란 걸 괜히 해서 내 딸

마음 아프게 하나 싶어 속이 너무 상하네요. 남편은 아이들 교육을 어느 정도는 저한테 일임한 상태입니다 근데요 차라리 내 새끼를 뭐라 하지 남편 아들한테 호되게 혼내기가 참 쉽지가 않네요. 아이가 상처받을까 겁나구 그러다 괜히 남편이랑도 사이가 틀어질까 걱정이구요 휴~ 정말 쉽지 않습니다. 아 그리고요 제가 글은 이렇게 쓰지만 정말 두 아이 차별하지 않고 똑같이 대하려고 정말 노력하고 애쓰고 있습니다. 주위사람모두 제가 대단하다 말합니다. 차별하지 않는 거 같다구요. 저희 양가 부모님들도 이 부분을 마음에 들어 하시구요. 물론 이건 이성으로 진짜 노력하는 거구요. 악플이 많이 달릴 거라 예상이 되지만 제 마음으로는 십 년 넘게 키운 내배아파 낳은 내 새끼랑 이제 가족이 된지 일 년도 채 안된 아이랑 똑같을 순 없자나요 그냥 속상한 마음에 잠도 오지 않아서 그런 글을 적어보네요 아무 생각 없이 코골고 자는 남편이 너무 미운 저는 나쁜 아내 나쁜 엄마인가요.ㅠ

사례 2 전처 아이 키우고 있습니다.

전 3년 전에 이혼을 해서 올해 사내아이 데리고 재혼을 했습니다. 상대방은 사내아이 한 명 있는 이혼남이구요. 일단 제가 자식이 있고 상대방도 자식 있는 거 알았고 자주 만나면서 정도 좀 쌓고 그랬지만 솔직히 큰아이(상대방아이)한테 정이 가지 않았어요. 막상 결혼해선 아이에 나쁜 점이 눈에 띄어서 힘들었고요 저도 제 아이 데려간 입장이지만 제 아이가 더 어리고해서 그런지 큰아이가 자기위주로 놀려고 하고 제 아이가 말을 안 들으면 놀아주지도 않고. 속을 참 썩었죠. 그러다가 안 되겠다 싶어서 내 아이 혼낼 때처럼 소리도 지르고 구박도 조금씩하고 심부름도 시키고 그러면서 지내다보니 정이 들더군요. 지금은 뭐하나 더 챙겨줄려고 노력하다보니 큰아이가 작은아이를 잘 챙겨주고 잘 놀아주고^^ 어디 놀러 가면 형제간에 우애 좋다는 소리 들으니 기분이 무척 좋아요. 처음엔 맘고생이 심했지만 지금은요 든든하답니다.

사례1〉 사례2〉는 여성이 전혼에서 낳은 자녀를 데리고 전혼에서 낳은 자녀가 있는 남성과 재혼을 한 경우이다.

사례1〉에서 글쓴이는 자신의 열 살 된 딸을 데리고, 남편의 열 한 살 된 아들과 한 가정을 이루었다. 이들은 워낙 어릴 때부터 친하게 지내 가정을 이루는데 큰 부담은 없었다. 글쓴이는 진심으로 아이들을 차별하지 말고 키워야지 다짐을 했지만, 실제 상황에서는 뜻대로 되지 않는다. 무엇을 해도 자신의 자식이 더 눈에 먼저 들어오고, 자신의 자식이 더 잘났으면 좋겠고, 남편의 아들 때문에 자신의 딸이 속상해하고 눈물바람일 때는 진짜 너무 밉고 속이 상한다. 그러나 남편 아들이 상처를 받을까봐, 남편과의 사이도 틀어질까봐 차라리 자신의 아이를 혼내지 남편의 아들을 혼내기는 쉽지 않다. 글쓴이는 정말 두 아이를 차별하지 않고 대하려고 노력하고, 주위 사람들도 차별하지 않는 거 같다고 인정하지만, 글쓴이의 마음은 자신의 자식과 남편의 자식이 똑같을 수는 없다고 생각하며 그것 때문에 속이 상한다.

사례2〉는 남자아이를 데리고, 남자아이가 있는 남편과 재혼한 여성의 글이다. 글쓴이는 결혼 전에 자주 만나 정도 쌓고 했지만 남편의 아이에게는 정이 가지 않았으며, 결혼 후에도 큰 아이의 나쁜 점이 눈에 보여 힘들었다고 이야기한다. 더군다나 자신의 아이가 더 어렸기 때문에 큰아이가 자기위주로 놀려는 것 같아 그것 때문에 속도 많이 상했다. 그러나 자신의 아이를 혼낼 때처럼 소리도 지르고, 구박도 하고, 심부름도 시키고 그러다보니 정이 들었고, 지금은 큰아이에게 뭐하나 더 챙겨주려고 노력하다보니 큰아이도 작은아이를 잘 챙겨주고 잘 놀아준다. 처음에는 마음고생이 심했지만 지금은 든든하다.

사례 3 내가 낳은 자식과 남이 낳은 자식

두 딸 아이의 엄마입니다. 정확하게 말하자면 작은 아이는 내가 낳은 아이고 큰 아이는 남편의 전처가 낳은 자식입니다. 지금 딸아이 둘 다 20대가 다 되어 이쁘게 자라줘서 고마울 따름입니다. 그런데 요즘 유독 큰 딸아이가 나이가 들수록 작은아이에 비해 미모가 출중해 확연히 비교가 되네요. 작은 아이도 나름 고민이 많고 항상 나한테 불만을 털어놓습니다. 혼자 신경질 내는 시간도 많은 것 같고. 그럴 때일수록 전 큰아이에게 짜증내고 꼴 보기 싫다고 나가라하고 욕하고.. 저도 사람은 사람인가 보네요. 큰아인 마음이 약해서 항상 혼나고 나면 대들지도 않고 눈물이 그렁그렁해져서 지방에 쏙 들어가 나오질 않습니다. 그럼 전 한 소리하죠. "평생 나오면 머리카락 다 쥐어뜯을 줄 알아!!!" 작은 아이는 키 작은 저를 닮아 156~8정도 되는 키에 넓적한 코 째진 눈..하여튼 못 생긴 건 죄다 저를 닮았더군요. 큰아이는 기다란 다리에 날씬한 몸매 조막만한 얼굴 화장 이쁘게 하고 외출 나가는 거 볼 때면 내가 봐도 이쁘네~~란 생각이 듭니다. 하지만 둘째 딸 아이가 첫째에 비해 공부를 잘해 마음의 위로가 되긴 하네요. 휴,. 그런데 집에 오는 손님들이나 아는 어르신들 모두 첫째딸아이와 둘째

딸아이를 비교 하는 건 일쑤고 나랑 안 닮았다며 다들 물어보십니다. 그럴 때마다 당황스럽네요. 자식을 공평하게 사랑해야 한다지만 저도 어쩔 수 없는 사람인가봅니다.

사례 4 재혼 가정의 아이 차별

결혼 4년차입니다. 남편은 재혼이고 전 초혼이구요,, 남편에겐 아들이 하나 있구요,,, 당시 6살이었구,,, 지금은 초4 올라가네요. 결혼 후 아들 하나 더 낳구요.. 지금 만 3살 됐네요. 신랑이랑은 사이가 좋구,,, 시댁과도 큰 문제없이 다복하게 지냅니다. 문제는 전데요.... 큰 아들은 이미 큰 다음 제 품에 왔기에,,제가 친엄마가 아닌걸 압니다. 울 친정 쪽 친척들(저의 외갓집,,, 작은 아버지네.. 뭐,, 등등)은 결혼할 당시엔 몰랐지만 지금은 큰 아들 여기 저기 데리고 다님서 다 인사 드렸구, 다들 겉으론 별 문제 없이 받아 주셨네요,,, 근데, 큰 아이가 커 가면서 제 목소리가 커갑니다. 근래 들어 부쩍 공부하는 거나 생활 습관 등이 안 고쳐져서 계속 잔소리 해댑니다. 동생이랑도 장난하다가 울거나 하면 큰애를 혼내게 되는 경우가 많은데... 전,,, 걱정이 큰아들이 제 친자가 아니라 제가 이렇게 잔소리를 많이 하는 건 아닌가,, 큰아들이 친자가 아니라 작은애를 감싸 도는 건 아닌가,, 라는 생각에 빠지게 됩니다. 늘 큰소리 치고 잔소리 하고 나면 후회와 가슴 아픔이 밀려옵니다. 이러다가 큰애가 자기가 친자가 아니니까,, 엄마가 그러는 거 아닐까,, 라는 생각을 할까봐 무섭습니다. 큰아들과 작은 아들이 7살 차이라,,, 그저 나이 차이에 따른 행동이라고 위로하기도 합니다. 매를 드는 것도 지난 가을 이후로 강도가 점점 세어지길래 그만 두었습니다. 큰아들은 무진장 장난꾸러기입니다. 그만큼 성격이 밝고 씩씩합니다. 말썽도 많이 부려서 야단을 맞아도, 금방 헤헤 하고 웃습니다. 사춘기가 곧 올 텐데,,, 이런 가정환경이 아이에게 나쁜 영향을 줄까 걱정입니다. 아이가 크는 게 두렵습니다...

사례 5 남편 자식 키우는 일이....

재혼커플입니다 남편에겐 아들이 하나있는데 시댁에서 있다가 제가 애를 낳고선 이쪽으로 데려왔지요.. 벌 받을 얘기지만 왜 이리 스트레스인지 모르겠네요.. 애가 8살인데 시댁에서 자라서 약간 애늙은이고 눈치가 빠르죠 가끔씩 볼 때는 이뻐 했는데 매일매일 생활하는 게 아직은 익숙하지 않아서 일까요? 너무 미울 때가 많아요.. 물론 아이한테 내색 안하져... 아이가 상처받을 테니까 속으로 아이 때문에 스트레스 받으면서도 이러한 제자신이 마음 넓지 못한 여자 같아 속상합니다. 신혼 때 남편 아이 친엄마가 전화가 와서 아이를 데려가겠다며 경우 없는 행동을 보인 이후 아이에게 마음이 멀어져간 계기가 된 것 같기도 하구요... 입양도 해서 키운다는데.. 장애아도 데려다 키우는 좋은 분들도 많은데.. 전 나쁜 여자인가 봅니다. 제가 낳은 자식만 이뻐 죽겠구.. 남편아이에겐 그냥 겉으로만 잘해줄 뿐 정이 안가고 싫을 때가 많으니... 아이들끼리는 사이가 좋구요. 남편도 가정에 충실한 편이구요.. 우울하네요.. 삼십대 중반이 되었어도 아직 철이 안든 건지 요즘은 10개월 된 애기 재롱 빼면 즐거운 일이 없네요...

사례3〉 사례4〉 사례5〉는 전실 자식이 있는 남편과 초혼으로 재혼한 여성들의 이야기이다. 사례3〉는 두 딸의 엄마로 큰아이는 전실 자식이며, 작은아이는 자신이 낳은 아이이다. 지금은 둘 다 20대가 다 되어 예쁘게 자라줘 고맙지만, 큰 딸이 나이가 들수록 작은 아이에 비해 미모가 뛰어나 확연히 비교가 된다. 작은 아이는 나름 고민이 많으며 엄마에게 불만을 털어놓는다. 그러면 글쓴이는 큰아이에게 짜증을 내고 욕을 하며, 마음이 약한 큰아이는 대들지도 않고 눈물이 그렁그렁 해 방으로 들어가 나오지 않는다. 글쓴이는 자신의 딸과 전실 자식의 외모가 비교되면서 자신의 딸이 우월하지 않은 것이 속이 상한다. 그나마 자신의 딸이 공부를 잘하는 것에 위로를 받고 있다. 글쓴이는 "자식을 공평하게 사랑해야 한다지만 저도 어쩔 수 없는 사람인가 봅니다."라는 말로 자신의 감정을 합리화 시키고 있다.

사례4〉에서 글쓴이는 결혼 4년차이며, 초등학교 4학년인 전실 아들과 만3살인 자신의 아들을 키우고 있다. 신랑과도 사이가 좋고 시댁과도 큰 문제없이 잘 지내지만, 글쓴이가 걱정이 되는 건 큰아들이 6살 때 결혼을 했기에 큰아들은 자신이 계모라는 사실을 알고 있다는 것이다. 큰아들이 커가면서 글쓴이 자신의 목소리도 높아가고, 근래에는 공부나 생활습관이 마음에 안 들어 계속 잔소리를 하며, 동생과 장난을 하다가 동생이 울거나 하면 큰아이를 혼내는 경우가 많은데 자신의 이러한 행동이 혹 큰아들이 전실 자식이라 그런 건 아닌지 걱정이 된다. 또 큰아들 역시 자신처럼 엄마가 새엄마라 자신을 그렇게 대하는 게 아닐까 생각할까봐 그것 역시 걱정이 된다. 아직까지 큰아들은 무진장 장난꾸러기에 야단을 맞아도 금방 헤헤 하고 웃는다. 그러나 곧 사춘기가 올 테고, 계모가정인 자신의 집안 환경이 아이에게 나쁜 영향을 줄까 걱정이 되며 큰아들이 크는 게 두렵다.

사례5〉는 초혼으로 아들이 하나 있는 남편과 재혼을 했다. 자신의 아이가 태어난 후 시댁에 있던 전실 아들을 데려왔는데, 글쓴이에게 전실 아들은 스트레스이다. 아이가 상처를 받을까봐 내색은 안하지만 너무 미울 때가 많고, 자신이 마음이 넓지 못한 여자인 것 같아 속이 상한다. 신혼 때 아이의 친모가 전화를 해 아이를 데려가겠다고 경우 없는 행동을 보인 이후, 아이에게 마음이 멀어졌는지도 모르겠다. 글쓴이는 자신이 낳은 아이만 예쁘고, 남편의 아이에게는 정이 안 가고 싫을 때가 많다.

그렇다면 전실 자식과 본인 자식을 차별하거나 편애하는 이러한 사례들에서, 앞서 살펴본 설화들은 무슨 이야기를 해줄 수 있을까?

이 설화들에서 문제해결 방안으로 지적해본 것은 전실 자식에게 도움을 주는 원조자의 존재나 계모가정으로부터의 분리, 전실 자식의 뛰어난 능력, 하늘이라는 절대자, 전실 자식의 편이 되어주는 아버지의 존재, 전실 자식의 희생 등이다. 이들 중 실제 계모가 전실 자식과 본인 자식을 차별하거나 편애할 때, 전실 자식의 어려움을 해결해줄 수 있는 것은 아버지라는 존재일 것이다.

전혼에서 낳은 자녀를 데리고 전혼에서 낳은 자녀가 있는 남성과 재혼을 한 사례1〉 사례2〉의 경우 남편의 자식보다 자신의 자식이 먼저 눈에 들어오고, 자신의 자식이 더 소중한 건 사람이기에 당연히 드는 마음이다. 아마도 상대인 남편 또한 마찬가지일 것이다. 〈후실의 심보〉에서 아내가 자신이 데리고 온 아들과 전실 자식을 차별하는 것을 보고, 남편이 속상해하고 못마땅해 하는 것도 이와 동일한 맥락일 것이다. 그런데 여기서 중요한 것은 남편이 자신의 아이를 사랑해주기를 바라는 아내의 마음처럼, 남편 또한 아내가 자신의 아이를 사랑해주기를 바란다는 것이다. 자신의 아이에 대해 마음으로 편애를 하는 것은 당연한 일이지만, 그것을 표현하는 방식이 〈후실의 심보〉나 〈이밥과 콩밥〉에서처럼 상대방의 눈에 보인다면 부부갈등은 커질 수 밖에 없다. 이것은 사례3〉 사례4〉 사례5〉에서도 마찬가지이다. 이들 사례는 전실 자식이 있는 남편과 초혼으로 재혼하여, 남편과의 사이에 아이를 낳게 된 계모들의 이야기이다. 여기서도 계모는 전실 자식보다 자신의 자식이 먼저 눈에 들어온다. 그것이 마음으로는 당연한 일이라고 해도 계모는 전실 자식과 본인의 자식 사이에서 전실 자식이 상처받지 않도록 적당한 균형을 맞춰주어야 한다. 이 균형이 제대로 유지될 때, 원만한 부부관계와 계모가정은 유지될 수 있을 것이다.[11]

〈후실의 심보〉나 〈이밥과 콩밥〉에서 또 하나 지적해줄 수 있는 것은 전실 자식을 대하는 아버지의 태도이다. 짤막한 설화지만 이야기 속에서 아버지는 전실 자식의 편이 되어준다. 설화에서 아버지는 전실 자식의 말에 귀 기울여 주고, 그의 속상한 마음을 달래주며, 전실 자식이 계모로부터 받았을 마음의 상처를 치유해주고 있다. 그리고 기지(奇智)를 발휘해 아내와 전실 아들이 모두 상처받지 않는 방법을 강구해내고 있다. 그러므로 계모가정에서 아내와 전실 자식의 사이에서 아버지의 역할은 무엇보다 중요하다.

---

11. 〈전실 자식의 효도〉와 〈효자 민자공과 백인〉에서는 전실 자식이 계모의 차별과 편애를 감내하며, 계모를 내치려는 아버지를 설득하고, 자신을 희생시킴으로써 계모가정을 유지하고 있다. 옛사람들은 민자공을 효자라고 칭하고 있지만, 현대 사회에서 민자공처럼 계모의 차별을 감내하고, 계모가정을 유지시키고자 효를 행하는 전실 자식은 아마도 없을 것이다.

4장

경제적인 문제로 인한 갈등

1) 구비설화에 나타난 갈등양상과 해결방안

계모가정에서 경제적인 문제로 인해 갈등이 유발되는 설화군으로는 [음식 잘 먹여 전처 자식 죽이려 한 계모] [장가간 날 목 잘린 전처 아들] [간 뺏길 뻔한 전처 아들] [글 잘하는 황처자]가 있다.

이들 중 먼저 [음식 잘 먹여 전처 자식 죽이려 한 계모]부터 살펴보겠다. 이 설화군에 속하는 설화는 『한국구비문학대계』에 3편이 있는데, 이 중 〈식전 술은 독주 식후 술은 약주〉 1편 만이 경제적인 문제로 인한 갈등이 드러난다. 대강의 줄거리는 다음과 같다.

(1)옛날 어느 재상가가 상처를 당하고 후처를 얻었다. (2)후처에겐 자식 하나가 있었는데 시집와서 보니 전처 자식도 있었다. 후처는 그 자식을 죽이면 재산이 전부 자기 것이 되겠다는 생각을 했다. (3)후처가 꾀를

내기를 술이라는 것은 식후에 먹으면 몸에 좋고 식전에 먹으면 좋지 않아서, 매번 전처 자식에게 식전에 술을 먹이고 식사를 하게 했다. (4)후처는 전처 자식을 죽이기 위해 계획적으로 하는 일인데, 외부에서 볼 때는 후처가 전처의 자식을 잘 대접한다며 칭찬이 자자했다. (5)후처는 전처의 자식에게 삼 년 간 매일 세 끼 식사 전에 술상을 대접하였다. 그러자 몸이 건강했던 전처 자식이 점점 빼빼 말라서 곧 죽을 것만 같았다. (6)생질이 아파서 죽게 생겼다는 말을 듣고 외숙이 병문안을 갔다. 외숙이 며칠을 묵었는데 서모가 식사 전에 매번 술상을 가져다 줬다. 이상하다고 생각한 외숙은 놀라며 앞으로는 식후에 술을 먹으라고 했다. (7)다음 날 서모가 술상을 가져오자 전처 자식은 몸이 안 좋으니 다음부터는 식후에 술상을 가져다 달라고 했다. 서모는 자신이 일부러 식전에 주는 것을 전처 자식이 눈치챌까봐 알겠다고 했다. (8)그 다음부터 식후에 술상을 가져다줬는데, 그때부터 전처 자식은 살이 붙더니 다시 건강해졌다. 서모는 안 되겠다 싶어 자신이 일부러 식전에 술을 가져온 것을 자백하고, 잘못했다며 용서를 구했다. 아들은 죽지 않았으니 서모를 용서하고, 그녀를 모시고 잘 살았다.[12]

어느 재상이 상처를 당해 계모를 얻었는데, 계모에게는 데리고 들어온 자식이 하나 있었다. 계모는 전처 자식을 죽이면 재산이 전부 자신의 것이 될 것이라 생각했다. 그래서 꾀를 내었는데 술은 식후에 먹으면 몸에 좋고 식전에 먹으면 좋지 않은 것이라, 전처 자식에게 매일 세 끼 식사 전에 술상을 대접하였다. 계모는 전처 자식을 죽이려고 하는 것이었지만, 외부에서 보는 사람들은 계모가 전처 자식

12. 「한국구비문학대계」 4-4, 741-743면, 오천면 설화48, 식전 술은 독주 식후 술은 약주, 한현석(남, 58)

을 잘 대접한다며 칭찬을 했다. 몸이 건강했던 전처 자식은 점점 말라갔고 곧 죽을 것만 같았다. 여기서 계모가정에 문제가 발생하는 원인은 재산이다. 계모는 데리고 들어온 자식이 하나 있었고, 전처 자식을 죽여 그 재산을 차지하기를 원했다. 설화의 문면에는 드러나지 않지만, 계모가 전처 자식을 죽이려고 하는 이유는 자신이 재산을 차지해 그것을 데리고 들어온 자식에게 물려주기 위함일지도 모른다. 여하튼 계모는 꾀를 내어 다른 사람들이 눈치 채지 못하도록 전처 자식에게 해를 가하고, 전처 자식은 죽을 위기에 처한다.

조카가 아파 죽게 되었다는 소식에 외숙은 병문안을 오고, 외숙이 살펴보니 계모가 식사 전에 매번 술상을 가져오는 것이었다. 외숙은 놀라며 앞으로는 식후에 술을 먹으라고 하고, 전실 아들은 계모에게 다음부터는 식후에 술을 가져다 달라고 말한다. 계모는 자신의 계획을 전처 자식이 눈치챌까봐 식후에 술상을 가져다줬고, 전처 자식은 다시 건강해졌다. 계모는 자신이 일부러 식전에 술을 가져온 것을 자백하고 용서를 구했으며, 전처 자식은 계모를 용서하고 잘 모시고 산다. 계모의 계략을 간파한 사람은 조카의 병문안을 와 며칠 동안 머물러있던 외숙이다. 외숙은 조카에게 술은 식전에 해로우니 식후에 먹도록 한다. 그리고 전처 자식은 외숙의 말을 따른다. 자신의 계략이 탄로가 나자 계모는 전처 자식에게 자신의 잘못을 고백하고, 전처 자식은 계모를 용서하며 계모를 모시고 잘 산다.

이 설화에서 계모가정의 문제를 해결해 준 사람은 외숙이지만, 계모가 자신의 잘못을 뉘우치고 전처 자식에게 용서를 구하는 것이나, 그러한 계모를 감싸주는 전처 자식의 행동은 모두 계모가정의 문제를 해결하는 열쇠가 되고 있다.

다음으로 살펴볼 설화군은 [장가간 날 목 잘린 전처 아들]이다. 이 설화는 『한국구비문학대계』에 23편이 수록되어 있는데 이 중 경제적 문제로 인한 갈등이 구체적으로 제시되는 것은 다음 설화 〈사명당 입산과정〉 1편뿐이다. 그 줄거리를 제시해보면 다음과 같다.

(1)사명당이 출가를 하기 전의 일이다. (2)사명당이 본처와 이별하고 재취를 맞았다. 그렇게 사는데 본처 아들이 장가가는 첫날 목이 베여 죽었다. (3)이에 어떻게 된 것이냐면 계모가 형제를 낳자 재산권을 차지하려고 본처 아들을 죽인 것이었다. 계모는 죽은 본처 아들의 목을 단지에 담아서 깊이 묻어 버렸다. (4)사명당은 사돈집과 의절하고 며느리는 쫓아내고 동리를 떠났다. 한편 계모는 본처 아들을 죽인 종에게 재물을 잔뜩 주어 내보냈다. (5)그 종은 돈이 많이 생기자, 속량되어 양반행세를 하며 살았다. (6)한편 쫓겨난 며느리는 간부가 있어서 신랑을 죽였다는 누명을 벗기 위해 스스로 방물장수가 되어 범인을 찾아 나섰다. (7)그렇게 삼 년을 돌아다니다가 어느 집에서 잠을 자는데 늙은 내외가 "저 초립동이 놈이 칼을 들고 날 죽이려 든다."면서 잠꼬대를 하는 것이었다. (8)며느리는 하도 이상하여 근처 주막집에 가서 그 늙은 내외가 어떤 사람이냐고 물었다. 그러자 주막집 주인이 아무개 댁에서 종살이를 하다가 이곳에 나와서 사는 사람이라고 말해줬다. (9)며느리는 뭔가 수상하다고 생각하고, 그 집에 들어가 수양딸이 되고 싶다고 하였다. 늙은 내외는 그녀를 수양딸로 삼았다. (10)그런데 지내면서 보니까 늙은 내외가 걸핏하면 잠꼬대를 하는데 한번은 '모가지가 없는 초립동이놈'이란 말도 하는 것이었다. (11)며느리가 수양아버지에게 무슨 곡절인지 살살 달래서 묻자, 수양아버지는 젊은 시절에 어느 집에서 종살이를 하는데 그 집의 마님이 장가가는 아들의 목을 베라고 했었다는 말을 했다. 그리고 그 때에

는 금패물이 욕심이 나서 사람을 죽였다고 고백하였다. (12)수양딸은 그 말을 듣고 아버지 참 욕보셨다면서 자기가 자식노릇을 잘 하겠다고 대답했다. (13)며느리는 한 닷새 동안 늙은이들에게 잘 대해주고 그 집을 나와 관가에 고발을 하였다. (14)그리고 사명당이 있는 집으로 찾아갔다. 사명당은 죽은 아들의 몸뚱이를 묻은 곳에 매일 밤마다 가곤 했는데, 그 곳에서 기다리고 있던 며느리와 만났다. (15)사명당은 며느리 때문에 아들이 죽었다고 생각해서 고개를 돌렸지만, 며느리는 자신이 찾은 단서를 말해 주었다. 그러면서 다락에 올라가서 모가지를 찾으라고 했다. (16)사명당은 다락에 가서 단지를 찾고 열어보니까 눈뜨고 죽은 아들 목이 있는 것이었다. (17)사명당은 며느리에게 그동안 살인범으로 의심해서 미안하다면서 개가를 하라고 했다. 그리고 집안의 종과 머슴에게 재산을 분배해주었다. (18)그 다음에 여편네와 자식 형제를 집안 기둥에 묶어 놓고 불을 질렀다. 마누라와 자식들이 살려달라고 애원하자, 사명당은 악한 년 뱃속에서 태어난 자식은 쓸데가 없다면서 불에 태워 죽였다. (19)그리고는 절에 들어가서 삭발을 하고 사명당이 되었다.[13]

이 설화에서 사명당은 본처가 죽자 재취를 맞았는데, 본처 아들이 장가를 가는 첫날밤에 목이 베여 죽는다. 예문에서는 본처 아들이 죽은 이유가 계모가 형제를 낳자 재산권을 차지하기 위해서라고 분명히 제시된다. 여기서는 재산권을 차지하기 위해 전실 아들을 죽이려 하는 계모의 모습이 잘 나타난다.

본처 아들이 죽자 며느리는 시댁에서 쫓겨나고, 자신에게 간부가

---

13. [한국구비문학대계] 5-1, 567-574면, 덕과면 설화6, 사명당 입산과정, 김기두(남, 72)

있다는 누명을 벗기 위해 방물장수가 되어 3년 동안이나 여기저기를 떠돌아다닌다. 어느 날 한 집에서 묵었는데 그 집 늙은 내외가 잠꼬대를 하고, 이상하게 여긴 며느리는 그 사람들이 과거 남편의 집에서 종살이를 하던 사람들임을 알게 된다. 그 후 늙은 내외의 수양딸이 되어 과거 자신들이 금패물에 욕심이 나 사람을 죽였다는 고백을 듣게 되고, 이들을 관가에 고발한다. 또 시아버지인 사명당에게 자신이 알게 된 사실을 고하고, 사명당은 다락 단지 안에서 아들의 목을 찾게 된다. 사명당은 재산을 종들에게 나누어 주고, 계모와 그녀에게서 난 아들 형제를 불태워 죽이며, 절로 들어가 중이 된다. 그런데 이 설화에서 재미있는 것은 사명당 또한 계모가 낳은 자신의 자식을 불태워죽이고 있다는 것이다. 사명당은 "악한 년 뱃속에서 태어난 자식은 쓸데가 없다"는 말로 계모와 계모가 낳은 자식들을 동일시하고 있다. 이 설화의 경우 전실 자식은 재산권을 차지하려는 계모에 의해 죽음을 당하며, 계모가정이 해체됨으로써 설화는 마무리된다. 전처 자식은 계모에 의해, 계모와 계모가 낳은 자식들은 아버지에 의해 죽임을 당하며, 설화 내에서 행복해진 사람은 아무도 없다.

이 외 [장가간 날 목 잘린 전처 아들]에 속해 있는 〈조생원〉에서는 조생원이라는 사람이 전처가 낳은 영이라는 아들을 하나 두고 성주 배씨와 혼인을 했는데, 영이 열다섯이 되던 해 죽은 부인이 꿈에 나타나 영을 장가들이려고 둔 베를 배씨가 다 팔아 먹었다는 말을 한다. 조생원은 꿈이 희한해 아침에 배씨 부인을 불러 올해는 불국사로 공부하러 간 영을 오라 해, 내년에 장가를 들여야겠다고 이야기한다. 또 〈누명 벗은 며느리〉에서도 전처가 천행이라는 아들을 낳고 죽은 후 조씨는 재혼을 했는데, 계모가 아들을 낳고 천행이에 대한 구박이 심해지자 아버지는 천행이를 절에 보내 공부를 시킨다. 아들을 보낸 후 아버지의 꿈에 전처가 나타나, 자신이 아들을 장가보내려고 마련해 둔 옷감을 계모가 다 빼앗아 간다고 하며 천행이를 빨리 장가를 보내라고 한다. 이 두 편의 설화에서는 꿈에 죽은 전처가 나타나 아들을 장가보내기 위해 마련해 둔 옷감을 계모가 다 없애고 있으니 빨리 아들을 장가보내라고 하는데, 설화 내에서는 이 죽은 전처의 말이 사실인지의 여부는 나타나지 않는다. 즉 계모가 아들의 소유물을 취했다는 언급이나 경제적인 부분을 취하기 위해 전실 자식을 죽였다는 근거는 나타나지 않는다. 그러므로 [장가간 날 목 잘린 전처 아들]에서 경제적인 문제와 관련된 것은 〈사명당 입산과정〉 1편뿐이다.

다음으로 살펴볼 설화군은 [간 빼길 뻔한 전처 아들]로, 이 설화 또한『한국구비문학대계』에는 9편이 수록되어 있다. 그리고 이들 중 경제적인 문제로 인해 계모가정에 갈등이 유발되고 있는 것은 다음에 제시될 〈악한 계모와 아들의 갚음〉 1편뿐이다. 대강의 줄거리는 다음과 같다.

(1)어떤 여자가 아들 형제가 있는 집에 재취로 들어갔다. (2)그런데 전처 아들이 있으면 나중에 유산이 쪼개질 것 같아서 아들들을 죽이기로 했다. 그래서 동네 점쟁이와 음모를 꾸몄다. (3)얼마 후 후처는 복통을 호소하는데, 영감은 마음이 급해서 동네 점쟁이에게 어떻게 해야 하냐고 물었다. 점쟁이는 일부러 뜸을 들이다가 그 병에는 전처 아들의 간을 먹여야 한다고 했다. 영감은 그 처방을 듣고 와서 울다가 결국 후처에게

고백했다. (4)후처는 자식은 다시 낳으면 된다면서 자신이 병이 낫는 것이 급하다고 하였다. 영감은 그 말을 따르기로 했다. 그래서 후처가 포수를 사서 아이들을 죽이고 간을 빼내기로 했다. 그런 이야기를 아홉 살 먹은 큰 아들이 다 들었다. (5)후처는 전처 자식들을 죽이기 전에 마지막으로 아침을 차려 주면서 살아 있는 붕어를 먹으라고 했다. 이는 후처가 마지막으로 베푸는 선물이었다. 그러나 큰 아들은 이미 어젯밤에 자기 죽을 것을 들었기에 먹지 않았고, 일곱 살 된 작은 아들은 아직 살아 있는 것이라서 먹지 않았다. (6)그러자 후처는 화를 내면서 산에 가서 참꽃을 따오면 그것으로 맛난 전을 부쳐주겠다고 했다. 그 말에 신이 난 일곱 살짜리는 얼른 뛰어 나가서 꽃을 따는데, 아홉 살 난 큰 아들은 동생을 불쌍하게 보면서 천천히 산으로 갔다. 그리고 주위를 둘러보았더니, 포수가 있는 것이었다. (7)큰 아들은 포수에게 아저씨도 자식이 있지 않느냐면서 살려달라고 애원하였다. 그 말을 들은 포수는 큰 아들에게 멀리 떠나라고 했다. 그리고 자신은 개를 잡아서 간을 빼내어 후처에게 전했다. (8)큰 아들은 동생의 손을 잡고 급히 도망쳤다. 그렇게 도망치다가 갈림길에 이르게 되었다. 큰 아들은 동생에게 둘이서 함께 다니다가는 둘 다 죽을 것이라면서 서로 헤어져서 겨울의 동지에 팥죽 먹을 때에 만나자고 약속했다. (9)그리고 큰 아들은 동생과 헤어져서 길을 떠났다. 큰 아들은 날이 저물자 어느 기와집으로 들어갔다. 그 집의 영감이 인물이 좋은 아이가 들어온다고 생각하였다. (10)그렇게 큰 아들은 기와집 영감의 눈에 들어서 그 집의 아들과 형제처럼 지내게 되었다. (11)큰 아들은 사는 것이 평안해지자, 동생의 일을 잊고 말았다. 그런데 어느 날 서당에서 돌아오니까, 집에서 팥죽을 쑤고 있는 것이었다. (12)아들은 그것을 보고 동생과의 약속을 기억하고 그 집의 형과 함께 말을 타고 갈림길로 갔다. 밤이 되어 그곳에 도착했더니, 동생이 웬 사금파리에 팥죽을 조금 담아서 바위에 앉은 채로 꼼짝없이 앉아서 반쯤 얼어 죽어 있었다. (13)형은 그 아이를 말에 실어서 집에 데리고 와서 주무르고 몸을 덥혀서 겨우 살려 놓았다. 영감은 새로 들어온 아이도 자기 자식으로 거두어서 키웠다. (14)나중에 삼형제가 장성해서 첫째와 둘째는 과거를 하고, 막내는 아직 과거를 보지 않았는데, 영감이 양아들로 들인 두 아들이 고향에 두고 왔던 친아버지를 찾아가기로 했다. (15)두 아들이 고향에 갔더니 잘 살던 아버지가 가난해져, 아버지는 짚신을 삼고 계모는 바느질을 하면서 살고 있었다. 장성한 아들들이 아버지라면서 불렀지만, 아버지는 알아보지 못하였다. (16)나중에야 아버지는 이들이 죽은 줄 알았던 아들이라는 것을 알게 되었다. 그리고 아들을 잡아먹으려던 계모의 흉계를 알게 되었다. 아들들은 계모를 엄나무로 만든 가마에 태워 산의 갈림길에 놓고 오고가는 사람들이 양쪽에서 끈을 잡아당기게 했다. (17)그래서 가시나무 가마에 있던 계모는 죽고 말았다. 그리고 계모에게 속았던 아버지는 차마 죽이지 못했다. (18)나중에 두 아들은 성공해서 잘 살게 되었다.[14]

어떤 여자가 아들 형제가 있는 집에 계모로 들어갔는데, 전실 아들이 있으면 나중에 유산이 쪼개질 것 같아 아들들을 죽이기로 한다. 이 설화에서도 계모는 유산이 쪼개지는 것이 싫어 전처 자식들을 죽이려고 하고, 계모가정에는 갈등이 유발된다. 계모는 동네 점쟁이와 짜고, 자신의 병에는 전실 자식들의 간을 먹어야 된다는 점괘를 말하게 한다. 아버지가 계모에게 처방을 고백하자 계모는 자식은 다시 낳으면 되니 자신의 병이 낫는 것이 급하다고 한다. 아버지

14. [한국구비문학대계] 7-9, 1025-1034면, 임하면 설화20, 악한 계모와 아들의 갚음, 박봉금(여, 51)

는 그 말을 따르기로 하고, 계모는 포수를 사 아이들을 죽여 간을 가져오라고 시킨다. 계모는 아이들에게 참꽃을 따오라고 시키고, 큰 아들은 포수에게 자신들을 살려달라고 빈다. 포수는 개를 잡아 간을 빼 계모에게 주며, 큰아들은 동생의 손을 잡고 급히 도망을 간다. 갈림길에 이르게 되어 큰 아들은 동생에게 둘이서 함께 다니다가는 둘 다 죽을 것이라면서, 서로 헤어져 동지에 만나자고 약속을 한다. 큰 아들은 날이 저물자 어느 기와집에 들어가는데, 그 집 영감의 눈에 들어 그 집의 아들과 형제처럼 지내게 된다. 큰 아들은 사는 것이 평안해지자 동생의 일을 잊고 마는데, 어느 날 집에서 팥죽을 쑤고 있는 것을 보고 동생과의 약속을 기억해 낸다. 동생을 찾아갔을 때 동생은 반쯤 얼어 죽어있었고, 영감은 새로 들어온 아이도 자기 자식으로 거두어서 키웠다. 형제가 장성해 고향으로 친아버지를 찾아가는데 아버지는 가난해져 짚신을 삼고, 계모는 바느질을 하면서 살고 있었다. 아들들은 계모는 죽이고, 계모에게 속은 아버지는 살려 주었으며, 후에 성공해서 잘 살았다.

이 설화에서 아들들이 다 큰 후 계모의 악행은 징치 되며, 형제는 성공하여 잘 살게 된다. 잘 살던 아버지가 가난해졌다는 건, 전실 자식을 죽이려고 한 계모의 악행과 그녀의 말에 동조해 자식을 죽이려 한 아버지의 행위가 이미 하늘로부터 벌을 받았다는 의미이다. 여기서 전실 자식들의 원조자로 등장하는 것은 기와집 영감으로, 그는 이들을 아들로 삼아 잘 키워준다. 그러므로 이 설화에서 문제해결 방안으로 지적할 수 있는 것은 전실 자식의 거두어 주는 원조자의 등장이다.

마지막으로 이야기할 수 있는 설화군은 [글 잘하는 황처자]인데,

이 설화는 『한국구비문학대계』에 14편이 수록되어 있다. 이들 중 경제적인 문제로 인해 갈등이 유발되는 것은 다음에 제시되는 〈전처 딸을 죽이려는 서모와 아들〉 1편이다. 대강의 줄거리는 다음과 같다.

(1)진주 유씨가 늦도록 슬하에 자식이 없다가 늦게 딸을 얻었다. 그런데 백일이 될 무렵에 상처를 하고 말았다. (2)유씨의 첫 번째 부인이 죽을 무렵에 딸을 위해 자기가 은봉채, 금봉채 같은 것을 다 준비해놓았으니 나중에 그걸 잘 차려서 결혼을 시켜달라고 하고, 어진 사람을 만나서 재혼하라고 당부했다. (3)유씨는 첫 번째 부인이 죽은 뒤에 배씨부인을 후처로 맞았다. 후처로 들어온 배씨 부인은 처음에는 딸에 대해 미운 감정이 없었는데, 유씨가 하도 딸만 귀여워하니까 질투를 하기 시작했다. (4)그러다가 후처가 아들을 낳아서 그 아들을 재롱이라고 부르면서 귀여워하였다. 재롱이가 열 살 정도 되었을 때, 어느덧 딸의 나이가 이팔청춘이 되어 시집갈 때가 되었다. (5)그런데 후처가 보니까 딸의 혼수가 아주 분에 넘치게 많이 준비되어 있는 것이었다. 그것을 본 후처는 야심이 생기기 시작했고, 나중에 자기 아들은 서모의 아들이라고 해서 제대로 된 신부를 맞기도 어려울 것이라는 마음이 들면서 전처 딸이 아주 미워졌다. (6)그리하여 유씨에게 슬며시 전처 딸의 행실이 수상하다는 언질을 하였다. 그리고는 옆집의 노속을 매수하여 딸이 있는 초당의 담장을 넘었다가 도로 넘어가기만 해도 거금을 주겠다고 꾀어 놓았다. 그렇게 시켜놓고 후처는 남편인 유씨와 함께 초당을 지나갔고 그때 매수된 노속이 담을 넘어나갔다. (7)그것을 본 유씨가 고민을 했는데, 다음날이 되자 후처가 월장하던 남자가 보낸 연애편지를 딸이 침구에 숨겨놓았다면서 유씨에게 그 편지를 전했다. 그것을 본 유씨는 이제 딸의 행실이 불순하다는 것을 인정하고 한탄을 했다. (8)그때에 후처가 집안의 명예를 위해서

딸을 몰래 집 앞의 연못에 던지자고 하였다. 그러나 유씨가 선뜻 결심을 못했고 후처는 소실이 하는 말이니까 인정을 하지 않는 것이냐고 화를 내면서 절연을 하겠다고 보따리를 쌌다. (9)유씨는 아내를 만류하면서 후처의 계획을 따르기로 하였다. 유씨와 후처는 딸이 있는 초당에 들어가 이야기를 나누는 척 하다가 입을 막고 수족을 묶어서 연못에 집어 던지려 했다. (10)그런데 딸의 배다른 동생인 재룡이가 그전에 부모가 방에서 모의하는 것을 엿듣고, 부모가 누나의 방에 들어가서 수족을 묶는 중에 급히 부모를 불렀다. 부모가 왜 그러냐고 하자, 재룡이는 서울에 과거보러 갈 때 입으려고 준비한 예복이 불에 타고 있으니 빨리 그 불을 꺼달라고 했다. 그 말을 들은 부모가 불을 끄러 나가자 재룡이는 누나를 얼른 풀어주며 후일에 만나자고 했다. (11)그러면서 남쪽으로만 내려가 있으면 훗날 아버지를 설득하여 누나를 찾으러 가겠다고 말했다. 한편 재룡이 말대로 불을 끄러간 부모는 겨우 화톳불 정도만 타고 있는 것을 처리하고 다시 초당으로 왔다. 그런데 딸은 사라지고 난 뒤였다. 유씨와 후처는 편지에 쓰인 것처럼 어떤 놈하고 도망친 것이라면서 대성통곡을 했다. (12)재룡이는 어머니와 아버지에게 인연이란 끊을 수 없는 것이라면서 누차 설득하고, 사실은 자신이 누나를 도망치게 했다고 고백했다. 그리고는 자기가 누나를 찾으러 가겠으니 여비를 마련해달라고 했다. 그 말을 들은 유씨는 행장준비를 해서 재룡이를 보내주었다. (13)재룡이는 그렇게 돌아다니다가 여비가 부족해서 다시 집으로 돌아왔다. 재룡이가 여비를 더 받아서 다시 찾으러 나가려고 했더니, 유씨는 지금 누나를 찾을 것이 아니라 과거를 보는 것이 급하다고 말했다. 그리하여 재룡이는 부모 말대로 과거를 보아 급제를 했다. 그 뒤에 누나를 찾으러 다녔는데 아무래도 누나의 소식을 알 수가 없었다. (14)그러던 어느 날 어느 동네에 우물가를 지나면서 혹시 자기 누나가 나물이라도 씻으러 오지 않을까 싶어 유심히 살펴보았다. 그러나 부인들을 보아도 알 도리가 없고 날은 저물어서 그 근처의 큰 부잣집으로 들어가 하루 묵어가지고 했다. 그런데 그 집 노인이 재롱이를 보면서 무슨 이야기를 할 듯이 망설이다가 마는 것이었다. 재롱이는 그 노인의 거동이 이상하다고 생각했으나 더 묻지는 않았다. 다만 밤에 집안을 산책하다가 그 집의 후원에 있는 초당에 불이 켜진 것을 보았다. 그러나 자신은 과객이라 그 초당 가까이 갈 생각은 하지 않았다. (15)그리고 재롱이는 다음날 그 집에서 떠났다. 그런데 실은 그 집에 유씨의 딸이 살고 있었다. 예전에 누이는 남복을 하고 집을 나와서 갈 곳이 없어 헤매다가 그 부자 노인 집에 가서 잔심부름을 해주면서 지냈다가 여자임이 드러나게 되어 초당에서 지내게 된 것이었다. (16)노인은 유씨의 딸이 현숙한 여인인 것을 알아보고 자기 아들과 혼인을 시켰다. 그 뒤에 노인의 아들이 과거를 보아 급제를 하였는데 하필이면 유씨 딸의 친정마을로 부임하게 되었다. 그리하여 부부가 그 마을로 들어갔는데 재롱이도 관직에 있는 사람이니까 정보를 듣고 어사 부부를 자기 집으로 모시게 되었다. (17)그리하여 유씨의 딸이 그 집 내당에 하룻밤을 묵는데, 유씨 딸은 잠이 오지 않는 것이었다. 그리하여 몰래 일어나 후원 초당에 가서 자신이 다루던 갑사 틀을 어루만지다가 종이를 내어서 "황화일엽풍표비(黃花一葉風票飛), 누른 꽃 한 잎사귀는 바람에 나부끼다. 비해남이지접(飛海南李枝接), 날아서 남쪽 바다를 돌아 가지에 접하니라. 욕견부주소녀(欲見父主少女), 아버지가 소녀를 보고 싶으시면, 후일승학하양주(後日乘鶴下楊州), 훗날 학을 타고서 양주로 내려오소서."라고 써놓고 돌아왔다. (18)재롱이는 어사 부부를 보면서 혹시 자기 누나도 어사 부인이 되지는 않았을까 하는 생각을 하다가 밤에 잠을 이루지 못하고 초당으로 가보았다. 그런데 그곳에 글이 쓰여 있는 것이었다. 재롱이는 그 글을 유씨에게 보여주었다. 그리하여 부자는 서로 안고 울면서 딸이자, 누이가 살아 있음을 깨달았다. (19)나중에 어사가 부임식을 하면서 처가에 편지를 보내어 부임식의 날짜를 알렸다. 그리하여 유씨와 재롱이는 유씨 딸을 만나서 부녀상면하고, 남매간에도 만나게 되었다.[15]

이 설화에서 유씨라는 사람이 늦게 딸을 하나 얻었는데, 아이가 백일이 될 무렵 아내가 죽으며 어진 사람을 만나 재혼하라고 당부하였다. 유씨는 배씨를 아내로 맞이했다. 배씨는 처음에는 딸에 대해 미운 감정이 없었는데 남편이 하도 딸만 귀여워하니 질투를 하기 시작했다. 그러다가 후처가 아들을 낳아서 재롱이라고 부르며 귀여워했고, 재롱이가 열 살 무렵 딸의 나이는 16살이 되어 시집갈 때가 되었다. 딸의 혼수가 분에 넘치게 많이 준비되어 있는 것을 보자 계모는 야심이 생겼고, 자신의 아들은 서모의 자식이라 제대로 된 신부를 맞기도 어려울 것이라는 마음이 들면서 전실 딸이 미워진다. 여기서 계모가 전실 딸을 모함하는 이유는 딸의 혼수가 분에 넘치게 많이 준비가 되어 있어, 딸만 없앤다면 혼수가 모두 자신의 것이 될 것이라 생각했기 때문이다. 즉 경제적인 문제로 인해 계모가정에는 갈등이 발생하고 있다.

계모는 남편에게 전실 딸의 행실이 수상하다는 언질을 하며, 옆집의 종을 매수해 딸의 담장을 넘도록 시켰다. 그것을 본 아버지는 고민을 하고, 다음 날 아침 계모는 월담하던 남자가 보낸 연애편지를 딸이 이불 속에 숨겨놓았다면서 남편에게 그 편지를 전했다. 유씨

15. [한국구비문학대계] 7-18, 76-89면, 풍양면 설화 29, 전처 딸을 죽이려는 서모와 아들, 정원철(남, 69)

는 딸의 행실이 불순하다는 것을 인정하고 한탄하였는데 계모는 집안의 명예를 위해 딸을 몰래 집 앞의 연못에 던지자고 하였다. 유씨가 결심을 못하자 계모는 소실이 하는 말이니까 인정을 하지 않는 것이냐고 화를 내고, 유씨는 아내를 만류하며 그 말대로 하기로 했다. 유씨와 계모는 딸이 있는 초당으로 들어가 이야기를 나누는 척하다가 입을 막고 수족을 묶어서 연못에 집어 던지려고 했다. 배 다른 동생인 재롱이는 부모가 하는 말을 엿듣고, 부모가 누나의 방에 들어가서 수족을 묶는 중 급히 부모를 부른다. 그러면서 과거를 보러갈 때 입을 옷이 불에 타고 있다며 불을 꺼달라고 한다. 그 말을 들은 부모가 불을 끄러 나가자 재롱이는 누나를 얼른 풀어주며, 남쪽으로 내려가 있으면 훗날 아버지를 설득하여 누나를 찾으러 가겠다고 말한다.

부모가 돌아왔을 때 딸은 사라졌고, 유씨는 딸이 어떤 놈과 도망친 것이라며 대성통곡을 한다. 재롱이가 자신이 누나를 도망치게 했음을 이야기하고, 누나를 찾으러 간다는 아들의 말에 유씨는 행장을 마련해 재롱이를 보내준다. 그러나 누나를 찾지 못하고 집으로 돌아오고 과거가 더 급하다는 아버지의 말을 따라 과거를 보아 급제를 한다. 그 후에도 누나를 찾으러 다녔지만 누나의 소식을 알 수 없다. 그러던 어느 날 재롱이가 날이 저물어 한 부잣집으로 들어가게 되었는데, 그 집 노인이 재롱이를 보면서 무슨 이야기를 할 듯이 망설이다가 마는 것이었다. 재롱이는 그 노인의 거동이 이상하다고 생각했으나 더 묻지는 않았다. 다음 날 재롱이는 그 집을 떠났는데 실은 그 집에 유씨의 딸이 살고 있었다.

예전 유씨의 딸은 남복 차림으로 헤매다가 부자 노인 집으로 들어가게 되었고, 여자임이 드러나 노인의 아들과 혼인을 하게 된다. 그 뒤 노인의 아들은 과거에 급제해, 유씨 딸의 친정마을로 부임하게 된다. 재룡이는 어사 부부를 자기 집으로 모시게 되었고 유씨의 딸은 내당에서 묵게 되었는데 잠이 오지 않아 몰래 후원을 거닐 게 된다. 그리고는 종이에 "황화일엽풍표비(黃花一葉風票飛), 누른 꽃 한 잎사귀는 바람에 나부끼다. 비해남이지접(飛海南李枝接), 날아서 남쪽 바다를 돌아 가지에 접하니라. 욕견부주소녀(欲見父主少女), 아버지가 소녀를 보고 싶으시면, 후일승학하양주(後日乘鶴下楊州), 훗날 학을 타고서 양주로 내려오소서."라는 글을 적어놓고 돌아온다. 재룡이 또한 잠을 이루지 못하고 초당에 가보았다가 그 글을 발견하고 아버지에게 보여주며, 부자는 서로 안고 울면서 딸이자, 누이가 살아 있음을 알게 된다. 이후 유씨와 재룡이는 부녀상면하고 남매간에도 만나게 되었다.

여기서 전실 딸을 도와주는 것은 배다른 남동생인 재룡이다. 재룡이는 기지를 발휘해 누나를 도망치게 하며, 누나를 찾아다닌다. 즉 설화에서 전실 자식과 마음을 나눌 수 있는 이복동생의 존재는 전실 자식에게 힘이 되는 것이다. 또한 계모가정으로부터의 확실한 독립이 문제해결의 방안이라는 것을 설화는 가르쳐주고 있다.

2) 실제 계모가정 내 가족갈등 사례에의 적용

앞서 살펴본 설화에서 계모가정 내 경제적인 문제로 인해 갈등이 유발되는 경우, 보통 두 가지의 양상을 보인다. 하나는 재산권과 관련해 집안의 재산을 누가 차지할 것인가 라는 것이며, 다른 하나는 혼사로 인해 집안의 재산이 분리될 상황에서 문제가 발생한다. 전자의 경우 집안의 재산을 사이에 둔 계모가정 내 갈등은 계모와 전실 자식 간의 관계에서 일어나기도 하고, 계모가 집안의 재산을 자신의 자식(계모가 데리고 들어온 자식 혹은 재혼하여 낳은 자식)에게 몰아주려고 하면서 일어나기도 한다. 그리고 후자의 경우 혼사로 인한 갈등은 혼사를 앞두고 전실 자식에게 목돈이 들어가게 되면서 이를 아까와 하는 계모와 전실 자식 간에 문제가 발생하고 있다. 다음에서는 이러한 실제 사례들을 살펴보도록 하겠다.

먼저 재산권과 관련해 집안의 재산을 누가 차지할 것인가 라는 문제로 인해, 계모가정 내 갈등이 발생하는 사례들부터 살펴보기로 하겠다. 이와 관련해 계모의 입장에서 작성된 사례들을 제시해보면 다음과 같다.

사례 1 재혼 후 전처와 전 남편사이에 입양했던 아이와의 관계

늘 눈으로만 보다 한자 적어 봅니다. 전 재혼한 남편과의 사이에 아들 딸 쌍둥이를 두고 있는 입장입니다. 물론 전 남편과 사이에 아들 둘도 있었구요. 재혼한 남편은 전처와의 사이에 입양한 아들이 하나 있었습니다. 재혼 직후 내 애들을 두고 남의 애. 그것도 입양한 애와의 생활은 내게 많은 갈등을 가지고 왔어요. 입양되었지만 자기 혈육보다 더 지극정성인 남편은 정말로 내겐 견디기 힘들었습니다. 다른 사람 같으면야 대단한 사람쯤으로 보이겠지만 실제 제 생활이 되다 보니 절대 대단한 사람이 아니더군요. 제가 애를 낳기 전엔 정말로 저와 그 애 둘 중에 결단코 그 애를 택할 정도로 심했죠. 자기애 두고 남의 애랑 같이 산다는 건 고통이죠. 그것도 남편과 피한방울 안 섞인 남의 애 말이죠. 하여튼 세월이 흘러서 그 애 앞세운 남편의 기고만장한 태도는 많이 접어졌지만 죽을 때까지 자기애로 껴안고 살려는 의지 하나 만큼은 대단하네요. 전 이성으로는 물론 그 애를 껴안고 같이 생활해야 한다는 거 알지만 감정은 아직도 용납이 안 되구 분한 맘이 가득해요. 그렇다고 나가자니 정말로 나만 어리석은 짓 하는 거 같구 맘 같아서는 남편도 보기 싫구 내 애만 데리고 집 하나 얻어서 나가 살고 싶어요. 여차하면 나만 손해 보는 느낌 가득하지만 맘 다스리기가 참 어렵네요. 남편이 재력이 좀 있어서 앞으로 누구 좋은 일 시킬까 싶기도 하구 자다가도 벌떡 일어날 일이예요. 그 애를 한 치 건너두고선 항상 남 같게 느껴져요. 남편이 죽어도 전혀 슬프지 않을 것 같은데.. 남편은 아마 모를 거예요. 물론 나와 사이에 낳은 진짜 혈육인 자기애한테는 더 말할 나위 없지만 세상 모든 게 싫어져요. 그리고 시댁 식구들 삼촌이랍시고 다들 잘 하더군요. 기가 차서 다른 일엔 비협조적이면서 그 애 일이야 하면 두발 벗고 나서죠. 그렇다고 그 애가 썩 괜찮은 애는 아니예요. 엄청 스트레스 주는 일을 부지기수로 하죠. 학교 근근이 안 짤릴 만큼 무단결석 수없이 하구 근근이 다니구 뭐 그래도 남편은 그 애가 넘 불쌍하다는 감정만 갖고 절대 꾸지람 같은 거 안해요. 옆에서 보는 난 미칠 지경이죠. 자기 형님 비위 안 건드린다고 그러는 건지는 몰라도. 삼촌들이 좀 무능하고.. 집에서 남편말이야 하면 꼼짝들 못해요. 정말 가관인건 시어머니 왈 제가 쌍둥이 낳던 날 친정어머니께 뭐라고 했냐하면 그 애랑 사이가 안 좋아서 내가 끝까지 잘 살 수 있을지 모르겠다고 .... 이건 뭔 날벼락 맞을 망발을 하는 건지 자기 혈육 낳은 며느리한테 할 말인지.. 누가 먼저인지조차도 인식 못하는 시집 식구들도 다들 보기 싫어져요. 하여튼 남편 죽으면 시댁 식구들 다시는 안 볼거예요. 터놓고 남편한테 이야기하자니 나만 나쁜 년 만들 터이고 참고 이대로 죽는 날까지 살자니 화병 생길려고 그러구 끝장내자니 나만 어리석은 짓 하는 기분이구요. 표면적으로는 큰 마찰 없이 살지만 항상 바위덩어리를 안고 사는 기분 무지 힘들어요.

사례 2 새엄마

이름만 좋아 새엄마지 계모랍니다. 저 바로 그런 사람이거던요. 딸 7살 아들5살 때 만났지요. 남편 이혼하고 재혼이었고 전 초혼이고. 부모님 반대 딥따 무릅쓰고 나만 잘 하면 되겠지 하는 맘으로 결혼 했거던요. 딸 하나 낳았지만 계모 소리 안 듣고 애들 상처 안 주려고 더 잘해주고 키웠는데... 저 역시 천륜은 끊을 수 없는 거라 가고 싶다거나 보고 싶다면 데려다 주기도 했구요. 물론 애들 엄마 듣기로는 바람나서 이혼한 걸로 알고 있구요. 그러나 본인한테는 듣지 못했으니까, 물론 사연이야 있어서 갈라섰겠지만 애들도 엄마 그래서 이혼한 거 알고 있지만 그래도 아이들에게는 엄마지요. 그래도 고등학교 대학 다닐 때는 그러데요. 엄마 우리한테 청춘 다 바치고 너무 고생했다고... 크니까 사회생활하고 돈을 아니까 달라집디다. 말로 할 수 없는 배신감??????? 어쨌던 26년 살았는데 지금은 찬밥 신세네요.…… 그동안 돈이나 좀 챙겨둘걸,,, 오히려 남편이 버는 걸로 모자라 식당 파출부 등등 여러 가지 하면서 도왔으나 지금은 너가 한 게 뭐 있냐는 한마디에 모든 게 허망해지고 다 죽이고 나도 죽고 싶다는 생각 수없이 해 봅니다. 그러나 그렇게 반대하던 연로해지신 친정 부모님 살아

계시고 내 딸 앞길에 누가 될까 말도 못하고 억울함에 속울음 삼키면서 앞으로 어찌 살아야 죽을 때 환하게 웃으면서 죽을 수 있을까? 하는 어리석은 생각을 하고 산답니다. 이제 애들 커서 자기들 앞가림 하니까 툭하면 생활비를 안주네요. 이번에 제가 낳은 딸 4학년 등록금 안줘서 학자금 대출 받았답니다. 그래도 올 한해만 공부 하면 내년부터는 일단 돈 안 들어가니 제 어깨가 무겁진 않을 거 값네요. 옛말 틀린 거 없나 봐요. 머리 검은 짐승 거두지 마라 했거늘…… 남편도 어려운 시절 지나면 고마워하기 보다는 당연하다는 태도로 나올 때…… 전 이제부터 노후 준비 해 두려고 하는데 쉽지가 않네요. 젊은 시절은 엉뚱한 곳에 에너지 소비하고 나이 먹으니 할일이 없구요...

사례 3 돈 없는 계모는 엄마가 될 수 없나요

이혼한지 1년이 지나가는 7살 된 아들이 있는 이혼남과 저는 초혼으로 결혼했습니다.…… 결혼한 후 다음해에 아들은 초등학교 입학하고, 새엄마라는 티 안 나게, 정말 최선을 다했어요. '임신과 출산'이라는 과정 없이 갑자기 아들을 얻은 저는 자연스런 '모성'보다는 어떤 책임감이 차고 넘친 거 같아요. 중학교까진 공부도 제법 하던 아들은 '게임'에 빠져 온갖 핑계와 거짓말로 고등학교 생활을 보내고 이제 어찌어찌하여 대학생이 되었습니다.…… 어느 날, 남편이 생모(전처)에게서 연락이 왔다며 그 후부터 아들이 생모 집에 드나듭니다. 애초 제가 결혼 때부터 '이럴 때가 와도 쿨하게'라며 마음다짐을 하고 살았지만, 왜 그런지 참, 지나온 세월이 너무 허무합니다. 원통합니다. 시댁과 남편이 제게 준 이유는, 생모가 재혼을 하지 않았고, 상당한 부자이므로 우리 아들이 나중에 그 재산권을 상속 받을 수 있으니 잘된 일이니, 너는 암말 하지 말라는 겁니다. 아들 버리고 간 천하에 끔찍한 여자라고 늘 제게 원망을 털어 놓았다가, 재혼하지 않은 부자 생모가 되니 갑자기 아들을 위해 지금까지 그저 기다려준 세상에 하나밖에 없는 전처, 전 며느리, 생모가 되었습니다. 심지어 시어머니는 '참 잘된 일이야 왜 엄마 집에 안 가보냐'며 아들에게 가라 합니다. 도대체 뭘까요? 남편도 경제적으로 풍족한 사람입니다. 제가 그들에게 요구한건 딱 한가지입니다. 생모를 만나러가는 걸 내게 허락 받을 필요는 없지만, 나도 엄마인지라 적어도 '다녀오겠다'는 예의는 받을만한 자격이 있다는.......아무 연락 없이 생모 집에 가서 자고 옵니다. 저만 모르는 일이지요, 아들 안 들어오는데 아무 연락도 안하고 있는 엄마가 정상입니까? 제가 전화하면 이상하게 어물거리다 그냥 핸폰 꺼버립니다. 그럼 전 남편한테 전화하고 남편은 꼭 너한테 허락받고 가야 하냐고, 그래서 싸우고...... 머리털 검은 짐승 거두는 게 아니라고 말씀하시던 돌아가신 친정아버님 생각에 눈물 납니다. 다 싫습니다. 돈 많은 생모에겐 그렇게 대접받을 권리가 있는 거고 그래도 지나온 세월을 보아온 남편이나 시어머니에게 위로는커녕 이런 개 무시당해야 할 이유라도 있어야 나 스스로에게 설득이 될 터인데... 가장 못 참겠는 건 저 자신입니다. 이런 선택을 하고, 억울해 하고, 이 인간들이 나를 또 뭘 속이나 하면 전전긍긍해 하는 내 자신이 가장 싫습니다.

사례1〉에서 글쓴이는 재혼한 남편과의 사이에 아들 딸 쌍둥이를 두고 있다. 재혼한 남편은 전처와의 사이에 아들이 하나 있는데, 이 아이는 입양을 한 아이이다. 그러나 남편은 자신의 혈육보다도 입양한 이 아이에게 지극정성을 다한다. 글쓴이는 이성적으로는 그 아이를 받아들여야 된다는 걸 알지만, 감정은 아직도 그 아이가 용납이 안 되고 분한 마음이 가득하다. 그렇다고 결혼 생활을 끝내자니 남편이 재력이 있어, 앞으로 그 아이에게 재산이 돌아갈 것을 생각하면 자다가도 벌떡 일어날 것 같다. 더군다나 시댁에서는 그 아이에게 절대적이며, 자신이 쌍둥이를 낳는 날, 시어머니는 그 아이랑 글쓴이가 사이가 좋지 않아 끝까지 잘 살 수 있을지 모르겠다는 막말을 친정어머니한테 했다. 글쓴이는 누가 먼저인지도 인식하지 못하는 시집 식구들에게 화가 난다.

사례2〉에서 이 여성은 7살 딸과 5살 아들이 있는 남편과 부모님의 반대를 무릅쓰고 초혼으로 재혼을 했고, 남편과의 사이에는 딸이 하나 있다. 계모라는 말을 듣지 않으려고, 전실 자식들에게 더 잘 하면서 키웠는데 이제는 후회가 밀려온다. 전실 자식들은 고등학교, 대학교에 다닐 때는 자신들에게 청춘을 다 바친 새엄마에게 고마워했지만, 사회생활을 하고 돈을 알면서 이제는 마음이 달라져 툭하면 생활비를 주지 않는다. 글쓴이는 "머리 검은 짐승은 거두지 말라"는 옛말을 생각하며, 26년을 희생하며 살아온 자신의 인생이 허무하게 느껴진다.

사례3〉은 7살이 된 아들을 둔 남편과 초혼으로 결혼했다. 결혼 후 다음해 전실 아들은 초등학교에 입학했고 글쓴이는 새엄마라는 티가 나지 않게 아들에게 최선을 다했다. 그 후 아들이 대학교를 다니던 어느 날 친모에게서 연락이 왔고 전실 아들은 이제 생모 집을 드나든다. 글쓴이는 이전부터 생모에게 연락이 왔을 때는 쿨 하게 보내주겠다고 다짐을 해왔지만, 막상 아들이 생모 집에 드나드는 게 허무하고 원통하다. 남편과 시댁에서는 생모가 재혼을 하지 않았고, 상당한 부자라 그 재산이 아들에게 돌아올 것이라며 전실 아들이 생모에게 가는 것에 대해 아무 말도 하지 말라고 한다. 글쓴이가 요구하는 것은 전실 아들이 생모 집에 갈 때, 자신에게 얘기를 하고 가 달라는 것이다. 그러나 아들은 연락 없이 생모 집에서 자고 오고, 전화를 하면 어물거리다가 전화를 꺼버린다. 남편은 글쓴이에게 꼭 너한테 허락을 받고 가야 되냐며 화를 내고, 남편과 싸우게 된다. 글쓴이는 머리털 검은 짐승은 거두는 게 아니라던 친정아버지 생각에 눈물이 난다.

다음은 전실 자식의 입장에서 작성된 글이다.

사례 4 죽이고 싶은 부모...

5살에 엄마가 자살하는 걸 봤다... 얼마 안 돼 같이 살던 친할아버지도 돌아가시고 그날 짚차에 하얀 소복을 입고 나타난 어떤 아줌마더러, 아버지는 엄마라 부르라했다... 그 후.. 아빠가 없는 시간에 우리남매는 죽지 않을 만큼 맞기 시작했다. 불쌍한 내 동생은 머리를 하도 맞아 그런 게 아닌가싶게 지금은 장애인도 정상인도 아닌 상태로 살아간다. 나는 7살 때부터 밥을 짓고, 새로 태어난 의붓동생을 돌봤다. 중학교 때까지 하도 맞고 살아서 도망가야겠단 생각뿐이었던 나는 대학은 필요 없다. 돈벌어야하니 여상을 가라했지만, 여상에 합격하고도 지방에 있는 기숙사 있는 산업체학교로 모르게 취업 및 취학을 했다.. 그래도 난 인연을 끊을 수 없었다. 불쌍하고 모자란 내동생과 너만 참아주면.. 이렇게 부탁하던 아버지의 눈물을 배신할 수 없었기에.. 그렇게 착한아이로 살아갔다. 이런저런 말로 다 못할 사건들이 많지만 각설하고, 우리남매는 어른이 되었고 부모님도 늙어갔다.. 어른이 된 우리는 다행히? 각자 결혼도 하고, 아이들도 낳았다. 그러나

나의 삶과는 달리 동생은 고향에서 부모에게 의지할 수밖에 없는 입장임에도 불구하고 거의 데릴사위로 장가를 보냈는데, 일마치고 돌아오면, 해가 질 때까지 농사를 시키고 올케도 따순 밥 한 그릇 챙겨주지도 않았으며, 심지어는 내가 보는 앞에서 동생의 얼굴을 할퀴는 상태까지 이르렀다. 이유는 의붓동생에게 내가 지방에 있으면서 친정재산에 대해 알 수도 없었는데, 그사이 계모는 아버지의 재산을 의붓동생에게 몰아주었고, 32살 나이에 7층짜리 빌딩을 받은 그 동생은 기세등등하기에 이르렀다. 사이는 좋았다 생각했었는데, 그때부터 형이고 누나고 뵈는 게 없었다. 그 이유로 능력 없는 친동생을 올케는 그렇게 구박하다 내가 보는 앞에서 할퀴어 피를 철철 흘리는 동생을 보며 그 자리에서 동생을 데리고, 우리 집으로 데리고 왔고 이혼을 시켰으며(갈 데가 없어 참고 살았단 얘기에 억장이 무너지는 줄 알았다) 8개월 정도 매형회사에서 일을 했으나, 나나 동생은 우리가 받은 상처를 절대 우리 아이들에게 돌려주면 안 된다, 확고한 의지가 있다. 그래서 동생은 고향에서 아이도 자주 보면서 혼자생활을 할 수 있는 이혼을 선택했다. 양육비를 매달 보내며, 일주일에 한번 씩 조카를 보는 낙으로 살고 있는 내 동생.. 눈물로 큰 우리…… 우리존재를 부정하는 아버지가 너무 미워서 견디기 힘든 시간을 또 보낸다... 심장이 터져버릴 것만 같은 분노.. 이게 참는다고 해결이 되지 않는다는 걸 서서히 알아가고 있다... 하...... 어쩌지..

사례 5 새엄마 모든 재산 가지고 사라졌습니다..

…… 저에게는 저 어릴 적 3살 때 오신 어머니가 계셨습니다. 저희 집은 가난했고 자식이 2명이나 있는 집에 어머닌 오셨습니다. 저

희 아버진 저 어릴 적 말 그대로 가정폭력을 행사하셨었습니다. 그로 인해 어머닌 아버지와 그런 일이 있고나면 어린 저와 누나를 매일같이 때리셨고 너무도 어린나이였지만 눈치라는 것을 알게 되었습니다. 그렇게 어머닌 아버지와 싸우시면 아버지가 안 계실 때 마다 저와 누나를 매일같이 때리셨고.. 어느 순간서부턴.. 매를 안 맞고 하루 지날 때면 굉장히 불안에 떨어야만 했었습니다. 그렇게 십 여 년을 구타로 생활하다... 어머닌 아버지와 장사를 시작하셨고... 장사를 하시며 돈을 많이 벌으셨습니다. 하지만 저희에게 돌아오는 건 아무것도 없었지요.. 중학교 땐 도시락을 싸 가면 깍두기.. 김치... 그런 도시락을 가져가기 창피해 제가 김치볶음밥을 하면 "내가 못먹을 거 싸놨나! 배불러터진**" 라며 온갖 욕을 하셨던 어머니... 그렇게 살다 저희누난 중2때 용돈이라도 벌어 쓰겠다며 학교 끝나고 몰래 전단지를 돌리다 집에 늦게 들어온다는 이유로 집에서 쫒겨났고.. 그 후부터 저희누난 교회를 전전하며 지내다.. 누나가 고등학교를 진학해야하니.. 첫 입학금만 도와달라고 찾아왔었습니다. 처음만 도와주면 나머진 내가 벌어서 다니겠다며 30만원만 도와달라고 찾아온 누나에게 "너에게 줄 돈 없다. 갈라면 니가 알아서 가라" 라며 등을 돌리셨죠.. 전 그 모든 것을 지켜봐야만했기에... 정말 어머니가 하라는 것은 모든 것을 다했습니다. 죽으라면 죽는 시늉까지 했던 저지만... 저도 고등학교 2학년 때 결국 쫓겨나고.. 저희아버진 저희누나가 쫓겨나고서 부터 경제권을 잃어 저도 누나도 지켜주지 못했습니다.…… 너희 새어머니 재산정리 한다는 소문 돈다고 너희 아버지랑 의논해서 새어머니한테 툭 가놓고 모든 걸 이야기하고 몇 천 만원이라도 달라고 하라고... 저도 어느 정도 눈치가 있었기에.. 예감은 했었지만... 다른 이들에게 이런 이야기까지 들으니 피부로 와 닿더군요... 그래서 아버지한테 이런 소

> 문까지 돌고 있다. 땅, 주택 이런 거 저런 거 다해서 3~4억 될 텐데 아빠 앞으로 단돈 몇 천이라도 해야 하지 않냐 라며 얘기를 해보자고 했었지만.. 아버진 그럴 생각 없이 어머니 눈치만 보고계시다.. 결국 어머닌 모든 재산을 가지고 나가셨습니다. 아버지한텐 15만원만 남겨놓은 채.. 저와 누난 어느 정도 예상했었던 일이고 원래가 없이 살았기에 그 돈은 포기하자 이제 열심히 더 노력하자하는데.. 아버진 전화만 하면 울고만 계십니다.……

사례4〉에서 글쓴이는 5살에 엄마가 자살 하는 걸 봤고, 아빠는 어떤 아주머니를 데려와 엄마라고 부르라고 한다. 그 후 자신과 남동생은 아빠가 없을 때면 죽지 않을 만큼 맞기 시작했다. 자신의 동생은 머리를 하도 맞아서 그런 지 지금은 장애인도 정상인도 아닌 상태로 살아간다. 글쓴이는 7살 때부터 밥을 짓고 새로 태어난 의붓동생을 돌봤다. 지방에 기숙사 있는 산업체학교로 취업 및 취학을 해 집에서는 도망을 나왔지만, 참아달라고 부탁하던 아버지의 눈물을 배신할 수 없어 집과의 인연을 끊을 수는 없었다. 남동생은 결혼을 했지만 올케는 따뜻한 밥 한 그릇 챙겨주지 않았다. 계모가 의붓동생에게 모든 재산 7층짜리 빌딩을 몰아주자 올케는 능력이 없다면서 남동생을 구박하고, 누나가 보는 데서 할퀴어 피를 철철 흘리게 만든다. 글쓴이는 동생을 자신의 집으로 데려왔고, 이혼을 시킨다. 남동생은 매달 양육비를 보내며 일주일에 한번 씩 조카를 보는 낙으로 살고 있다. 글쓴이는 자신들의 존재를 부정하는 아버지가 너무 미워 견디기 힘든 시간을 보내고 있다.

사례5〉에서 글쓴이는 25살 된 청년이며, 3살 때 새어머니가 들어왔다. 아버지는 어릴 적 가정폭력을 행사하셨고, 아버지와 새어머니가 싸우는 날이면 새어머니는 매일같이 글쓴이와 누나를 때렸다. 어느 순간부터 글쓴이는 매를 안 맞는 날이면 굉장히 불안에 떨어야 했다. 10여 년을 구타로 생활을 하다 새어머니는 아버지와 장사를 시작했고 돈을 많이 벌었다. 그래서 남매에게 돌아오는 것을 없었고 누나는 중2때 글쓴이는 고2때 집에서 쫓겨났다. 이후 미용실 아주머니한테서 새어머니가 재산을 정리한다는 소문을 듣게 되고, 아버지에게 이야기를 했지만 아버지는 새어머니 눈치만 본다. 그러던 중 새어머니는 3-4억 정도 되는 모든 재산을 가지고 아버지에게 15만원을 남겨준 채 집을 나가버린다. 글쓴이와 누나는 어차피 없이 살았으니 돈을 포기하자고 하지만, 아버지는 전화만 하면 울고 계신다.

다음으로 혼사로 집안의 재산이 분리될 상황에서 문제가 발생한 사례들이다.

사례 6 새엄마는 엄마가 될 수 없나요?

초등학생 때 아빠의 재혼으로 새엄마가 생겼습니다. 그때 제겐 새엄마가 아닌 그저 고마운 엄마였습니다. 그렇게 생각하며 커갔고 동생 둘이 생겼습니다. 대학안가고 주방 일을 배우며 월급으로 동생들에게 선물해줘 내가 먹어보고 맛난 거 먹여가며 새엄마와 싫은 소리 없이 그렇게 지냈습니다. 아빠 모르게 새엄마에게 800만원이라는 돈을 해주고 선물도요. 제 월급은 65만원부터 시작해 많이 받을 때도 140만원이 넘지 않았습니다. 제 능력으로 최대한 잘하려했습니다. 결혼하려하는데 2000만원은 신혼집 구하는데 보태고 1300만원으로 준비하니 모자라 200만원을 아빠에게 부탁했습니다. 새엄마가 이를 알고 전화해 말하기를 아빠에게 돈 얘기 했니 묻길래 예 대답하고 얼마 얘기 했니 묻길 래 200얘기 했어요 답하니 그때부터 소리 지르며 송서방이 친정 가서 돈 가지고 오라 했냐며 따지더니 끝내 쌍년이라며 소리 지릅니다. 그 소리 듣자 온몸이 바들바들 떨려 전화를 끊었습니다. 20년 넘게 믿고 따랐던 새엄마인데 정말 배신감은 말할 수가 없습니다. 그게 6년 전입니다. 지금은 두 아이의 엄마인 저는 새엄마와 말도 안합니다. 두 달 전 할머니 기일이라 친정에 갔었는데 우리아이들도 유령 취급하더라구요. 어떻게든 저의 분한 마음을 되갚아 주고 싶은데 아빠생각에 할 수 있는 것도 없습니다. 새엄마들은 동화에서나 현실에서나 그냥 엄마가 될 수는 없는 건가요?

사례 7 계모가 너무 싫습니다.

… 아버지와 어머니가 고2때 사별하시고... 20살에 새엄마가 집에 들어 왔습니다. 처음 몇 년은 부딪히지 않았습니다. 그러다 점점 본색이... 딱히 잘해준 것도 없고, 직장생활 시작하니 집에서 결혼자금 돈 모은다고.. 돈을 가져다달랍니다. 미칠 정도로 싫었는데, 무조건 따르라는 아빠.,이야기가 더 이상 안통해서 가져다줬습니다. 4년 사귄.. 현 남친 결혼 이야기가 오고가고 더 이상 안 되겠다 싶어.. 그동안 모은 돈 달라고 새엄마란 사람이 그 돈은 너희아빠 줄 거고 니는 지금부터 모아서 가라. 다른 집 딸내미들은 시집간다고 집에 차도 바꿔준다는데 넌 이 나이 먹도록 해준 게 머냡니다. 즈그 친딸 년 시집갈 때 눈에 보이게 받은 거 없는 걸로 알고 있는데...어처구니가 없더라구.

더 열 받는 건 무조건 따르라는 아빠... 이제 6월 되면 적금 만기되니 그때까지 참으라는 아빠.. 그렇게 또 냉전으로 몇 달이 지나고 신행도 예약하고 해야 해서 돈 이야기하니 새 엄마란 사람이 결혼 준비한다고 돈 빌려달라고? 아.. 쓰는데도 열 받네요. 역시나 아무 말 없는 아빠 정말 내편 아무도 없는 것 같습니다. 어떡하면 좋을까요……

사례6〉에서 글쓴이는 초등학교 때 아빠의 재혼으로 새엄마가 생겼고, 새엄마를 엄마라고 생각하며 자랐다. 동생이 둘 생겼고, 대학 대신 주방 일을 배우면서도 월급으로 동생들을 챙기는 등 본인은 최선을 다해 노력했다. 그런데 결혼할 때가 되어 돈이 좀 부족했고 아빠한테 200만원을 부탁했다. 그것을 알게 된 새엄마는 글쓴이에게 욕을 하고, 글쓴이는 20년을 믿고 따랐던 새엄마에게 배신을 당했다는 생각에 온 몸이 떨려 전화를 끊는다. 이후 6년이 흘러 두 아이의 엄마인 글쓴이는 새엄마와는 말도 안하며 새엄마 역시 글쓴이의 아이들을 유령 취급한다. 글쓴이는 자신의 분한 마음을 되갚아주고 싶지만, 아빠를 생각하면 할 수 있는 것이 없다.

사례7〉에서 글쓴이는 고2때 어머니가 돌아가시고 20살에 새어머니가 들어왔다. 처음 몇 년은 부딪히지 않았지만 직장 생활을 하면서, 집에서는 결혼자금은 모은다고 돈을 가져다달라고 한다. 글쓴이는 싫었지만 아빠가 따르라고 해 돈을 가져다준다. 그런데 4년 동안 사귄 남자친구와 결혼 이야기가 오가면서 그 동안 모은 돈을 달라고 하자, 새어머니는 그 돈은 아버지를 줄 거며 너는 지금부터 모아가라고 한다. 아버지는 6월 적금이 만기될 때까지 참으라고 해 냉전으로 몇 달이 지나고, 이제 신행에 돈이 필요해 돈 이야기를 다시 꺼내니 새어머니는 돈을 빌려달라는 거냐며 묻는다. 아버지는 아무 말이 없고 글쓴이는 답답할 뿐이다.

그렇다면 경제적인 문제로 인해 갈등이 유발된 이러한 사례들에서, 앞서 살펴본 설화들은 무슨 이야기를 해줄 수 있을까?

경제적인 문제로 인한 갈등은 오늘날과 같은 자본주의 사회에서 계모가정 내 문제가 발생하는 가장 큰 원인 중 하나이다. 앞서 살펴본 사례와 같이 경제력이 계모에게 있을 때도, 전실 자식에게 있을 때도, 계모가정 내 문제는 발생하게 된다. 설화를 통해 이야기해줄 수 있는 것은 설화에서 나오는 경제적인 문제와 관련한 계모와 전실 자식과의 갈등은 현재에도 여전히 유발되고 있다는 것이다. 극단적으로 계모가 전실 자식을 죽이려는 상황은 아니지만, 계모가 집안의 경제력을 차지하려고 하고 자신이 낳은 아이에게 재산을 물려주려는 현상은 설화에서나 현실에서 동일하게 나타난다. 그러므로 설화는 앞으로 닥쳐올 상황을 예측해보고, 이에 대한 대비책을 준비하도록 하는 기회를 계모가정의 구성원들에게 제공한다.

특히 결혼을 앞두고 목돈이 필요한 상황에서 계모에게 배신감을 느낀다는 사례6〉이나 계모가 전실 딸이 결혼자금으로 모은 돈을 주지 않아 갈등이 발생한 사례7〉의 경우와 연결 지어 볼 수 있는 것은 〈전처 딸을 죽이려는 서모와 아들〉이다. 이 설화에서 계모가 전실 딸을 죽이려고 하는 것은, 전실 딸의 혼수가 분에 넘치게 많이 준비되어 있어 그녀만 없앤다면 그것이 모두 자신의 것이 될 것이라 생각하기 때문이다. 사례들에서 전실 딸의 결혼에 들어갈 비용을 아까와 하고, 전실 딸이 결혼자금으로 모은 돈을 탐내는 계모들은 설화

속 계모와 닮아있다. 이 경우 설화 속에서는 전실 딸이 자신을 죽이려는 계모를 피해 집을 떠나고, 결혼을 해 계모가정과는 독립된 상태로 아버지와 상면을 하게 된다. 사례6〉은 결혼한 지 이미 6년이 흘렀지만 아직도 계모에게 분한 마음을 가지고 있는 상황이다. 그러나 계모에 대해 분한 마음을 가진다고 해서 달라질 것은 아무것도 없으며, 분한 마음을 품고 있는 본인만 더욱 괴롭고 불편할 뿐이다. 그보다는 자신의 가정을 가꾸는데 에너지를 사용하고, 아버지와의 관계는 유지하되 계모와는 거리를 둘 필요가 있다. 사례7〉의 경우는 결혼자금으로 모은 돈을 계모가 내놓지 않고 있는 상황이다. 이 경우 삼자가 정확하게 상황을 정리할 필요가 있다. 그리고 어떤 방향이든 결정이 된다면, 미련으로 마음이 상하기보다 앞으로 친정으로부터 확실히 독립하는 길을 택하여야 한다.

또 하나 생각해볼 수 있는 것은 〈사명당 입산과정〉에서, 계모는 전실 아들이 장가간 첫날 그를 죽였다는 것이다. 전실 아들이 장가를 간다는 것은, 그가 이제 성인이며 하나의 독립된 인격체로 사회적인 인정을 받게 되었다는 의미이다. 성인이 된다는 것은 전실 아들이 계모에게 맞설 수 있는 힘을 갖게 되었다는 의미이며, 계모는 자신의 위치에 위협을 느낄 수밖에 없다. 이 말은 바꾸어 말하면, 전실 아들이 성인이 될 때까지 계모와 전실 아들은 원만한 관계를 이루지 못했음을 이야기한다. 사례2〉 사례3〉에서 계모들은 "머리 검은 짐승은 거두지 말라"는 옛 말을 인용하며, 전실 자식들에게 배신감을 느끼고 있다. 그러나 그것이 계모의 문제이든 아님 전실 자식의 문제이든 이들은 원만한 관계형성에 실패했고, 불만족스러운 관계는 이제 경제적인 갈등으로 표출되고 있는 것이다.

5장

모함으로 전실 자식의 앞길을 방해

1) 구비설화에 나타난 갈등양상과 해결방안

모함으로 전실 자식의 앞길을 방해하는 계모의 모습은 설화에서 두 가지로 나누어 살펴볼 수 있다. 하나는 모함으로 전실 딸의 혼사를 방해하는 계모로, [혼인날 사위 쫓으려 한 계모의 간계] [혼인날 병신 모함 받은 전처 딸] 설화군이 여기에 해당된다. 다음으로 모함으로 전실 자식의 앞길을 방해하는 계모로, [손 없는 색시] 설화군 중 〈전처 딸 모해한 악독한 계모〉와 [게으르다는 모함으로 죽은 전처 자식] 설화군이 여기에 해당될 수 있다.

먼저 전자부터 살펴보도록 하겠다. [혼인날 사위 쫓으려 한 계모의 간계] 설화군은 『한국구비문학대계』에 2편이 수록되어 있는데, 대강의 줄거리는 다음과 같다.

> (1)칠원 무등 주씨 여자가 함안 상제 울산 이씨인 난봉꾼과 결혼을 했다. (2)그 동네에서는 아들 딸 결혼을 시킬 때 문장 어른이 나서서 상객으로 보낼 사람을 정했는데 주씨의 남편은 소문난 난봉꾼이라서 한 번도 상객으로 지명 받지 못했다. (3)주씨는 친정에서 닭 두 마리와 찹쌀을 두 되 얻어 와서 문장 어른에게 대접했다. (4)재종 시숙이었던 문장 어른은 천석군 손자가 장가를 간다고 하자 난봉꾼인 주씨의 남편을 상객으로 추천해주었다. (5)난봉꾼 이씨가 신랑을 데리고 가다가 중간에 주막집에서 잠을 자는데, 밤 열한 시쯤에 누군가가 "진사 딸은 내 사람이니, 내일 장가간다고 이곳 주막에서 자는 사람은 장가 와서 크게 탈을 당할 테니 돌아가라."라고 외치고 갔다. (6)신랑은 이씨에게 집으로 돌아가야 하지 않겠느냐고 했으나, 이씨는 신랑에게 걱정 말라고 하며 기어이 데리고 갔다. (7)이씨는 도착해서 주인에게 하인 일곱 명을 전부 불러달라고 했다. (8)일곱 명 중 한명이 나오지 않자 억지로 잡아와서 목소리를 확인해 보니 간밤에 이상한 소리를 외친 바로 그 사람이었다. (9)하인은 신부의 계모가 시켜서 한 일이라고 자백하면서, 그렇게 하지 않으면 죽이려고 하여 어쩔 수 없었다고 했다. (10)무사히 신랑신부를 결혼시킨 이씨는 돌아와서 신랑의 집에서 살림 절반을 받아 잘 살았다고 한다.[16]

설화에서 이씨라는 사람이 있었는데, 난봉꾼이라 한 번도 상객으로 지명을 받지 못했다. 이씨의 부인이 문중 어른을 잘 대접하고 상객으로 지명을 받아, 신랑을 데리고 신부집으로 가게 된다. 주막에서 잠을 자는데 밤이 늦은 시간에 누군가가 "진사의 딸은 자신의 여자"라며 "장가를 오면 크게 탈을 당할 것이라"는 말을 외치고 간다.

---

16. [한국구비문학대계] 8-9, 1137-1143면, 주촌면 설화8, 계모의 학대, 김재근(여, 75)

신랑은 이씨에게 돌아가자고 하나 이씨는 걱정하지 말라고 하며 신랑을 데리고 간다. 신부 집으로 간 이씨는 진사에게 하인이 몇 명이냐고 묻고 일곱이라고 하자 그들을 부르라고 하는데 한 하인이 나타나지 않는다. 억지로 잡아와 목소리를 확인해보니 간밤에 이상한 소리를 외친 바로 그 사람이었다. 하인은 신부의 계모가 시켜서 한 일이라고 자백을 하고, 무사히 신랑 신부를 결혼시킨 이씨는 신랑의 집에서 살림의 절반을 받아 잘 살았다고 한다. 이 설화에서는 전실 딸의 결혼을 방해하는 계모의 모습이 나타나는데, 계모는 전실 딸에게 연인이 있다는 모함으로 딸의 혼사를 방해하고 있다. 〈대신 상객 가서 계모 흉간 막아낸 이야기〉 또한 전실 딸의 혼사를 방해하는 계모가 등장하는데, 아내의 도움을 받아 상객으로 가게 된 남편은 수십 명의 하인을 데리고 신행을 간다. 가던 중 산꼭대기에서 오늘 저녁에 변괴가 있을 테니 단단히 마음을 먹으라는 목소리를 듣게 되고, 신부 집으로 간 상객은 하인이 몇 명이냐고 묻고는 다 불러들이라고 한다. 한 사람이 나타나지 않자 그 사람을 잡아 문초해, 그가 한 일이 계모가 돈을 주고 시켜서 한 것임을 알게 된다.

[혼인날 사위 쫓으려 한 계모의 간계]에서 해결방안으로 이야기할 수 있는 것은 주위 사람의 도움이다. 이 두 설화에서 계모는 전실 딸에게 남자가 있는 것처럼 꾸며, 전실 딸의 혼사를 방해하려고 한다. 신랑은 이 말에 혼사를 그만 두려고 하지만, 상객은 계모의 악행을 드러내며 그들이 무사히 혼사를 마칠 수 있도록 도와준다. 계모가 전실 딸을 모함하고 이로 인해 중간에 선 남편이 갈등을 할 때, 그의 마음을 잡아줄 수 있는 것은 주위 사람들의 올바른 조언이다.

[혼인날 병신 모함 받은 전처 딸] 설화군 또한 계모가 전실 딸의

혼사를 방해하고 있다. 여기에 속하는 것으로는 〈김학봉 생질 장가간 얘기〉 〈신부에게 심술부린 계모〉 〈열녀와 그 아들〉이 있다. 이들 중 〈열녀와 그 아들〉은 이야기의 전개는 유사하지만 계모가 아니라 신부 집과 사이가 좋지 않은 동네 할머니가 신부를 모함한다는 점에서 차이가 있다. 그러므로 여기서는 〈열녀와 그 아들〉을 제외한 두 편만을 살펴보고자 한다. 설화의 대강의 줄거리는 다음과 같다.

(1)임란 후에 학봉이 퇴직해서 집에 있었다. 학봉에게는 여동생이 있었는데 매부는 일찍 죽어버리고 생질이 하나 더 있었다. (2)생질이 스무 살 됐는데 혼인을 할 방법이 없어 여동생이 학봉에게, 자신의 아들이 장가를 갈 때가 되었는데 자신이 혼자 있어서 며느리 감을 구할 방법이 없으니 대신 구해달라고 하였다. (3)학봉 친구들이 모여 있는 자리에서 생질의 혼인 자리를 한 군데 해달라고 말했다. 그러자 한 친구가 여기서 먼 거리에 있는 어떤 부잣집의 딸이 괜찮으니 해보라고 하였다. (4)생질의 아버지가 없으니 학봉이 대신 상객으로 그 집에 갔는데 십리쯤 남겨 놓고는 한잔 먹자 하고 주막으로 들어갔다. (5)그 주막의 주모가 그들을 보더니 "신랑은 좋다만……"이라고 했다. 학봉이 가만히 생각하니 무슨 이유가 있지 않을까 싶어 주모를 방으로 불러들였다. (6)주모에게 그렇게 말한 이유를 묻자, 주모는 그냥 신랑이 좋아보여서 그랬노라고 말했다. 학봉이 다시 말해달라고 하니, 그 말을 들은 주모의 바깥주인이 바른 말을 해주라고 했다. 주모가 그제야 바른 말을 하는데, 그 집 신부가 눈도 멀고 휘어진 다리로 걸음도 잘 못 걸어서 비록 재물은 있으나 결혼을 못해 걱정이었는데 천행으로 혼인이 이루어졌다고 말했다. (7)그 말을 들은 학봉이 생질에게 집으로 돌아가자고 했다. (8)신랑이 잠시 생각을 하고는, 그 집에서 잔치를 잘 차렸을 터이고 다른 사람들의 신명을 망칠 수

> 가 없으니 그냥 가자고 했다. 학봉은 다시 돌아가자고 했으나 신랑이 그럼 자기 혼자 가겠다고 나서기에 하는 수 없어 따라 갔다. (9)동구 밖에 들어서니 벌써 영접하는 사람들이 모여 있었다. 집안에 사람이 꽉 차게 앉아 있고 잔치를 잘 차려놓았다. 신랑 신부가 서로 절을 하는데 신랑이 신부 얼굴을 보려고 해도 볼 수가 없었다. (10)밤이 되어 신방에 들어가 앉아 있으니 신부가 들어왔다. 신랑이 부채를 마루에 펴놓고 있었는데 신부가 방으로 들어오면서 부채를 치우라고 했다. (11)신랑이 신부의 옷을 다 벗기고 보니 미인이었다. 신랑은 신부에게 한번 서보라고 해서 보니 다리도 멀쩡하고 걸음도 잘 걸었다. (12)그래서 학봉에게로 가서 걱정하지 말라고 하고 이튿날 인사를 드렸다. (13)알고 보니 신부 집에 계모가 있었는데, 신부가 너무 예쁘고 잘났기에 시기하여 나쁜 곳으로 시집보내려고 하다가 그렇게 된 것이었다.[17]

여기서는 김학봉이라는 사람이 등장하는데, 학봉의 여동생에게는 아들이 하나 있었고 남편이 없는 여동생은 자신의 오빠에게 아들의 신부를 구해달라고 부탁한다. 학봉이 친구들에게 이야기하자, 한 친구가 멀리 있는 어떤 부잣집의 딸이 괜찮으니 청혼을 해보라고 했다. 학봉이 상객으로 그 집을 찾아가다 주막에 들렀는데 주모가 그들을 보더니 "신랑은 좋다만"이라고 하며 말끝을 흐렸다. 학봉이 주모에게 연유를 묻자 주모는 부잣집 신부가 눈도 멀고 휘어진 다리로 걸음도 잘 못 걸어서 재물은 있지만 결혼을 못해 걱정이었는데, 천행으로 결혼이 이루어졌다고 하는 것이었다. 그 말을 들은 학봉은

---

17. [한국구비문학대계] 7-3, 260-263면, 안강읍 설화27, 김학봉 생질 장가간 얘기, 신상하(남, 69)

조카에게 집으로 돌아가자고 했지만 신랑은 신부 집에서 잔치준비가 다 되었을 터인데 망칠 수는 없다며, 그냥 가자고 했다. 학봉이 다시 돌아가자고 하자 신랑은 그럼 자신이 혼자 가겠다고 하고, 할 수 없이 학봉은 부잣집으로 갔다. 밤이 되어 신방으로 신부가 들어오는데 신랑이 신부의 옷을 다 벗기고 보니 미인이었고 다리도 멀쩡했으며 걸음도 잘 걸었다. 신랑은 학봉에게로 가 걱정하지 말라고 하고 이튿날 인사를 드린다. 나중에 알고 보니 신부의 어머니인 계모가, 신부가 너무 예쁘고 잘 나 그녀를 시기하여 나쁜 곳으로 시집을 보내려고 그녀를 모함한 것이었다.

[혼인날 병신 모함 받은 전처 딸]에서 이야기할 수 있는 해결방안은 신랑의 소신(所信)이다. 여기서 계모는 신부가 눈이 멀고, 다리도 휘어져 걷지 못한다는 이야기를 주모를 통하여 흘린다. 그러나 이 말을 들었음에도 불구하고 신랑은 혼사를 진행하며, 결국 그것이 거짓이라는 것을 알게 된다. 여기서 계모는 전실 딸이 너무 예쁘고 잘난 것을 시기하며, 나쁜 곳으로 시집을 보내려고 하지만 신랑이 흔들림 없이 전실 딸을 선택함으로 인해, 계모의 계략은 무산이 된다. '6장 전실 자식을 시기 · 질투' 항목에서 살펴볼 〈신부에게 심술부린 계모〉에서 또한 계모가 전실 딸이 예쁜 것을 시기하여 신부가 왕 두꺼비 같다고 이야기 하지만, 신랑은 개의치 않고 그녀와 혼사를 치루며 아름다운 신부를 맞이하게 된다. 이처럼 신랑은 계모의 모략에도 불구하고, 자신의 소신대로 행동하고 있다. 물론 이 설화에서 신랑이 소신대로 행동하는 이유는, 이미 준비된 혼사를 거절하는 것이 도리에 맞지 않는다고 생각하기 때문이다. 하지만 이 부분을 확대 해석해 보자면, 신랑이 신부의 편에 서서 그녀에 대한 굳은 믿음

을 가지고 있다면 계모가 전실 딸을 모함하는 것은 불가능하며, 그로 인한 갈등은 유발되지 못한다는 것을 의미한다.

다음으로 모함으로 전실 자식의 앞길을 방해하는 계모로, [손 없는 색시] 설화군 중 〈전처 딸 모해한 악독한 계모〉이다. [손 없는 색시] 설화군은 『한국국비문학대계』에 모두 3편이 수록되어 있는데 이들 중 전실 자식의 앞길을 방해하는 계모가 나타나는 것은 이 1편뿐이다. 설화의 줄거리는 다음과 같다.

> (1)예전에 어떤 사람이 딸 하나를 낳고 상처를 하여, 따리 다섯 살 정도 되었을 때 재혼을 하였다. (2)계모가 전처 딸이 열다섯 살이 되도록 계속 부려먹기만 했는데, 딸이 일을 모두 잘 해냈다. (3)계모가 같이 있으면 안 될 것 같아 남편에게 말하길, 점쟁이에게 물어보니 딸을 내쫓아야 집이 편안하다고 했다며 손목을 끊어서 내보내자고 하였다. (4)아버지가 딸을 불러 소여물을 먹이라고 하자 딸이 아버지에게 갔다. (6)아버지가 딸에게 너는 여물을 못 먹일 테니까 작두에 손을 집어넣어 여물을 잡고 있으라고 하였다. (6)딸이 부모의 말이라 두 손을 작두에 넣으니 아버지가 손을 끊어 버렸고 끊어진 손은 하늘로 날아가더니 사라져 버렸다. (7)그리고 아버지는 네가 나가야 집이 편안하게 살 수 있다며 딸을 쫓아냈다. (8)딸이 산에 가서 짐승에게나 물려 죽으려고 산속으로 들어갔다. (9)여자가 한참을 들어가는데 한 곳에 불이 보이고 서당에서 글 읽는 소리가 났다. (10)여자가 산골짜기에 집이 있는 것을 이상하게 여기며 달빛이 비치는 것이 무엇인가하고 쳐다보니 큰 배나무가 있었다. 여자가 배가 고파서 배나무에 올라가서 배를 따 먹으려고 했는데 손이 없어 입을 갖다 대면 그냥 다 떨어져버려서 먹을 수가 없었다. 여자가 할 수 없이 배나무 위에서 밤이나 보내려고 앉아있었다. (11)그 집에서 글을 읽

던 남자가 대청에 나왔는데 배나무에 둥글둥글한 것이 어른거렸다. (12)남자가 배나무 밑에 가서 사람이면 내려오고 귀신이면 가라고 하자, 여자가 한참 뒤에 울면서 내려왔다. (13)남자가 여자를 보니 인물은 좋은데 두 손이 없기에 그 곡절을 묻고는 자기 방으로 데리고 들어갔다. (14)남자가 이튿날부터 여자를 벽장에 숨겨놓고 밤에는 같이 자고 낮에는 밤을 먹이면서 지냈다. (!5)그 집의 여종이 남자가 평소와 다른 것을 보고 방을 들여다보고는 주인마님에게 알렸다. (16)주인마님이 처음에는 듣지 않다가 나중에 아들을 불러 사실을 물으니 아들이 그런 일이 있다고 하였다. (17)주인마님이 여자를 데려오라고 하여 보니 인물이 참 잘났기에 며느리로 삼았다. (18)결혼 한지 얼마 안 돼서 남자는 과거를 보러 떠나야 했는데, 어머니에게 여자를 돌봐달라고 부탁을 하고 떠났다. (19)남자가 과거를 보러 간 사이에 부인이 달떡 같은 아들을 낳게 되었다. (20)시어머니가 너무 좋아서 자기 아들에게 편지를 쓰기를, 달떡 같은 아들을 낳았으니 얼른 과거해서 내려오라고 하였다. (21)시어머니가 하인을 시켜 편지를 보냈는데, 하인이 가다가 한 주막에서 묵게 되었다. (22)주막 주인이 하인이 서울에 편지를 가져간다는 말을 듣고 하인이 자고 있을 때 편지를 몰래 꺼내 읽었다. (23)주막 주인이 달떡 같은 아들이라고 한 것이 범상치 않음을 알고 다시 편지를 고쳐 쓰기를, 눈도 코도 없이 두루뭉술한 아이를 낳았으니 어떻게 하면 좋으냐고 하였다. (24)남자가 하인에게 편지를 받고 어머니가 그 사이 변한 것이라 생각하고 다시 편지쓰기를, 눈도 코도 없이 두루뭉술해도 자신이 도착할 때까지 집에 놔두라고 하였다. (25)하인이 편지를 들고 내려가다가 다시 주막에 머물렀다. (26)주막 주인이 하인이 자는 사이에 또 편지를 꺼내 고치기를, 눈도 코도 없이 뭐하겠느냐며 내쫓아버리라고 하였다. (27)시어머니가 하인에게서 편지를 받고는 아들이 그 사이 변한 것이라 생각하고 할 수 없이 며느리와 손자에게 좋은 옷을 입혀서 내보냈다. (28)여자가 한곳에 가보니 샘에 물을 기르는 사람이 있어 물 좀 먹여 달라고 부탁하고 아이에게 젖도 먹였다. (29)여자가 다시 길을 가다가 샘에 가서 물을 더 먹고 싶은 마음에 되돌아와서 사람들이 나오기를 기다렸다. (3)갑자기 하늘에서 뇌성벽력이 치면서 비가 퍼붓더니 뭐가 와서는 갑자기 여자를 샘에 집어넣었다. (31)여자가 물에 풍덩 빠지고 나니 갑자기 하늘이 걷히고 여자에게는 손이 달려있었다. (32)여자가 기뻐하며 우는 아이를 달래고 있는데 사람들이 물을 길러 나와서 여자를 발견하고 끌어 올렸다. (33)여자가 동네 사람들에게 치사를 하고 다시 길을 떠나는데 한 곳에 가니 마고할미가 밭을 매고 있었다. (34)마고할미가 여자가 혼자 돌아다니는 것을 알고는 자기 딸로 삼아 같이 살게 되었다. (35)여자가 마고할미에게 농사짓지 말고 자신에게 무명 한 필만 사다 달라고 했다. (36)여자가 장날에 베 한 필씩을 내놓으니 그것으로 돈을 벌고 할미는 편하게 살게 되었다. (37)하루는 아이가 밖에 나갔다가 들어오더니 어머니에게 저 밑에 하문에 갔더니 손님들이 자기 머리를 쓰다듬으며 어디서 왔으며 이름이 무엇인지를 물어보았다며 가보라고 하였다. (38)여자가 아이가 하도 가보라고 하여서 다음날 아이 손을 잡고 가보니, 신작로에 오가는 손님들이 가득 있었다. (39)여자의 남편이 과거급제를 하고 내려가다가 머물고 있었는데 여자를 보고는 쫓아 나와 끌어안고 대성통곡을 했다. (40)남자가 여자에게 어찌된 일이냐고 물으니 여자가 죽을 뻔했는데 샘에 빠져서 손이 생겼다고 하였다. 실은 잘린 손이 펄펄 날아갔을 때 여자의 죽은 어머니가 딸에게 손을 붙여주었던 것이었다. (41)여자가 남자의 사인교를 타고 시댁으로 가니, 시어머니가 손자와 며느리를 보내놓고 늙어있었다. (42)여자가 편지를 고쳐 썼던 주막집으로 갔는데, 주막주인이 행차를 보더니 자기도 딸이나 키웠으면 저렇게 했을 것이라며 한탄하였다. 주막주

인은 여자의 계모였는데, 여자를 내쫓고 나서는 집이 망한 것이었다.[18]

여기서는 [손 없는 색시] 설화군의 여타 설화와는 달리 전실 자식의 앞길을 방해하는 계모의 모습이 잘 그려지고 있다. 계모는 남편에게 전실 딸을 내쫓아야만 집이 편안하다는 점쟁이의 말을 인용해 전실 딸을 모함하고, 아버지는 계모의 말에 따라 전실 딸의 두 손을 자르고 그녀를 쫓아낸다. 이후 전실 딸은 배나무에 올라갔다가 그 집에 사는 남자와 만나게 되고, 남자의 보호 속에 그 집에서 지내다 결혼을 하게 된다. 그러던 중 남편이 과거를 보러 간 사이 아이를 낳게 되는데, 시어머니는 너무 좋아 아들에게 처녀가 달떡 같은 아이를 낳았다며 얼른 과거를 해 내려오라는 편지를 보낸다. 하인은 편지를 전하러 가다가 주막에서 묵게 되는데 주막주인은 눈도 코도 없는 두루뭉술한 아이를 낳았으니 어떻게 하냐고 편지를 고친다. 편지를 받은 아들은 자신이 도착할 때까지 그대로 두라는 편지를 보내지만, 주막주인은 하인이 자는 사이 눈도 코도 없이 어떻게 하냐며 모자를 내쫓으라고 한다. 시어머니는 아들의 마음이 변한 것이라고 생각해 할 수 없이 며느리와 손자를 집에서 내보낸다. 설화의 마지막 부분에 주막주인은 계모라고 나오는데, 전실 딸을 내쫓고 난 후 집이 망해 계모는 주막을 하고 있었다고 언급된다. 이처럼 〈전처 딸 모해한 악독한 계모〉에서는 계모가 편지를 바꿔치기 함으로써, 전실 딸을 곤경에 빠뜨리며 그녀의 평온한 결혼생활을 방해한다.

이 설화군에서 계모가정 내 문제해결 방안으로 지적할 수 있는 것

18. [한국구비문학대계] 7-13, 332-347면, 대구시 설화87, 전처 딸 모해한 악독한 계모, 김음전(여, 76)

은 원조자의 존재이다. 설화에서 전실 딸을 보호해주는 남자의 존재나 그 사실을 알면서도 둘을 혼인시킨 시어머니, 전실 딸의 손목을 붙여줬다고 표현되는 죽은 어머니는 모두 전실 딸을 도와주는 존재들이다. 그리고 전실 딸이 계모가정으로부터 완전히 독립되면서 더 이상 갈등은 존재하지 않으며, 전실 딸을 내보낸 후 집이 망했다는 언급은 하늘로부터 계모에 대한 징치가 이미 이루어졌음을 뜻한다.

이어지는 [게으르다는 모함으로 죽은 전처 자식] 설화군에서는 계모의 모함으로 인해 전실 자식이 아까운 목숨을 잃게 된다. 이 설화군을 '8장 전실 자식을 상해 · 살인' 항목에 넣지 않은 이유는 전실 자식의 죽음이 계모가 의도한 바가 아니라 예기치 못한 사건이라고 생각되기 때문이다. 이 설화군은 『한국구비문학대계』에 3편이 수록되어 있는데, 이 설화의 줄거리를 요약해 보면 다음과 같다

> (1)어떤 사람이 딸 둘이 있는데, 아내를 잃고 새 마누라를 얻었다. (2)하루는 여자가 전처 딸들에게 논을 매러 가라고 했다. 딸들은 논을 매러 갔다가 힘이 들어서 정자나무 아래에서 잠이 들고 말았다. (3)그 때 계모가 전처 자식들에게 식은 밥이나 주려고 나왔다가 잠들어 있는 것을 보고, 남편에게 두 딸이 일은 안하고 정자나무 밑에서 잠만 잔다고 흉을 보았다. (4)남편이 와서 보니까 정말 둘 다 정자나무 아래에서 잠을 자고 있는 것이었다. 그래서 영감은 두 딸을 서까래로 목을 쳐 죽였다. (5)죽은 두 딸이 새가 되어서 날아가면서, 아버지에게 무상하고 야속하다며 일을 마치고 돌아오다가 힘들어서 잠들었는데 자신들을 죽였다고 했다. (6)이를 들은 아버지가 논에 나가서 자세히 보니까 일을 다 해놓은 것이었다. (7)아버지는 하도 원통하여 "산에 오른 장군들아, 들로 내론 초군

들아, 본실 자식 있거든, 후실 장가 가지마소."하고 노래를 불렀다.[19]

어떤 사람이 딸이 둘 있는데 아내가 죽고 새 아내를 얻었다. 하루는 계모가 딸들에게 논을 매러 가라고 했고 딸들은 논을 매러 갔다가 힘이 들어 나무 밑에서 잠이 들었다. 계모가 전처 자식들에게 식은 밥이나 주려고 나왔다가 전실 자식들이 자고 있는 것을 보고, 남편한테 두 딸이 일은 안하고 잠을 잔다며 흉을 보았다. 아버지가 나와 보니 정말 자고 있어 서까래로 딸들의 목을 쳐 죽였다. 죽은 두 딸은 새가 되어 날아가면서 일을 마치고 돌아오다 힘들어 잠이 들었는데 아버지가 자신들을 죽였다며 야속하다고 했다. 아버지는 하도 원통해 본실 자식이 있거든 후실 장가를 가지 말라는 노래를 부른다. 이 설화는 아버지가 계모의 모함으로 말미암아, 계모의 말만을 믿고 전실 자식들을 죽인 이야기이다. 아버지는 딸들을 죽인 후 전후사정을 알게 되고 계모의 말만 믿고 딸들을 죽인 것을 원통해 하며 탄식한다. 그런데 설화에서 계모는 전실 자식을 모함했을 뿐 죽일 의도는 없었다고 보여 진다. 다만 계모의 말을 들은 아버지가 사실 확인도 하지 않은 채 조심성 없이 전실 자식을 죽였을 뿐이다. 이에 본 항목에서 다루어 보았다.

이 설화는 딸들의 죽음으로 이야기가 마무리되며, 제시되는 해결 방안은 없다. 다만 아버지가 "전실 자식이 있을 경우 후실 장가를 가지 말라"는 노래를 부름으로써, 계모가정 내의 갈등과 어려움을 이야기하고 있다.

---

19. [한국구비문학대계] 6-12, 1035-1036면, 조성면 설화16, 계모 이야기, 박기심(여, 51)

이와 비슷한 내용이 『한국구비문학대계』에는 2편 더 수록되어 있는데, 〈계모와 어리석은 아버지〉에서도 한 남자가 오누이를 두었는데 아내가 죽고 계모를 얻었다. 계모는 이 오누이를 미워하고 먹던 밥만 주어 키웠는데, 나이가 들자 들과 논으로 일을 보냈다. 하루는 오누이가 논을 매고 점심도 늦어지는 바람에 힘이 빠져 나무 밑에서 잠을 자고 있는데, 계모가 보고는 집에 돌아와 오누이가 논도 매지 않고 나무 밑에서 보듬고 자고 있다며 나무 톱으로 썰어 죽여야 한다고 하였다. 아버지는 계모의 말만 듣고 오누이를 죽여 대동강에 띄웠다. 그리고 돌아와 논을 보니 일을 다 한 상태였다. 이 설화에서도 계모의 모함으로 전실 자식은 아버지에게 죽임을 당하는데, 앞서 설화와 다른 점은 여기서는 오누이가 등장하며, 성별이 다르기에 계모는 오누이가 서로 보듬고 자고 있다는 성(性)적인 모함으로 전실 자식을 죽여 버리는 것이다. 그리고 화자는 여자말만 들은 사내가 잘못했다는 말로 이야기를 마무리한다. 또 하나의 설화 〈재취장가 가지 마소〉에서는 전처의 아들들이 등장하며, 계모는 일은 안하고 나무 밑에서 잠만 잔다는 말로 전실 자식들을 모함한다. 그리고 그 말을 들은 아버지는 그 말만 듣고 아들들을 칼로 찔러 죽인다. 이 설화에서도 역시 아버지는 "전처자식 있거든 후처장가 가지마소. 후처의 말을 듣고 전처자식 내버렸소."라는 노래를 부르며 자신의 잘못을 탄식한다.

[게으르다는 모함으로 죽은 전처 자식] 설화군에서 공통적으로 나타나는 것은 계모가 전실 자식을 모함하여, 아버지로 하여금 전실 자식을 죽이도록 만들며, 아버지는 전실 자식을 죽인 후 계모의 말이 사실이 아님을 알게 되고 자신의 행동을 후회한다는 것이다. 모

든 경우 설화 내에서 해결방안은 없다. 그러나 아버지의 후회를 통해 계모의 말만으로 모든 일을 처리할 것이 아니라, 전실 자식의 입장 또한 확인하고 일을 처리해야 됨을 설화는 이야기하고 있다.

2) 실제 계모가정 내 가족갈등 사례에의 적용

다음에서는 모함으로 전실 자식의 앞길을 방해하는 계모들의 실제 사례들을 살펴보고, 설화에서의 해결방안이 어떻게 사용될 수 있을지 논의해보고자 한다.

사례 1

9살 때부터 아버지와 재혼한 새엄마와 함께 살았습니다. 성격이 너무 센 새 엄마가 무서워서 십대 때는 몇 년간 집도 나가 살다가 20대부터 맘 잡고 다시 집에 들어와 같이 살았습니다. 뭐든 본인마음대로 하시고 저는 학교나 직장을 마치고 나면 무조건 다른 데를 들리지 못하고 집으로 돌아와야 합니다. 안 그러면 친엄마를 만났냐며 난리가 나니까... 그렇게 산 세월이 벌써 30대 중반이라는 나이가 됐습니다. 마음에 안 들으면 친자식처럼 생각한다는 명목하에 때리고 본인이 좋으면 히히 웃고 그러면서... 서운한 게 있으면 키워줬는데 싸가지 없다는 죄목으로 저만 나쁜 년이 됩니다. 직장생활하면서 모은 돈은 모두 집의 빚 갚는데 써서 16년을 넘게 일했는데도 아직도 매달 빚을 갚습니다. 당연 시집도 못갔구요. 돈도 돈이지만 새엄마의 구속 때문에... 그런데 요즘 제가 시집간 친구들을 부러워하면 저를 발정 난 암고양이 취급을 합니다. 아니 발정 난 암고양이라고 말을 합니다. 집 나가 있을 때 애를 낳으며 살았는지 본인이 어떻게 아냐며... 정말 어이가 없고 기가 막힙니다. 아버지의 사업실패로 인해 어렵게 살면서 그래도 의지하며 살았는데 이제 저한테 돌아온 얘기는 발정 난 암고양이, 남자 밝히는 창녀취급정도입니다. 그러면서 시집가봤자 너네 아빠 같은 남자 만날까 걱정되니 시집 안 가고 그냥 이렇게 살면 어떻겠냐고 하더라구요 시집보내기 싫다며... 이건 뭔가요? 지금 제가 만나는 남친이 그렇게 싫고 밉대요. 그래서 만나지 못하게 아니 헤어져라 하고 있습니다. 남친은 그런 것도 모르고 가끔씩 엄마와 식사도 하고 선물도 해드리는데 선물 받을 때만 웃고 약발이 떨어질 때쯤이면 또 싫다 합니다. 전 어떡해야할까요? 같이 산정이 뭔지 정 때문에 이끌려서 여태 왔는데 이제는 한계를 느낍니다. 술만 마시면 괴물처럼 변해버리는 새어머니 가슴이 콩닥거립니다. 돈 한푼 없이 남친과 결혼한다고 할 수도 없고 남친은 꿈에도 상상 못해요 지금 이런 상황을.. 친엄마인데 심한가보다만 하지 아마 새엄마인데 그런줄 알면 보려고 하지 않을 것 같아 벌써부터도 걱정입니다…… 부모 버린 몹쓸 사람 되는 것 같아 참고 살았는데 이대로 살다간 제가 자살을 하거나 정신병자가 되어버릴 것 같습니다. 조언 부탁드려요 참고로 어머니하고 마음에 대화를 해 보세요 라는 글은 삼가해요. 그런 건 진작 안 통합니다. 어디서 주둥이를 함부로 놀리냐고 바로 응징. 밖에서는 아주 교양 있고 고상하고 아름다운 어머니로 통한다는 거!!!

사례1〉에서 여성은 9살 때부터 30대 중반인 현재까지 계모와 함께 살고 있다. 직장생활을 하면서 16년 동안 모은 돈을 모두 집의 빚을 갚는데 썼고, 아직도 매달 빚을 갚고 있다. 여성이 시집간 친구들을 부러워하면 계모는 발정이 난 암고양이같이 전실 딸을 취급하며, 남자를 밝히는 창녀처럼 이야기를 한다. 계모는 여성이 만나는 남성을 싫어하며, 전실 딸이 시집을 가지 않고 집의 빚을 갚으며 살기를 바란다. 그러나 여성은 남자친구와 결혼을 하고 싶고, 계모의 반대를 생각하면 결혼 이야기를 꺼내는 것이 겁이 난다. 이렇게 살다가 자살을 하거나 정신병자가 되어 버릴 것 같다는 글을 보면, 계모와의 갈등은 매우 커 보인다.

이 사례에서 계모가 전실 딸이 결혼하는 것을 반대하는 이유는 경제적인 지원이 끊어지는 것을 염려하기 때문이다. 이 상황에서 전실 딸이 결혼을 한다고 나선다면, 아마도 계모는 전실 딸을 험담하거나 전실 딸의 결혼을 방해할 것임에 틀림없다.

그렇다면 이 경우 설화에서의 해결방안은 어떻게 적용될 수 있을까?

첫째, 남자친구와의 결혼을 염두에 두었다면, 그와의 관계를 돈독하게 유지하여 관계가 흔들리지 않도록 하는 것이 중요하다. 설화에서처럼 계모가 시댁에 무슨 험담을 해도 남자친구가 자신을 믿고 결혼을 밀고 나갈 수 있도록 미리 조치를 취하여야 한다는 것이다. 그러기 위해서는 현재의 엄마가 계모임을 남자친구에게 솔직히 밝히고, 그와 함께 앞으로의 대책을 마련하는 것이 현재의 자신의 상황을 염려만 하는 것보다는 훨씬 긍적적인 해결방안이 될 것이다.

둘째, 주위 사람들에게 도움을 요청하는 것도 적절한 해결방안이 될 수 있다. 가까이 있는 아버지나 혹은 주위 친척들에게 자신의 의사를 밝히고, 그들의 도움을 요청하여 이 상황을 해결하는 것도 하나의 해결방안이 될 수 있다. 계모가 30대 중반인 여성의 결혼을 막는 것은 누가 보더라도 올바른 상황이 아니다. 본인이 결혼을 할 의지가 있다면, 타개할 방법 또한 찾아나가야 될 것이다.

셋째, 만약 계모가 자신의 생활에 더 이상 개입하는 것이 싫다면 남자친구와의 결혼을 통해 더 이상 계모가 자신에게 영향력을 행사할 수 없도록 거리를 둘 필요가 있다. 한 집에서 같이 살 경우, 이 여성이 계모의 영향력에서 벗어나는 것은 불가능하다. 그러므로 남자친구와의 결혼을 통해 친정과 거리가 둘 때, 계모와의 갈등을 점차 줄여갈 수 있다. 갈등을 줄여나갈 때 훨씬 계모와의 관계는 원만해질 것이며, 현재 여성이 걱정하는 부분, 부모 버린 몹쓸 자식이 되는 것과 아버지가 불쌍하다는 것 또한 해결이 가능해질 것이다. 결혼 후 친정에 경제적인 지원을 하는 것이 당연한 일이 아니라, 본인의 선택이 되는 것이다. 그러므로 계모와의 관계도 일방적으로 종속된 관계가 아니라, 일정 정도는 자신의 의견을 표출할 수 있는 동등한 관계가 될 수 있다.

여성이 이 점을 염두에 두고 앞으로의 일을 잘 진행한다면, 이 여성 또한 다음과 같은 성공사례들에 합류될 수 있을 것이다.

사례 2 새엄마...

……저도 그렇게 착하고 싹싹한 아이는 아니였어요. 고집도 세고 말도 안 듣고 물론 큰 사고는 친 적 없지만... 엄마도 제가 미웠을 거라는 생각이 들어요. 나도 자식을 키우다보니 남의 자식 키우는 게 보통일은 아니다 싶은데 엄마가 조금만 욕심 풀면 남들처럼은 안 되겠

지만 왕래하며 지낼 수 있을 거란 소망이 있습니다. 친정은 항상 그리우니까요...(신랑은 다시는 장모를 보고 싶지 않대요. 살다 그런 사람 본적 없다네요. 평범하게 살았던 신랑입장에선 그럴 거예요.)……
어렸을 적 새엄마가 생겼고 얼마 안 있어 동생이 생겼습니다. 그러고 또 몇 년 후 동생이 태어났구요. 그리고 내 어릴적은 계모가 있는 다른 사람들처럼 컸지요. 사랑이 부족하고 항상 천대받고...동생들 보살피고 숙제 해주고 그러다 멍청한 년, 생모 닮아 피가 더러운 년 욕 들어먹으면서 난 정말 그런 사람인가 의문을 가지며..맞기도 많이 맞고. 그때 영향으로 지금도 누가 욕하거나 소리 지르면 흥분하는 게 아니라 차분해집니다. 나한테 하는 소리 아니야 하면서..그러다 대학을 졸업하고(아주 가난하지 않았고 공부를 아주 못하진 않았어요. 글고 아버진 정상적이셔서 대학은 갈수있었어요) 집과 멀리 취업하면서 출가를 했어요. 그러니 대우가 달라지더라구요. 월급의 반을 4년동안 보내고 어린 동생들 필요한 것 사주고 했더니 집에도 자주 오라고 하고 하더라구요. 근데 워낙 애교 없고 말수가 적어서 만족해하진 않았죠. 입사 4년차 남친이 생겨 집에 인사도 하고 했는데 사람은 맘에 드나 이것저것 맘에 안 드니 친구로 지내라 했었죠. 우린 그때 27살, 남친 28살. 어린 나이여서 당장 결혼할 생각 없었죠. 그러다 정들까 무서웠는지 우리어머님께 전화를 해서 생모 욕과 제 욕을 한시간을 하더랍니다. 거짓말 잘하고 남자관계 복잡하고 손버릇이 안 좋고 등등, 우리어머님 혼을 쏙 빼놓더니 막판에 동생들 자랑을 또 하더라네요. 그 참에 이건 뭐가 이상하구나 하고 전화를 끊고는 신랑을 불러서 이게 무슨 소리냐 이건 안 되겠다 했더니 신랑이 “내가 그런 여자를 만나겠느냐? 아들 믿고 기다려 달라 XX얘기 들어보고 얘기 합시다” 하고는 날 찾아왔었죠. 난 태어나서 첨으로 친척들과 아버지한테 계모의 행태에 대해 밝히고 친정 없는 결혼식을 진행을 했죠. 뭐 결국은 계모 뺀 아버지, 친척들이 축하해주는 결혼식을 했죠. 그 후 친정과 화해를 하고 잘 지내려고 노력하였으나 매사에 바라는 게 많고 항상 비교하고(근거가 있는 비교인지 의심스러운 비교) 신랑 앞에서 내 욕하며 동생들 칭찬하기... 등 현재는 연을 끊었죠. 신랑이 넘 힘들어하기도 하고 내 결혼생활이 흔들릴 정도니...암튼 지금은 아이 둘에 결혼생활 8년차에.. 철없는 신랑이지만 나의 모든 것 신랑, 지금까지 차갑고 표현에 서툰 며느리 이해해주는 시어른들... 요즘처럼만 행복하다면 더 바랄게 없습니다. 맘속 아리한 게 있지만 말로 표현하기 힘든 뭔가가 있지만 지금 나의 모습에 감사합니다.

사례 3 내 부모이지만...

결혼한 지 9년차에 아들 둘 키우고 있구요.. 참고로 아주 행복하게 살고 있습니다만... 대학생 때부터 남자얘기를 하면 남자에 환장한 년 취급을 했었기 때문에 사귀는 사람에 대한 얘기를 한 번도 제대로 해 본 적 없었습니다. 어렸을 때부터 내 빨래는 내가 하고 도시락도 내가 싸고 반찬도 아버지, 동생들 반찬 따로 라서 난 손도 못대고..그래도 쪼만한 게 욕심이 많다느니 했었어요. 도시락도 맨날 신 김치만 싸서 다녔구요.. 생모 닮아서 피가 더럽다느니, 돈만 축낸다는 둥.. 말로 다 못합니다. 옛날에는 이런 얘기 말로 하지도 못했어요. 넘 가슴이 아파서요. 근데 지금은 남의 얘기하듯이 잘 합니다. 아마도 힐링이 어느 정도 되어서겠지요.. 그러다 신랑을 사귀고 집에 알리게 되었는데... 신랑과 저는 동성동본이였고 신랑 집이 여유가 없습니다. 그걸 엄마가 눈치를 챘었나 보더라구요. 사귄지 6개월쯤 됐을 때 아버지가 한번 보자구 하여 집에 함 찾아뵌 적 있었고 부모님께서 지방에 있는 시부모님과 상견례 아닌 상견례를 하고 가시면서 저희 시어머니 핸폰 번호를 물어 가시더니 ㅇㅇ는 남자를 좋아하고 대학생 때부터 남자관계가 복잡하고 돈 씀씀이가 헤프고 거짓말을 밥 먹듯이 하고 손버릇이 안 좋고 게으르고 등등... 본인 딸은 이렇게 착하고 돈도 모르고 등등... 학교 졸업하고 시집갈 때까지 삼천만원 벌어서 드리고 왔고 내결혼 자금 내가 번 돈으로 해서 왔었습니다. 그리고 중간 중간에 냉장고며 에어컨이며 이사한다고 이사비용이며 해 달라는 대로 해줬고 한 번도 고맙다는 말은 들어보지 못했어요. 동생 용돈이며 휴대폰, 옷 등 성냥공장 다니는 맏딸처럼 집에 갈 땐 항상 푸짐하게 했었죠..외식해도 제 돈이었고. 그래도 난 그땐 좋았어요. 사람취급 받을 수 있었으니까요. 암튼 전화로 두 시간 테러당한 시어머니는 멘붕에 빠져 결혼을 시켜야하나 심각한 고민에 빠졌죠. 울 신랑이 아들을 믿어라, 내가 선택한 여자다 해서 시댁은 우여곡절 끝에 통과~ 친정에는 이때까지 나하고 싶은 말 못하고 살았죠. 키워준 거에 감사하며... 물론 완전 착한 딸은 아니었지요. 집에 내 감정 들어내지 않으며 살았더랬죠. 이참에 완전 뒤집었죠.. 친척들 앞에서 동성동본이라 결혼반대 하느라 그랬다고 하더라구요. 엄마는 내가 남들 앞에서 말도 제대로 못하고 친척들이 같이 결혼을 반대해 줄줄 알았나 보더라구요. 사람 맘이 그렇지 않더라구요. 계모 밑에서 크면서 고생하는 줄은 알았지만 한 번도 내입으로 엄마 욕 한적 없었던 조카가 미쳐 울부짖으니 불쌍해보였나 보더라구요. 물론 엄마의 성품을 친척들이 익히 알고 있으니 가능한 일이였겠죠...욕심 많고 내 것 밖에 모르는...이쯤에서 아버지는 뭐하느냐고 하시겠죠?⋯⋯ 암튼 그 만행을 저지르고도 결혼 허락할 수 없다고 하길래 고모들이랑 친척들이 결혼허락 받을 수

> 있도록 노력은 해야 나중에 후회 안 한다고 해서 무릎 꿇고 신랑이랑 빌기도 했었는데 결국은 결혼식 안 온다고 하더라구요. 아버지만 처음으로 엄마와 난리치고 결혼식 오셨었어요. 우리 생각에 사돈 뵐 면목이 없어서 못 오지 않았을까 생각합니다. 그것만으로도 아버지한테 진짜 감사합니다.……

사례2〉의 여성은 어렸을 적부터 계모와 의붓동생들 사이에서 자랐다. 계모에게 욕을 먹고 매를 맞으며 천대를 받았다고 이 여성은 이야기하고 있다. 지금도 누가 자신에게 욕을 하거나 소리를 지르면 흥분하는 게 아니라 차분해진다는 것을 보면, 계모에게 당한 상처가 여전히 이 여성에게는 트라우마로 자리 잡았다고 보인다. 이 여성이 남자친구를 만나 결혼을 생각하자, 계모는 시댁에 전화를 걸어 전실 딸이 남자관계가 복잡하고 손버릇도 안 좋다는 험담을 하고, 시댁에서는 이 결혼은 안 되겠다며 신랑을 말린다. 그러나 남자친구는 자신의 선택을 믿어달라고 했고 이 여성은 아버지와 친척들에게 계모가 그동안 자신에게 했던 행동을 이야기하고, 결혼식을 진행한다. 그리고 현재는 계모와는 인연을 끊고 신랑과 아이 둘을 낳고 잘 살고 있다.

사례3〉 또한 결혼한 지 9년째, 아들 둘을 키우고 있는 여성으로 현재는 계모에게서 단절되어 행복하게 잘 살고 있다. 이 여성의 경우는 계모가정에서 생모를 닮아 피가 더럽다, 돈만 축낸다는 등 온갖 모욕과 구박을 받고 자라난다. 여성이 남자와 상견례를 한 후, 계모는 시어머니가 될 분에게 전화를 걸어 전실 딸에 대해 남자관계가 복잡하고, 돈 씀씀이가 헤프고, 거짓말을 밥 먹듯이 하고, 손버릇 안 좋고, 게으르다는 등 온갖 험담을 한다. 이 여성 또한 친척들과 아버지 앞에서 그동안 자신에게 한 계모의 악행을 이야기하고, 결국 계모가 참석하지 않은 결혼식을 한다.

두 경우 모두 여성이 결혼에 성공하고 현재 행복하게 살 수 있는 이유는, 계모의 험담에도 불구하고 그녀를 믿어주는 남자친구와 주위 사람들의 도움이다. 그리고 결혼으로 인해 계모와 단절된 삶을 살게 됨으로써 계모와의 갈등이 해결되고 있는 것이다. 이처럼 설화에서의 해결방안은 여전히 현재에도 유효함을 확인해 볼 수 있다.

6장

전실 자식을 시기 · 질투

1) 구비설화에 나타난 갈등양상과 해결방안

전실 자식에 대한 시기나 질투로 인해 계모가정 내 갈등이 유발되는 설화군으로는 [손 없는 색시] [혼인날 병신 모함 받은 전처 딸] [글 잘하는 황처자]가 있다. 먼저 [손 없는 색시]부터 살펴보도록 하겠다. [손 없는 색시]는『한국구비문학대계』에 3편이 수록되어 있는데, 대강의 줄거리를 살펴보면 다음과 같다.

(1)어느 정승이 첫째 부인이 남매를 낳고 죽었는데, 정승이 재혼을 하기 전에 자기 딸을 숨겨놓고 마치 아들 하나만 있는 것처럼 하였다. (2)계모가 눈치를 보니 분명히 애가 하나 더 있는 거 같아서, 어린 남자아이를 다그쳐 누나가 있는 곳으로 가자고 했다. (3)계모가 보니 본부인의 딸이 베를 짜고 있었는데 인물이 아주 훌륭하였다. (4)계모가 어떻게든 본

부인의 딸을 없애려고 했는데 어떤 장사가 하는 말이 들에 나가 돌메물로 묵을 해서 먹으면 배가 아파 죽는다고 했다. (5)계모가 장사의 말대로 돌메물을 가져와 묵을 만들어 딸에게 먹였는데, 조금 있다가 딸이 배가 아프다면서 바닥에 쓰러지는 것이었다. (6)계모가 죽은 쥐를 갖고 와 마치 본부인의 딸이 낙태를 한 것처럼 모함을 했는데, 정승이 자기 딸의 두 손을 자르고 강물 위에 띄워 보내려고 했다. (7)그런데 남동생이 차마 자기 누나를 강 위에 띄우지 못해 그냥 풀어주었다. 처녀는 손이 없이 길을 떠났다. (8)처녀가 길을 가다가 배가 너무 고파 배나무 위에 올라가 배를 따먹었는데 손이 없어서 힘들게 겨우겨우 먹었다. (9)배나무 옆에 사는 정승집 총각이 지나가다가 인물은 좋은데 손이 없는 처녀를 발견하였고, 처녀를 몰래 집안으로 데리고 들어가 자기 방에 숨겨 두었다. (10)총각이 식모에게 밥을 조금씩 더 달라고 하여 처녀를 먹였는데 하루는 식모가 이상히 여기고는 몰래 방안을 들여다보았다. (11)방안에서는 총각이 어떤 손 없는 처녀에게 밥을 떠먹이고 있었는데, 식모가 안주인에게 그 사실을 고하니 그냥 모른 척 하고 밥을 더 많이 넣어주라고 했다. (12)나중에 총각이 과거를 보러 가게 되자, 어머니를 찾아가 자기가 없는 동안 손 없는 처녀를 잘 보살펴 달라고 했다. (13)총각의 어머니가 알겠다면서 처녀를 보살펴 주었는데 서너 달이 지나자 처녀의 배가 불러오기 시작했다. (14)처녀는 열 달 뒤 잘생긴 남자아이를 낳았고, 과거 보러 간 아들이 돌아올 때가 되자 안주인이 처녀와 아이를 집에서 내보냈다. (15)처녀는 아이를 업고 길을 가다 어느 옹달샘에서 물을 마시려 했는데, 등에 업은 아이가 미끄러졌다. (16)처녀가 아이를 잡으려고 손을 뻗자, 신기하게도 없던 두 손이 다시 생겨났다. (17)처녀는 어느 마을로 들어가 베를 짜면서 아이를 키웠고, 세월이 흘러 아이는 여덟 살이 되었다. (18)한편 과거에서 돌아온 정승집 아들은 손이 없던 처녀 생각을 떨쳐버릴 수가 없었고, 처녀를 다시 한 번 꼭 만나 봐야겠다고 마음을 먹고는 집을 나섰다. (19)정승의 아들이 어느 동네에 이르러서 놀고 있는 꼬마아이를 보게 됐는데, 아무리 봐도 예전에 만났던 손 없던 여자를 닮은 것이었다. (20)정승의 아들이 다시 여자를 만났는데, 예전에는 손이 없던 여자가 다시 손이 생겨 베를 짜고 있었다. 정승의 아들이 반가워하면서 아이와 여자를 자기 집으로 데리고 가 살았다. (21)아이는 정승집에서 교육을 받으며 자랐는데, 열다섯 살 되던 해에 자기 어머니로부터 예전에 억울하게 집에서 쫓겨난 이야기를 듣게 되었다. (22)아들이 어머니의 원수를 갚기 위해 어머니의 친정을 찾아갔는데, 집안이 쫄딱 망하여 아주 못사는 것이었다. (23)아들이 자기 할아버지와 할머니에게 절을 하며 예전에 자기 어머니가 음해를 당한 이야기를 했고, 그때 낙태하여 나온 것이 사람의 아이가 아닌 쥐였다고 했다. (24)계모는 관가에 끌려가 죄 값을 치르게 되었고, 아들은 집으로 돌아가 잘 살았다.[20]

설화에서 정승은 재혼을 하기 전 자신의 딸은 숨겨놓고, 아들 하나만 있는 것처럼 해 계모를 맞이한다. 계모는 눈치로 남편이 자신을 속인 것을 알게 되고, 아들을 다그쳐 딸이 있다는 것을 확인한다. 계모가 전실 딸을 죽이려는 이유는 남편이 자신이 딸을 해코지 할까봐 딸을 숨겼다는 것에 배신감을 느꼈기 때문이며, 또 다른 이유는 자신이 보기에 전실 딸의 인물이 아주 훌륭했기 때문이다. 두 경우 모두 계모에게 전실 딸은 질투를 유발하며, 그로 인해 계모가정에는 문제가 발생하고 있다.

20. [한국구비문학대계] 7-14, 685-697면, 하빈면 설화9, 계모에게 쫓겨난 손 없는 처녀, 김옥련(여, 50)

계모는 "돌메밀로 묵을 만들어 먹으면 배가 아파 죽는다."는 장사의 말에 따라 전실 딸에게 묵을 먹인다. 전실 딸이 아프다며 바닥에 쓰러지자 계모는 죽은 쥐로 낙태형상을 만들고 전실 딸을 모함한다. 정승은 자기 딸의 손을 자르고 강물 위에 띄워 죽이려고 하는데, 남동생이 누나를 풀어줘 전실 딸은 손이 없는 상태로 길을 떠난다. 전실 딸은 길을 가다 너무 배가 고파서 배나무 위에 올라가 어렵게 배를 따먹었는데, 그 모습을 본 정승집 총각은 그녀를 데리고 들어가 몰래 방에 숨겨둔다. 총각이 식모에게 밥을 더 달라고 하자 이상히 여긴 식모는 총각의 방안을 엿보고, 처녀가 있다는 것을 안주인에게 고하지만, 안주인은 모르는 척 하고 밥을 더 주라고 한다. 총각이 과거를 보러가면서 어머니께 처녀를 맡기고, 서너 달이 지나자 처녀의 배가 불러와 열 달이 되어 아들을 낳았다. 과거를 보러 간 아들이 돌아올 때가 되자 안주인은 처녀와 아이를 집에서 내보냈고, 옹달샘에서 물을 마시려던 중 등에 업힌 아이가 미끄러졌다. 처녀는 아이를 잡으려고 손을 뻗었는데, 없던 손이 다시 생겨났다. 처녀는 아이를 데리고 어느 마을로 들어가 베를 짜면서 아이를 키웠다. 과거에서 돌아온 정승집 아들은 처녀를 잊지 못해 집을 떠난다. 정승집 아들이 어느 마을에 이르러 놀고 있는 아이를 보았고, 손이 생겨 베를 짜면서 살고 있던 처녀와 만나게 된다. 정승집 아들은 아이와 여자를 자신의 집으로 데리고 가 함께 산다. 아이가 열다섯이 되던 해에 처녀는 자신이 억울하게 집에서 쫓겨난 이야기를 했다. 아들은 어머니의 원수를 갚기 위해 외가를 찾아갔는데, 외가는 망해서 아주 못 살았다. 아들은 외조부, 외조모에게 인사를 하고 자신의 어머니가 모함을 당했으며 그때 낙태의 형상이 쥐임을 이야기한다. 계모는 관가에 끌려가 죄 값을 치루고, 아들은 집으로 돌아가 잘 산다.

설화에서 전실 딸을 위기에서 구해주는 것은 남동생과 정승집 총각이다. 남동생은 누나를 풀어줘 도망갈 수 있는 길을 마련해주며, 정승집 총각은 두 손이 없는 그녀를 보호하고 지켜준다. 그러나 총각이 없는 사이 총각의 어머니는 전실 딸과 아들을 내보내고, 등에 업힌 아이가 물에 떨어지려던 위기상황에서 그녀의 잘려진 손은 다시 생겨난다. 그녀의 잘려진 손이 다시 생겨났다는 것은, 정승집 총각의 보호아래 수동적으로 살아왔던 그녀의 삶의 태도가 한 아이의 어머니가 되면서 능동적으로 변화되었다는 것을 의미한다. 그녀가 베를 짜면서 아들을 부양해왔다는 것 또한 이러한 사실을 뒷받침한다. 또 설화에서 전실 딸의 아들이 외가를 찾아갔을 때 외가가 망했다는 것은, 계모의 악행에 대한 징치가 이미 하늘로부터 이루어졌음을 의미한다. 전실 딸의 아들은 어머니의 무고함을 밝혀주며, 계모는 죄 값을 치르게 된다. 그러므로 이 설화에서 계모가정 내 문제해결 방안으로 제시할 수 있는 것은 원조자의 존재와 전실 딸의 결혼으로 인한 독립이라고 할 수 있다.

이 외 〈전처 딸 모해한 악독한 계모〉에서는 계모가 전실 딸이 열다섯이 되도록 그녀를 계속 부려먹는데, 전실 딸이 계모가 시키는 일을 모두 잘 해내자 계모는 전실 딸의 능력을 질투한다. 또 〈손 없는 색시〉에서도 계모는 전실 딸을 못살게 굴었지만 전실 딸은 시집갈 나이가 되도록 공부만 열심히 하고, 계모는 전실 딸을 골탕 먹이려고 낙태모함을 한다. 이 두 편의 설화에서 전실 딸의 능력이 자신보다 뛰어나다는 것은 계모의 열등감을 자극하며, 계모는 자신보다 뛰어난 능력을 가진 전실 딸을 질투한다. 이후 이야기의 진행은 앞서 예문으로 제시한 설화와 동일하다.

다음으로 [혼인날 병신 모함 받은 전처 딸] 설화군이다. 이 설화는 『한국구비문학대계』에 3편이 수록되어 있는데, 이들 중 계모의 전실 딸에 대한 시기나 질투가 드러나는 것은 〈신부에게 심술부린 계모〉와 〈김학봉 생질 장가간 얘기〉이다. 이 중 〈김학봉 생질 장가간 얘기〉는 이미 '5장 모함으로 전실 자식의 앞길을 방해' 항목에서 예문으로 제시했기에, 여기서는 〈신부에게 심술부린 계모〉를 다루어 보도록 하겠다. 설화의 대강의 줄거리는 다음과 같다.

> (1)아주 예쁜 딸이 있었는데, 계모가 딸을 미워했다. (2)나중에 딸이 시집을 가게 되었다. (3)신랑이 변소에 가려는데, 계모가 신랑이 들으라고 각시가 왕 두꺼비 같다고 말했다. (4)신랑이 행례를 치루고 방에 들어가서, 신부의 얼굴을 보니 반달 같이 아름다운 것이었다. (5)이에 신랑은 신부의 얼굴이 반달 같다면서, 돋아 오르는 반달이라 계수나무[21]가 가렸다고 하였다. (6)즉 공연히 계모가 심술을 부려서 한 말이었다.[22]

설화에서 계모는 전실 딸이 예쁜 것을 시기하여, 변소에 가는 신랑이 듣도록 신부가 왕 두꺼비 같다는 이야기를 한다. 신랑이 행례를 치루고 방에 들어가서 신부의 얼굴을 보니 반달 같이 아름다웠다. 이에 신랑은 신부의 얼굴이 반달 같다며, 돋아 오르는 반달이라 계수나무가 가렸다고 이야기를 한다. 여기서 계수나무는 계모를 의

---

21. 계수나무는 음이 유사한 계모를 의미한다.
22. [한국구비문학대계] 8-3, 83-84면, 진주시 설화22, 신부에게 심술부린 계모, 강아이(여, 70)

미하는 말로, 계모가 전실 딸을 시기하는 것을 반달을 계수나무가 가렸다고 표현한 것이다. 또 다른 이야기인 〈김학봉 생질 장가간 얘기〉에서도 계모는 신부가 너무 예쁘고 잘난 것을 시기하여 전실 딸을 나쁜 곳으로 시집보내려고 하는데, 계모는 신랑이 머무르던 주막 주모를 시켜 신부가 눈도 멀고 휘어진 다리로 걸음도 잘 못 걸어서 재물은 있지만 결혼을 못해 걱정이었다는 말을 하게 한다. 이 말을 들은 학봉은 조카에게 집으로 돌아가자고 하지만, 신랑은 신부 집에서 잔치준비가 다 되었을 터인데 망칠 수는 없다며 그냥 가고 신부가 멀쩡하다는 것을 확인한다.

〈신부에게 심술부린 계모〉와 〈김학봉 생질 장가간 얘기〉에서 문제해결 방안으로 이야기할 수 있는 것은 신부에 대한 신랑의 배려, 즉 마음 씀씀이다. 신랑이 계모의 말만을 믿고 돌아갔다면 혼인은 성사되지 않았을 것이다. 그러나 두 설화에서 신랑은 혼인을 행함으로써 계모의 질투나 시기로 인한 갈등을 잠재우고 있다. 또한 전실 딸이 결혼을 통해 계모가정에서 독립함으로써 더 이상 갈등은 유발되지 않는다.

이어지는 설화군은 [글 잘하는 황처자]이다. 이 설화는 『한국구비문학대계』에 14편이 수록되어 있는데, 이들 중 전실 딸에 대한 계모의 질투가 드러나는 것은 〈모함을 이겨낸 황대감의 딸〉과 〈전처 딸을 죽이려는 서모와 아들〉이다. 이 설화의 대강의 줄거리를 살펴보면 다음과 같다.

(1)황대감이 상처를 하고 재취를 얻었다. 황대감에게는 본처 딸이 하나 있었는데, 황대감이 이 딸을 무척 아꼈다. 황대감의 후처는 그 딸을

죽이지 못하는 것이 한이었다. (2)하루는 황대감의 후처가 쥐를 하나 잡아서는 딸이 잠자는 틈을 다 속옷 속에 가져다 두었다. 그리고는 황대감의 딸이 서방질을 해서 아이를 배고 자다 낙태를 했다고 소문을 냈다. 황대감은 어쩔 수 없이 딸을 죽이기로 했다. (3)억울했던 황소저는 자신과 혼담이 오고 간 해남 사는 이씨 집으로 달아났다. 남복을 하고 이씨 집을 찾은 황소저는 자신의 신분과 집에서의 억울한 일을 말하고 설원을 하려고 이곳으로 왔으니 자기를 며느리 삼아 달라고 했다. (4)이씨 집에서는 황소저를 며느리로 들였는데, 얼마 뒤 이씨의 아들이 과거를 보고 양주 목사가 되었다. (5)이씨 아들은 양주 목사로 부임하기 위해 황소저를 데리고 집을 나섰는데 황소저의 부탁으로 황대감 집에서 묵어가기로 했다. 그리고 황소저가 머물던 부용당에 숙소를 정했다. (6)이튿날 떠나면서 황소저는 방안 벽에 "황화일점풍표표(黃花一點風飄飄), 누른 꽃 한 점이 바람에 나부껴, 비거해남착리지(飛去海南着李枝), 날아서 해남에 들어가 오얏나무 가지에 부딪혔다. 강상고혼부욕견(江上孤魂復欲見), 강 위에 옛 혼을 다시 보고자 하거든, 명조승학하양주(明朝乘鶴下揚州), 내일 아침에 학을 타고 양주로 내려오시오."라고 적어 두었다. (7)하인의 보고로 그 글을 본 황대감은 자기 딸이 쓴 글이라는 것을 알아챘다. 황대감은 양주로 찾아가 딸을 만났고, 후처를 축출했다.[23]

이 설화에서 황대감은 상처를 하고 재취를 얻었는데 그에게는 전실 딸이 하나 있었다. 황대감은 딸을 무척 아꼈는데, 계모는 그 딸을 죽이지 못하는 것이 한이었다. 여기서 계모가 질투를 하는 이유는 남편이 전실 딸을 무척 아꼈기 때문이다. 하루는 계모가 낙태형상을

23. [한국구비문학대계] 6-4, 450-455면, 주암면 설화24, 모함을 이겨낸 황대감의 딸, 오봉석(남, 81)

만들어 전실 딸이 낙태를 했다고 소문을 내고, 황대감은 어쩔 수 없이 딸을 죽이기로 한다. 이 사실을 알게 된 전실 딸은 남복을 한 채, 자신과 혼담이 오고 간 해남 이씨를 찾아가 집에서의 억울한 일을 말하고, 이씨 아들과 결혼을 한다. 이씨 아들은 과거를 보고 양주목사가 되고, 양주 목사로 부임하기 위해 황소저를 데리고 집을 나선다. 황소저는 자신의 친정에 숙소를 정해달라고 하고, 그녀가 머물던 부용당에 숙소를 정한다. 황소저는 벽에 자신의 사연을 적어놓았고 그 글을 본 아버지는 양주로 찾아가 그녀를 만난 후, 후처는 축출을 한다. 이 설화에서 또한 계모가정에서의 갈등 해결방안은 원조자의 존재와 혼인으로 이한 계모가정으로부터의 독립이다. 이와 비슷한 이야기인 〈전처 딸을 죽이려는 서모와 아들〉에서도 계모는 남편이 하도 딸만 귀여워하니까 질투를 하기 시작한다. 여기서 재미있는 것은 처음에 계모는 딸에 대해 미운 감정이 없었다는 것이다. 즉 남편의 행동 여하에 따라서, 계모의 전실 딸에 대한 질투 여부도 달라질 수 있다. 또한 자신의 아들은 서모의 자식이라 제대로 된 신부를 맞기도 어려울 텐데, 전실 딸의 혼수는 분에 넘치게 준비되어 있는 것이 계모에게 질투를 유발한다.

이 외 '3장 전실 자식과 본인 자식을 차별 · 편애'에서 예문으로 제시한 〈비비각시섬의 유래〉에서도 계모는 자신의 아들이 아닌 전실 아들이 이웃의 아주 예쁘고 좋은 공주와 결혼을 하게 되자, 그것을 질투해 전실 아들을 구렁이로 만들어버린다. 이 설화는 3장에서 자세히 다루었으므로 본 장에서는 생략하도록 하겠다.

2) 실제 계모가정 내 가족갈등 사례에의 적용

다음에서는 전실 자식에 대한 계모의 질투나 시기로 인해 가족갈등이 유발되는 사례들을 살펴보도록 하겠다. 먼저 계모의 입장에서 작성된 글을 살펴보고, 다음으로 전실 자식을 입장에서 작성된 글을 살펴보도록 하겠다.

사례 1 남편의 딸!!!!!

우리는 2년여의 연애 끝에 결혼을 했습니다. 많은 갈등을 했고 주위의 충고를 수용하면서 쉽지만은 않은 결혼 결심을 하고 우리는 한 집에서 오붓하게 가정을 꾸렸죠... 나도 늦은 결혼이라 첫눈에 반해 한 결혼도 아니었고, 정말 심사숙고해 한 결혼이었습니다. 정말 딸 하나 있는 거 말고는 나무랄 데가 없는 남자였거든요... 부모님의 만류도 있었고, 친구들 선배들... 의 결혼은 현실이다. 남의 자식 키우는 거 쉽지 않다고... 결혼이란 이상이 아니라 현실이라는 말을 실감을 합니다. 자식도 낳아보지 않은 처녀의 몸으로 시집을 와서... 어른들 말씀에 남의 자식 키우는 일이 쉽지 않다는 말을 이제야 알 것 같습니다.. 애를 좋아 하지 않아 마음에서 우러난 정을 줄 수는 없었지만 기본은 하기 위해 최선을 다 하는데도 늘 남편이 보기에는 부족 했는가 봅니다.... 결혼 전 이 일로 싸우기도 싸웠고, 결혼을 미룬 원인이기도 했구요... 유난히 딸에 대한 정이 남다르기 때문에... 어떨 땐 보고만 있어도 화가 날 때가 있더라구요... 내 사랑을 나누는 것 같아 이유 없이 그 애가 싫어지더라구요.. 결혼 전 보다 결혼 후 그 애가 보기 싫어지고 더 미워지더라구요... 동화에서 나오는 콩쥐팥쥐 동화를 읽으면서 나쁜 팥쥐엄마를 나도 욕을 하고 미워했었는데... 내가 그런 팥쥐엄마가 되어 간다는 게 나조차 이해를 할 수가 없어집니다. 낳은 정보다는 어쩜 키운 정이 더 크다고들 하는데... 알면서도 이유 없이 딸이 보기 싫어지고 미워지는 마음이 드는걸 보면 제 천성이 나쁜 사람인가 봅니다... 오늘도 그 애 때문에 싸움을 했습니다.. 제가 딸의 단점을 이야기 하면서 이런이런 게 참 싫다고 했더니, 남편 하는 말 뭐든 밉다밉다 하고 보면 더 미워지는 거라고... 그러면서 나를 못된 계모로 만들어 버립니다. 잘해야지 하는 마음이 들다가도 남편이 딸을 챙기거나 편 아닌 편을 들게 되면 잘해야지 하는 마음은 온데간데 없고 미운 마음만 생기더군요.. 저 애만 없음 싸울 일이 없을 건데... 하는 저 애가 우리 행복을 막는 장애물인 것 같은... 이해 할수 없는 내 철 없음을 알면서도 자제가 안 되니... 이러다가 정말 내가 계모가 되는 게 아닌가 하고 두려워집니다. 정말 팥쥐 엄마가 된 것처럼 이런 생각을 할 때가 있습니다. 학교 갈 때 준비물도 안 챙겨주고 밥도 안 주고... 실행에 옮긴 적은 없지만 이런 생각자체를 하는걸 보면 정말 팥쥐엄마가 따로 없는 거잖아요... 어떻게 하면 정말 현명한 여자 현명한 엄마가 될수 있을지 조언 부탁할게요... 질책도 좋습니다..

사례 2 남편의 딸 키우기

제가 결혼한지는 9개월 되었어요. 저는 초혼이고 2년간의 연애 끝에 4살 된 딸이 있는 10년 친구(남자)와 결혼하였구요. 결혼 전 남편의 딸아이를 보았을 때 아이가 무척 차갑고 항상 아빠하고만 있는 것을 좋아했습니다. 저는 제대로 된 가정에서의 부모님 사랑을 못 받아서 그러려니 하고 제가 잘해주면 잘 따르리라 생각했어요. 제가 아이들을 좋아하는 편인데 솔직히 그 아이의 애기 같지 않은 차가운 표정에 정이 선뜻 안가더군요. 어린애에 대해 쓰기는 미안한 얘기지만 우리 엄마 표현에 의하면 아이가 표독스럽다 하였습니다. 그래도 같이 살고 사랑해주면 괜찮을 거라 생각했습니다. 결혼해서 살아보니 딸아이가 질투심이 강해 저를 아빠 근처에도 못 오게 하고 어쩌다 우리 둘이 다정하게 있는 것을 보면 악을 쓰며 아빠에게 매달립니다. 놀이 공원에 같이 가도 아빠랑만 손을 잡고 기구를 타길 원하고 제가 아이 손을 잡으면 짜증을 내며 뿌리칩니다. 그때마다 남편은 아이에게 엄마 손을 잡으라고 얘기를 하지만 결국은 둘이서 알콩달콩 장난치면서 앞으로 가고 있고 저는 뒤에서 따라가는데 자꾸 소외감이 들면서 눈물이 나더군요. 제가 뭐라도 먹이려들면 심한 짜증을 내며 뿌리쳐 아빠가 와서 '그럼 아빠가 먹여줄게'하며 먹이면서 둘이 장난도 치고... 휴.. 정말 둘 다 미워요. 제가 남편에게 따졌습니다.. 왜 내가 먹이려고 하는 음식을 패대이 치는데도 야단을 치지 않고 오히려 아이를 얼르냐고... 그랬더니 남편이 하는 말.. "애가 평소에 원래 잘 안 먹는데 이렇게라도 먹여야지, 안 그래?" 한번은 딸아이가 제 뺨을 매섭게 때리길래(여러 번 참았습니다. 처음에는 눈물이 났습니다) 방에다 불러놓고 야단을 쳤는데 심하게 울더군요. 잘못했다는 소리 하라고 기다리며 울게 놔뒀는데 나중에는 끝내 잘못했다는 소리를 안 하고 울면서 꼬꾸라지며 토할 듯 기침을 하더군요. 저는 아이가 너무 심하게 운다 싶어 잘못했다는 소리도 못들은 채 얼러서 남편에게 안겼습니다. 그날 밤 아이가 심하게 아파 남편이 병원에 데려갔더니 폐렴이라더군요. 남편이 와서 하는 말.. "우리 애는 편도가 약해 야단을 치고 많이 울리면 폐렴이 걸린대"..저도 아이가 아파서 덜컥 무섭고 안타깝고 괴로웠습니다. 하지만 남편이 그런 말을 하니 너무 화가나 견딜 수가 없었어요. 잘못을 하면 야단도 못 칩니까? 제가 계모라서 이렇게 화가 나는 것일까요?…… 아이보다도 너무 아이에게 절대적인 남편이 밉습니다.

사례 3 제 남자와 전처의 사이에서 나온 딸을 질투합니다...

부모님께서는 제가 이혼남과 교제하는 것을 말리시지만 저는 정말 사랑하고, 결혼까지도 생각하고 있거든요? 그런데 한 가지 마음에 걸리는 게 있습니다... 이 사람이 전처와의 사이에서 난 딸을 너무 사랑해요. 그게 못내 마음에 걸립니다. 솔직히 아들이면 이렇게까지 마음이 쓰이지는 않을 것 같아요. 그 남자가 가끔씩 아빠처럼 느껴져요.. 사실 제가 어렸을 때 부성애를 못 받고 자랐거든요. 그래서.... 뭐랄까, 그 아이에게 제 자리를 빼앗긴 느낌이 든달까요...? 근데 어쩐지 민망해서 이런 얘기 그 사람에게 하지도 못 하겠어요... 이제 겨우 일곱 살인 아이를 상대로.... 이런 감정을 품는다는 게... 어쩐지 미련하게 느껴져서... 그 사람 휴대폰엔 아직도 그 아이 사진이 있고...(제가 안 지우냐고 넌지시 얘기해봤는데 지우지 않고 있네요ㅠ.ㅠ) 차라리 전처를 상대로 이런 감정을 느끼는 거라면야, 이해받을 수 있겠지만... 근데... 아... 어떻게 해야 할까요? 아이도 만나지 못하게 막아버려요? 아님...? 근데 제가 이렇게 요구한다고 그 아이를 안 보지는 않을 것 같아서... 그럴까봐... 만약에, 자기 자식을 저보다 더 사랑하는 거면 어떡하죠? 제가 어떻게 해도... 그 아이를 이기지는 못할까봐... 휴...;

사례1>에서 여성은 2여 년의 연애 끝에 딸이 하나 있는 남성과 결혼을 했다. 부모님, 친구들, 선배들이 결혼은 현실이라며 남의 자식 키우는 게 쉽지 않다고 만류를 했지만 글쓴이는 결혼 결심을 했다. 그런데 막상 결혼을 해보니 남의 자식 키우는 게 쉽지 않다는 어른들의 말씀이 이해가 간다. 애를 좋아하지 않아 마음에서 우러나는 정을 주지는 못했지만, 기본을 하기 위해 최선을 다하는 데도 남편이 보기에는 늘 부족하다. 남편은 딸에 대한 정이 유난해 글쓴이는 보고만 있어도 화가 나며, 자신의 사랑을 애와 나누어 가지는 것 같아 애가 보기 싫고 미워진다. 예전에 콩쥐팥쥐 동화를 읽으며 팥쥐엄마를 욕을 하고 미워했지만 이제는 자신이 팥쥐엄마가 되어가는 듯하다. 딸의 단점을 이야기하면 남편은 글쓴이를 못된 계모로 만들어버리고, 남편이 딸을 챙기거나 딸 편을 들어주면 미운 마음만 생긴다. 전실 자식이 자신의 행복을 가로막는 장애물인 것 같아 글쓴이는 속이 상하며, 어떻게 하면 현명한 엄마가 될 수 있을지 고민 중이다.

사례2>에서 글쓴이는 2여 년의 연애 끝에 4살 된 아이가 있는 10년 된 남자친구와 초혼으로 결혼을 한다. 결혼 전 아이를 봤을 때 아이는 무척 차갑고 항상 아빠하고만 있는 걸 좋아했다. 결혼해 살아보니 딸아이는 질투심이 강해 글쓴이를 아빠 근처에도 오지 못하게 하며, 자신이 남편과 다정하게 있는 것을 보면 악을 쓰며 아빠한테 매달린다. 놀이공원에 가서도 딸 아이는 아빠와 손을 잡고 놀이기구를 타기 원하며, 글쓴이의 손을 뿌리치고 알콩달콩 장난치며 걸어가는 둘의 모습에 글쓴이는 소외감을 느끼며 눈물이 난다. 한번은 딸아이가 글쓴이의 뺨을 매섭게 때리기에 야단을 쳤는데 아이는 심하게 울고, 그날 밤 아이가 심하게 아파 남편이 병원에 데려가니 폐렴이라고 한다. 자신도 아이가 아파 무섭고 안타깝고 괴로웠지만 남편이 “우리 애는 편도가 약해 야단을 치고 많이 울리면 폐렴에 걸린대”라고 하자, 너무 화가 나 견딜 수가 없다. 그리고 아이에게 절대적인 남편이 너무 밉다.

사례3〉은 글쓴이 스스로가 남친의 딸을 질투한다고 이야기하고 있다. 남친은 전실 자식인 딸아이를 너무나 사랑하는데, 아들이라면 그렇게까지 마음이 쓰이지는 않을 것 같다. 글쓴이는 남친이 아빠처럼 느껴지고 아이에게 자신의 자리를 빼앗긴 듯한 느낌이 들며, 겨우 일곱 살인 아이를 상대로 이런 감정을 품고 있는 제 자신이 미련하게 느껴진다. 남친의 휴대폰에는 아직도 딸아이의 사진이 있고 글쓴이는 남친이 딸아이와 만나는 것을 막고 싶다. 그러나 자신이 요구한다고 해서 남친이 딸아이를 안볼 것 같지는 않고, 남친이 그 애를 자신보다 더 사랑하면 어떻게 하나 고민이다. 글쓴이는 어떻게 해도 그 아이를 이기지 못할 것 같다.

그렇다면 전실 자식에 대한 시기나 질투로 인해 갈등이 유발된 이러한 사례들에서, 앞서 살펴본 설화들은 무슨 이야기를 해줄 수 있을까?

예문으로 제시한 사례들에서 계모가 전실 자식을 질투하는 이유는, 남편이 자신보다 전실 자식을 우위에 두고 있다고 생각하기 때문이다. 특히 전실 자식이 딸일 때, 이러한 현상은 두드러지게 나타난다. [손 없는 색시] 설화군 중 예문으로 제시한 〈계모에게 쫓겨난 손 없는 처녀〉에서, 가장 큰 문제는 남편이 자신의 상황에 대해 계모에게 솔직하게 이야기하지 않았다는 것이다. 남편은 재혼을 하기 전 전실 딸을 숨겨놓고, 아들 하나만 있을 것처럼 속여 아내를 맞이한다. 이러한 설화 속 남편의 행동은 계모에게 배신감을 유발하며, 전실 딸의 인물이 아주 훌륭했다는 것 또한 계모에게 질투를 유발한다. 이에 계모는 전실 딸을 죽이려고 한다. [혼인날 병신 모함 받은 전처 딸] 설화군 중 〈신부에게 심술부린 계모〉나 〈김학봉 생질 장가간 얘기〉에서는 계모가 전실 딸의 예쁜 외모를 시기하여 그녀의 혼사를 방해하려고 한다. [글 잘하는 황처자] 설화군 중 〈모함을 이겨낸 황대감의 딸〉에서는 남편이 전실 딸을 아끼는 것에 계모가 질투를 하고 있다. 이처럼 계모는 전실 딸을 자신과 비교하며, 남편의 애정이 전실 딸에게로 향할 때 질투심을 느끼며 전실 딸을 없애려고 한다. 또한 전실 자식과 본인이 낳은 자식을 비교하며, 전실 자식이 우위에 있다고 생각될 때, 전실 자식을 죽이려고 한다.

이러한 현상은 사례들에서도 동일하게 나타나는데, 사례1〉에서 남편이 유난히 딸에 대한 애정이 깊어 보고만 있어도 화가 난다거나, 자신의 사랑을 나눠가지는 것 같아 그 애가 미워진다는 것은 계모가 남편의 애정을 두고 전실 딸과 경쟁을 하고 있기 때문이다. 사례2〉에서도 글쓴이가 딸아이가 질투심이 강해 자신을 아빠의 옆에도 못오게 한다든지, 딸과 남편의 다정한 모습에 눈물이 난다는 것을 보면 이 계모 역시 전실 딸을 경쟁자로 인식하고 있다. 사례3〉에서도 글쓴이는 남친이 아빠처럼 느껴진다고 하며, 남친이 일곱 살 된 전실 딸을 자신보다 더 사랑할까봐 걱정을 하고 있다.

이런 계모들에게 설화는 무슨 이야기를 해줄 수 있을까? 먼저 전실 딸은 남편을 사이에 두고 자신과 경쟁하는 사람이 아니라, 자신이 엄마로서 보호하고 감싸줘야 될 대상이라는 것이다. 설화에서 계모가 전실 딸을 죽이려는 이유는, 성장한 전실 딸에게 여성으로서 경쟁의식을 느끼기 때문이다. 계모는 경쟁자인 전실 딸을 제거해야 자신이 남편의 애정대상이 될 수 있고, 전실 딸로 인한 불안감을 소거시킬 수 있다고 생각한다. 그러나 불안감의 원인인 전실 딸을 제거한다고 해도 잘못된 행동으로 인한 불안감은 여전히 그녀를 괴롭히고, 후에 계모의 악행이 드러나면서 남편과의 관계 또한 단절된다. 그러므로 계모에게 전실 딸이란, 남편의 애정을 다투는 연적(戀敵)이 아니라 자신의 자식이란 것을 강조해줄 필요가 있다.

다음으로 시간이 흐르면 전실 딸 또한 자연스럽게 자신의 배우자를 찾고, 아버지와 밀착되었던 심리적 관계 역시 새로운 애정대상에게로 옮겨가게 된다는 것이다. 대개의 경우 성장한 여성은 새로운 애정대상인 남성을 만나고, 그에게 애정을 쏟으면서 아버지로부터 자연스럽게 분리된다. 설화에서 계모가 이 시간을 기다려줬다면, 계모는 사회적 도덕적인 비난을 받지 않고 징치의 대상 또한 되지 않았을 것이다. 그러므로 계모에 입장에 서 있는 사람들은 지금 당장 전실 딸과 남편의 밀착된 심리적 관계를 떼어놓으려 할 것이 아니라, 전실 딸이 아버지로부터 자연스럽게 분리되어 새로운 애정대상에게로 옮겨갈 수 있는 시간을 기다려줘야 한다.

계모가정에서 친부모인 남편과 아이들은 과거를 공유하며, 서로의 감정이나 말 그리고 행동을 예측할 수 있는 내부자인 반면, 새로 가정으로 영입된 계모는 이 집단에서는 이방인이 된다. 전실 자식과 계모는 모두 상대를 침입자처럼 느끼게 되고, 이 둘 사이에는 아버지이자 남편인 한 남성을 사이에 두고 경쟁적인 관계가 형성되는 것이다. 전실 자식과 계모 사이에 질투나 시기의 감정이 생기는 것은 어쩌면 당연한 일이다. 계모가 전실 자식을 애정의 경쟁대상이 아닌 본인의 자식으로 인정하고, 전실 자식 또한 계모를 아버지의 반려자로 인정한다면, 시기와 질투로 인해 유발된 계모가정 내 갈등은 오히려 쉽게 해결될 수도 있을 것이다.

7장

전실 자식을 구박

1) 구비설화에 나타난 갈등양상과 해결방안

계모의 전실 자식에 대한 구박이 나타나는 대표적인 설화군으로 [겨울 나물 구해준 도령]을 들 수 있다. 이 설화는 『한국구비문학대계』에 7편이 수록되어 있는데, 대강의 줄거리는 다음과 같다.

(1)어떤 집에 세 살, 일곱 살 딸 둘을 둔 어머니가 죽자, 계모가 들어와서는 두 딸을 박대했다. (2)한 겨울에 나물을 캐오라고 하면서 캐오지 못하면 밥을 주지 않겠다고 했다. (3)딸들이 산에 가서 서글피 우니 갑자기 돌문이 열리면서 어떤 총각이 나와 물을 뿌렸다. 물을 뿌린 곳에 나물이 많이 돋았다. (4)그 나물을 가지고 돌아온 딸들은 밥을 먹고 지낼 수 있었다. (5)한번은 계모가 쫓아가서 보니, 딸들이 '장게산 자진골'이라고 총각의 이름을 부르면 돌문이 열리는 것이었다. (6)계모는 이번에는 자기

가 직접 나물을 캐오겠다며 그곳에 가서 총각이름을 불렀다. 돌문이 열리지 않자 여러 번 부르니 겨우 문이 열렸고 계모는 그 총각을 죽여 버렸다. (7)다음부터 딸들은 나물을 구할 수 없었고, 딸들은 굶을 수밖에 없었다. (8)딸들이 굶주림을 견디지 못하다가, 혹시 아버지 이름에 먹칠을 할까봐 먼 동네까지 가서 구걸을 했다. 먼 동네까지 가니까 날이 저물어 집에 돌아가지 못했고 갖고 다니던 자루가 밑이 터져서 동냥한 것이 남아있질 않았다. 그래서 이리저리 떠돌며 구걸을 하며 생활을 계속 했다. (9)한번은 딸 중 한명이 구걸을 해서 어떤 집에서 좁쌀을 하나하나 주워 담느라고 날이 저물어서 헛간에서 재워달라고 했다. 그 헛간에 머물면서 달을 보며 그때 나물을 주던 죽은 총각을 그리워했다. (10)그렇게 좁쌀을 주우며 며칠 동안 그 집에 머무르니 그 집에서는 집안의 노총각과 혼인을 맺어주어 그 집 며느리로 살았다. (11)딸이 그 집의 맏며느리가 되었지만 아들을 낳지 못하자 그 총각도 후처를 들이니, 그 여자도 역시 자기 계모와 같은 행세를 하였다. (12)그것을 못 견디고 결국 딸은 그 집을 나와서 중이 되었다. (13)딸은 중이 되어서 도를 많이 닦아 저승에서 그 나물을 주던 총각을 다시 만나 인연을 맺을 수 있었다. (14)그 딸을 괴롭히던 계모는 망하고, 그 후처도 망했다.[24]

어떤 집에 세 살, 일곱 살 된 딸 둘을 두고 어머니가 죽자, 계모가 들어온다. 계모는 두 딸을 박대하는데, 한 겨울에 나물을 캐오라고 하면서 캐오지 못하면 밥을 주지 않겠다고 한다. 딸들이 산에 가서글프게 우니 돌문이 열리고 어떤 총각이 나온다. 그곳에는 나물이 많이 돋아 있었고, 나물을 가지고 온 딸들은 밥을 먹을 수 있었다.

---

24. [한국구비문학대계] 7-12, 187-190면, 소보면 설화52, 못된 계모에게 쫓겨난 딸, 이종말(여, 52)

계모가 딸들을 쫓아가보니, 딸들이 돌문 앞에서 총각의 이름을 부르자 돌문이 열리는 것이었다. 계모는 자기가 직접 나물을 캐오겠다며 그곳에 가서는 총각을 죽여 버렸고, 딸들은 나물을 구할 수 없어 굶을 수밖에 없었다. 딸들은 굶주림을 견디지 못해 구걸을 했는데, 아버지의 이름에 먹칠을 할까봐 먼 동네까지 가 구걸을 했다. 먼 동네까지 가니 날이 저물어 집에 돌아가지 못했고, 그 동네에서 며칠 동안 구걸을 했다. 한번은 딸 중 하나가 구걸을 한 좁쌀을 흘려 주워 담느라 날이 저물었고, 헛간에서 재워달라고 했다. 딸은 달을 보며 죽은 총각을 그리워하였고, 그 집에서는 노총각과 혼인을 맺어 주었다. 딸이 아들을 낳지 못하자 남편은 후처를 들이고, 자기 계모와 같이 행동하는 후처를 못 견딘 딸은 집을 나와 중이 되었다. 딸은 도를 많이 닦아 저승에서 나물 주던 총각과 인연을 맺을 수 있었고, 그 딸을 괴롭히던 계모와 후처는 모두 망했다.

여기서 계모는 두 딸에게 한 겨울에 나물을 캐오라고 하고 캐오지 못하면 밥을 주지 않겠다고 하는데, 이는 계모가 불가능한 일을 전실 자식에게 요구하는 것이다. 즉 전실 자식을 구박하고 학대하기 위한 방편이 한겨울 나물 캐오기인 것이다. 그런데 우연히 전실 딸들은 돌문 안 총각과 만나게 되고, 그에게서 나물을 받게 된다. 그러자 계모는 그 총각마저도 죽여 버린다. 이것은 한 겨울 나물 캐오기가 결국 전처 자식을 학대하기 위한 방편임을 분명히 보여준다. 이 설화군에 속한 모든 설화들에서 계모는 '동지선달', '한 겨울'에 전실 딸에게 참나물, 고사리, 산나물을 캐오라고 한다. 그리고 전실 딸은 총각의 도움으로 나물을 캐가며, 이를 이상히 여긴 계모는 전실 딸에게 도움을 준 총각을 죽여 버린다. 앞서 줄거리로 제시한 〈못된 계모에게 쫓겨난 딸〉 한 편의 설화를 제외하고, 모든 설화에서 전실 딸은 이전 총각이 가르쳐 준 씨앗이나 꽃을 이용해 그를 살리고, 그와 혼인을 하거나 총각을 따라가 잘 산다. 즉 계모의 구박을 피해 집을 떠남으로써 계모가정 내의 갈등은 해결되고 있다.

다음으로 제시해 볼 설화는 〈도루매미가 '이죽알이죽알' 우는 내력〉과 〈가거리〉이다. 이 설화들은 『한국구비문학대계』에 1편씩 수록되어 있다. 〈도루매미가 '이죽알 이죽알' 우는 내력〉의 대강의 줄거리는 다음과 같다.

> (1)도루매미가 울적에 "이죽알 이죽알" 그러면서 운다. (2)왜 이죽알 하느냐면 옛날에 아주 못된 서모(庶母)가 있었는데 전실 자식이 어려 이제 자작자작 걸음을 걸어 다닌다. (3)의붓어미가 이죽(쌀죽)을 먹으면서 아이에게는 주지 않자, 딸이 의붓어미를 따라다니면서 이죽을 달라고 "이죽 이죽" 했다. (4)그러자 의붓어미가 펄펄 끓는 죽을 아이에게 주었다. 아이가 죽 그릇을 받고 뜨거워 '뜨거 뜨거' 하고 소리를 냈다. (5)도루매미가 끝에 '뜨거 뜨거'하는 게 그렇게 죽어서 우는 거라고 한다.[25]

예문은 도루매미의 울음소리가 왜 '이죽알 이죽알 뜨거뜨거'라고 우는 지에 관해 설명해주는 설화이다. 옛날에 아주 못된 계모가 있었는데, 전실 자식이 아장아장 걸어 다닐 정도로 어렸다. 계모가 쌀죽(이죽)을 먹으면서 아이에게는 주지 않자, 아이는 쌀죽을 달라고 '이죽 이죽'하며 계모를 따라다녔다. 그러자 계모는 어린 아이에게

25. [한국구비문학대계] 3-3, 540-54면, 가곡면 설화8, 도루매미가 '이죽알이죽알' 우는 내력, 유영달(남, 46)

펄펄 끓는 죽을 주었고, 아이는 죽 그릇이 뜨거워 '뜨거 뜨거'하고 소리를 냈다. 도루매미는 울 때 '이죽알 이죽알' 뒤에 '뜨거 뜨거'라고 우는데, 그 유래는 여기서 비롯되었다는 것이다. 이 설화에서는 계모가 어린아이에게 펄펄 끓는 뜨거운 죽을 주고, 아이가 뜨거워 어쩔 줄 몰라 울게 하는 장면을 통해 어린 전실 딸을 구박하는 계모의 모습이 잘 드러난다.

이어지는 설화는 〈가거리〉이다. 이 설화의 대강의 줄거리는 다음과 같다.

(1)아들 형제만 낳아 놓고 엄마가 죽는다. (2)서모가 들어왔는데 얼마나 독한지 항상 여름에는 솜을 넣어 만든 옷을 입히고, 겨울에는 삼베 적삼을 입혔다. 삼베 적삼을 입혀놓고도 겨울에 얼음을 깨 고기를 잡아오라고 했다. (3)아이들이 생각이 깊어 시키는 대로 고기를 잡으러 갔다. 삼베 적삼을 입고 손발을 불어 가면서 고기를 잡는데, 미꾸라지가 물 밑에 다 들어가 있었다. (4)고을원이 말을 타고 지나가다가 아이들이 삼베 적삼을 입고 고기를 잡는 것을 보고, 내려 아이들한테 갔다. (5)아이에게 이름이 뭐냐고 묻자 '가거리'라고 했고, 성은 '제'가라고 했다. 동지섣달에 삼베옷을 왜 입고 있냐고 묻자, 삼베옷을 입으면 햇빛이 잘 비춰서 엄청 따뜻하다고 이야기를 했다. 여름에 무명베 옷을 입으면 응달이 져서 시원하고, 겨울에는 삼베옷을 입으면 태양을 받아 참 따뜻하다고 했다. (6)고을원이 왜 이러고 있냐고 묻자, 우리 어머니가 너무 저를 섬겨서 삼베옷을 입고 태양 볕을 쐬라고 물가로 내 보냈는데 너무 시원하고 좋아서 지금 얼음을 깨고 있다고 했다. 고을원은 옷을 바꾸어 입자고 했다. (7)옷을 바꾸어 입자 아이는 말을 타고 달리고, 고을원은 '가거리'하고 불렀다. 그러자 아이는 "제 안 가라 해도 잘 간다"며 말을 타고 달아나 버

렸고 고을원은 삼베옷을 입고 얼어 죽었다. (8)몇 달이 지나 아이가 고을원이 되어 집에 가보니, 서모는 자식을 낳고 잘 사는데 갖다 가두자니 불효라 그냥 두었다. (9)아이가 고을원의 집을 찾아가 노모에게 절을 하니, 노모는 나이가 많고 병이 들어 아들을 잘 알아보지 못했다. 다만 아들에게 있던 사마귀가 어떻게 없어졌다고 묻고, 아이는 세월이 흘러 사마귀도 없어졌다며 양친 부모로 잘 모시고 살았다.[26]

〈가거리〉에서는 전실 아들을 구박하는 계모의 모습이 잘 드러나는데, 계모는 여름에는 전실 아들에게 솜을 넣어 만든 옷을 입히고 겨울에는 삼베 적삼을 입힌 후 삼베 적삼 차림으로 나가 얼음을 깨 고기를 잡아오도록 한다. 그리고 전실 아들은 계모가 시키는 대로 삼베 적삼을 입고 추위에 얼은 손발을 불어가며 고기를 잡는다. 이 부분에서는 전실 자식을 구박하는 계모의 모습이 잘 나타난다. 말을 타고 지나가던 고을 원님은 삼베 적삼을 입고 물고기를 잡는 전실 아들의 모습을 보게 되고, 왜 그러고 있느냐고 묻는다. 전실 아들은 겨울에 삼베옷을 입으면 태양을 받아 따뜻하다며, 자신의 어머니가 자기를 너무 섬겨서 삼베옷을 입고 태양 볕을 쐬라고 물가로 내보냈다고 한다. 그 말이 사실이라고 생각한 고을 원님은 전실 아들과 옷을 바꿔 입고 결국 추위에 얼어 죽는다. 이후 고을 원님의 복장을 한 전실 아들은 실제 고을원이 되고, 자신의 동생을 낳고 잘 사는 계모를 징치하는 것은 불효라고 여겨 그냥 내버려둔다. 그리고 고을원의 집을 찾아가 자신이 그 집의 아들인 것처럼 행세를 하고 양친 부모

26. [한국구비문학대계] 8-10, 616-619면, 칠곡면 설화35, 가거리, 허정선(여, 66)

를 모시고 잘 산다.

전실 아들이 고을원님과 옷을 바꿔 입고, 실제 고을원이 되고, 고을 원님의 집을 찾아가 그 집 아들행세를 하며 잘 사는 것은 설화이기에 가능한 전개이다. 하지만 이 설화에서도 역시 계모가 전실 아들을 구박하는 모습은 잘 드러나고 있고, 전실 아들이 집을 떠나면서 계모와의 갈등은 해결되고 있다.

이 외에도 '5장 모함으로 전실 자식의 앞길을 방해' 항목에서 살펴 본 [손 없는 색시] 설화군 중 〈전처 딸 모해 한 악독한 계모〉에서는 계모가 전처 딸이 열다섯 살이 되도록 계속 부려먹으며, 3장 '전실 자식과 본인 자식을 차별' 항목에서 살펴 본 [옷에 솜 대신 갈대꽃 집어넣은 계모] 설화군 〈전실 자식의 효도〉나 〈효자 민자공과 백인〉의 경우에도 계모는 자신의 자식에게는 솜으로 만든 옷을 입히지만 전실 아들에게는 갈대꽃을 넣어 만든 옷을 입혀 전실 아들을 추위에 떨게 만든다. 또 같은 항목에 위치한 [콩쥐와 팥쥐] 설화군에서도 계모는 전실 딸인 콩쥐에게 불가능한 일을 요구하며, 그녀를 구박한다. 계모설화를 분석하면서 재미있는 사실은 계모의 구박이 나타나는 경우는 대부분 전실 자식이 딸인 경우가 많다는 것이다. 때로 구박이 상해나 살인으로 발전하기도 하지만, 상해나 살인으로 발전할 경우 계모는 직접 그 일을 담당하는 것이 아니라 전실 딸을 모함하여 남편으로 하여금 그 역할을 담당하게 한다.

2) 실제 계모가정 내 가족갈등 사례에의 적용

다음에서는 계모의 구박으로 인해 계모가정 내 문제가 발생하는 실제 사례들을 살펴보도록 하겠다.

사례 1 날 함부로 대하는 새어머니

25살 때 어머니가 갑작스레 돌아가신 후에 이년 후 아버지가 재혼을 하셨습니다.. 첨에는 수더분한 인상에 저한테도 잘해 주는 듯하고 아빠랑 잘 맞는 듯하여.. 저도 조심하고 새어머니도 조심하고 잘 지내는 듯했습니다.. 남들이 다 불편하지 않냐고 해도 저는 다행히 좋은 분이어서.. 지내기 편하다고 했었고 다른 사람한테도 칭찬을 하는 편이었어요.. 부모자식간이 아니니 서로에게 서운해도 그냥 넘어가고 좋게 좋게 지내자 주의였어요... 지금 제 나이 31살.. ㅋ 어쩌다보니 아직도 결혼을 못했네요.. 아직도 부모님과 같이 사는 중... 그동안 새어머니 많이 변하셨네요. 저한테도 함부로 대하시고. 성격이 결백증이 있어서 머리카락 하나 흘리는 거 다 잔소리하고 물먹고 방에 컵 둔다고 계속 잔소리하고 제가 뭐 먹는 거 해달라고하면 무시를 하고.. 아버지만 열심히 챙기시죠.. 물론 아버지한테 잘하는 건 고마운데. 문제는 저한테 너무 함부로 한다는 거죠.. 달걀후라이 하나를 해 먹어도 주위에 기름이 다 튀었느니 그러면서.. 핀잔을 주고.. 과일 씻고 나서 물 좀 튀면 바닥에 물 튀었다고 난리고.. 뭘 하나 하고 싶어도 점점 주눅이 드는 나를 보니 화가 나네요.. 아버지한테는 나의 잘못 같은 것을 얘기하면서 사이를 멀어지게 하려고 하죠.. 그냥.. 아버지한테 얘기하는 게 고자질 같고... 내선에서 처리해야지.. 어른스럽지 못하다고 생각해서 가만히 있었는데.. 점점 더 집이 스트레스를 주네요... 이것 말고도.. 제 인생에 대해서도 걱정도 많은데.. 참..이리저리 우울하네요... 함부로 구는 새어머니 어떻게 대처해야하나요?

사례 2 **새엄마가 아침밥을 안해줘요..**

안녕하세요... 이런 걸로 글 쓰는 게 속 좁아 보이고 창피하긴 하지만 도움이 필요해요.. 새엄마는 아빠랑 같이 산지 십년 정도 됐구요. 저희랑 같이 산지는 이 삼년 정도 됐어요.. 저는 스물 한 살이고 동생들은 중3 중1입니다. 새엄마가 요리를 잘 못해요.. 그래서 아빠 아침밥도 삼분카레 같은 걸로 해줘요.. 아빠가 별말하지 않고 먹어서 그런지 한 달 동안 삼분카레로 주더라고요.. 근데 동생들 밥은 안차려줘요.. 반찬이라도 해놓으면 애들이 알아서 차려먹을 건데 반찬이 김이랑 김치밖에 없어요.. 김치는 할머니가 해주시고요 쌀도 할머니가 주는 쌀로 먹어요.. 생활비가 없어서 그런가싶은데 새엄마 옷이나 구두 같은 건 잘 사요.. 동생들이 맨날 집에 먹을 것 없다고 그래서 제가 먹을 걸 사와요.. 친구들이랑 홈플러스 가서 제 돈으로 장보면 친구들이 왜 내가 장을 보냐구 그래요.. 그리고 제가 편의점 알바 하는데 동생들이 아침밥을 못 먹고 가니깐 빵이나 우유를 많이 사놓거든요 근데 애들이 못 먹고 간다는 거예요.. 새엄마가 자기 전에 빵 먹고 아빠 밥 차려 주면서 또 빵을 먹어서 자기들이 먹을 빵이 없다는 거예요. 음식으로 치사하게 굴긴 싫은데 너무 미워요.. 새엄마도 먹으라고 넉넉히 사놓은 건 맞긴 한데... 중3짜리 동생도 빵집에서 알바를 하는데 폐기 같은 걸 좀 챙겨 왔었대요. 열 개 챙겨왔는데 한개는 저 주고 나머지를 놔두고 잤는데 아침에 보니깐 두개밖에 없었다는 거에요.. 아빠

> 는 밀가루음식을 먹으면 탈나서 안 먹거든요.. 새엄마가 다 먹었단 건데.. 이젠 새엄마가 뭐 먹는 것만 봐도 너무 미워요.. 어떻게 하면 좋을까요..ㅠㅠ

사례1〉 사례2〉는 전실 자식의 입장에서 작성된 글이다.

사례1〉에서 글쓴이는 25살 때 어머니가 갑자기 돌아가시고 2년 후 아버지가 재혼을 했다. 처음에는 서로 조심하면서 잘 지냈지만, 31살이 된 지금 새어머니는 많이 변했다. 아직 결혼을 못해 글쓴이는 부모님과 함께 살고 있는데, 새어머니는 글쓴이에게 함부로 대하고 계속 잔소리를 한다. 또 글쓴이가 뭐라도 먹는 것을 해달라고 하면 무시를 하고, 달걀후라이를 하면 기름이 튀었다고 과일을 씻으면 물이 튀었다고 핀잔을 준다. 아버지에게도 글쓴이의 잘못을 이야기해 이간질을 시키는 것 같다. 글쓴이는 주눅이 드는 자신을 보면서 화가 난다.

사례2〉는 21살 여성으로 새엄마가 아버지와 사신 지는 10년이 됐고, 자신들과 함께 산지는 2-3년이 된다. 그런데 새어머니가 음식을 잘 못해서 아버지에게도 삼분 카레를 주며, 중1 중3인 동생들의 밥은 차려주지 않는다. 반찬이 있으면 동생들이 차려먹을 텐데, 집에는 김이랑 김치 밖에 없고, 동생들은 매번 집에 먹을 것이 없다고 한다. 또 글쓴이가 편의점 알바를 해 빵이나 우유를 많이 가져다놓으면 새엄마가 다 먹어 동생들은 먹을 게 없고, 음식으로 치사하게 굴기는 싫지만 그런 새엄마가 너무 밉다. 중3인 동생도 빵집에서 알바를 해 폐기될 빵을 10개쯤 챙겨와 한 개는 글쓴이를 주고 나머지는 놔뒀는데, 아침에 보니 빵이 두 개 밖에 없다. 이제 글쓴이는 새엄마가 뭐를 먹는 것만 봐도 너무 밉다.

사례 3 재혼가정. 아이에게 그렇게 하지 말랍니다.

제가 잘못된 건지 다른 분들의 의견도 듣고 싶어 올립니다. 함께 볼 것이기에 심한 말보단 지혜로운 조언 부탁드려요. 재혼가정입니다. 1년이 조금 안되었어요. 신랑에게 아홉 살짜리 아들이 있습니다. 아이가 큰 말썽 없이 곧잘 따르고 이쁩니다. 하지만 꼭 뭐 하라하면 요리조리 다른 말 돌리며 시간을 끌거나(심부름 같은 게 아니고 본인이 해야 할 일들요. 숙제라던가 샤워요..) 특히 잘 시간이 되어 자라고하면 잘 있다가도 먹을 것을 찾으며 시간을 늦춘다던지 합니다. 아이이기 때문에 그러지 말아라. 한 번 두 번 세 번.. 열 번. 네_ 반복적으로 이야기합니다. 화내거나 짜증 없이요. 근데 오늘 또 그러기에 솔직히 짜증 좀 났습니다. 내 속으로 낳은 자식도 내 맘대로 안 되면 화난다던데 저는 뭐..부처입니까. 여튼.. 아이 스스로가 자겠다고 약속한 시간이 넘었기에 나가서 한마디 했습니다. 잘 시간 지났다고_ 티브이 끄고 양치하고 자라고. 짜증이 조금은 나있는 상태였기에 상냥하게 말 못했습니다. 그치만 소리 지른 것도 아니고 그냥 좀 쌩쌩 거리며 말했습니다. 그러고 방으로 들어오니 신랑이 그럽니다. 애한테 짜증내며 그런 식으로 말하지 말라고. 듣는 순간 너무 서운 하더군요. 내가 아주 잘해주는 건 아니지만 그렇다고 아예 못하는 것도 아닌데 말이죠. 어떻게 그런 말을 하냐했더니 화냅니다. 예민하다며.. 아이가 밉고 싫다면 어떻게 생활하든 말든 나와 상관없겠지만, 그런 게 아닌 내 맘 같은 마음으로 아이에게 하는 게 이런 말 들을 거리라도 되나요. 이래서 남인가봅니다. 이래서 앞으로 아이에게 무슨 교육을 시키며 무슨 말을 편히 할 수 있을까요. 소리라도 질렀으면 어쩔 뻔 했을까요. 서운함에 어쩔 줄 모르겠습니다. 제가 예민한 건가요.

사례 4 재혼가정이에요

남편이 데리고 온 아들 6살 아이가 있습니다. 재혼한지 1년이 넘었고 남편이 아들 백일부터 혼자 키운 터라 친엄마를 모르고 작년에 저를 만난 터라 저를 엄마라고 알고 지냅니다. 근데 문제는 제가 그 아이를 매일 혼내서 제 자신이 무섭다는 겁니다.ㅜㅜ 남들이 보면 예의 바르고 혼날 일이 하나 없다고 하지만 제 눈엔 그저 밉기만 하네요.ㅜㅠ 아무 이유 없이... 잘해 줘야지 잘해 줘야지 매번 맘먹지만 행동과 말이 늘 화나있어요.ㅜㅜ 그 아이와의 스킨쉽도 너무 싫구요... 손잡는 것마저, 안아주는 것도 싫으네요.ㅜㅜ 아이에게 상처 주는 것 같아 맘도 편칠 않으면서도, 후회하면서도 늘 화내고 있는 제자신이... 어떻게 해야 할 지... 옛날드라마에 나오는 나쁜 새엄마 같으네요.ㅜㅜ 치료를 받아야 되는 건가요?ㅜㅜ

사례3〉 사례4〉는 반대로 계모의 입장에서 작성된 글이다.

사례3〉에서 글쓴이는 재혼을 한 지 1년이 조금 안 되었으며, 신랑에게는 9살 남자아이가 있다. 아이는 큰 말썽 없이 글쓴이를 잘 따른다. 그런데 뭐라고 하면 말을 돌리고 시간을 끌며, 잘 시간에도 먹을 것을 찾으며 시간을 늦춘다. 아이이기에 똑같은 말을 화내거나 짜증내지 않고 한 번, 두 번, 열 번 반복적으로 했다. 그런데 오늘은 솔직히 아이가 그런 행동을 하는 게 짜증이 나서 쌩쌩 거리며 말을 했고, 방으로 들어오자 신랑은 애한테 짜증내며 그런 식으로 말하지 말라고 한다. 글쓴이는 그 말을 듣는 순간 너무 서운해 남편에게 어떻게 그런 말을 하냐고 했고, 남편은 예민하다며 화를 낸다. 글쓴이는 남편에게 서운해 어쩔 줄 몰라 하며, 남편이 이런 식으로 생각한다면 아이에게 어떻게 교육을 시키며 무슨 말을 편하게 할 수 있을까 고민이 된다. 이 사례가 전실 아이에 대한 본인의 마음을 곡해하는 남편에 대해 서운함을 이야기하는 글이라면, 사례4〉는 전실 아이를 매일 혼내는 본인이 나쁜 새엄마 같다는 계모의 글이다.

사례4〉에서 여성은 재혼을 한 지 1년이 넘었으며 남편에게는 6살 난 아들이 있다. 아들은 백일부터 남편이 혼자 키운 터라, 계모를 친엄마로 알고 지낸다. 그런데 여성은 매일 아이를 혼내는 자신이 무섭다. 매번 잘 해줘야지 마음을 먹지만 아이를 대하는 자신의 행동과 말은 늘 화가 나 있으며, 아이와 손을 잡고 안아주는 것도 너무 싫다. 아이에게 상처를 주는 것 같아 후회하고, 마음이 편치 않으면서도 여성은 늘 아이에게 화를 낸다. 여성은 이성적으로는 아이에게 잘 해줘야 된다고 생각하지만 감정적으로는 아이가 미우며, 자신의 행동이 제어되지 않아 힘들어하고 있다.

그렇다면 전실 자식이 계모가 자신을 구박한다고 생각하거나, 전실 자식을 구박한다는 오해로 계모가 힘들어하거나, 전실 자식을 구박하면서 죄의식을 느끼는 사례들에서 앞서 살펴본 설화들은 무슨 이야기를 해줄 수 있을까?

사례1〉전실 자식에 대한 계모의 정당한 훈육도, 친아버지가 계모라는 단어에 대해 갖는 선입견이나 편견 여하에 따라 그것을 아이에 대한 구박으로 생각할 수도 있다. 사례3〉의 경우 계모는 전실 자식을 훈육했지만 남편은 그것을 아이에 대한 구박이라고 생각했고, 부부사이에는 오해가 생긴다. 계모는 자신의 마음을 곡해하는 남편에게 서운하고, 남편은 아내가 예민하다며 화를 낸다. 자녀에 대한 훈육도 친모가 아니라 계모라는 대상이 하게 되면, 부부간에 오해를 유발할 수 있는 것이다. 그러나 이러한 갈등은 계모의 전실 자식에 대한 지속적인 진심이 느껴지고, 전실 자식에 대한 계모의 훈육이 일관성이 있을 때, 해결될 수 있을 것이다.

또한 배우자가 계모라는 단어에 대해 부정적인 인식을 지니고 있을 경우, 9장에서 다루어질 계모와 전실 자식 간의 성공적인 관계에 관한 설화들은 아버지의 인식변화에 도움을 줄 수 있을 것이다. 이런 작품들에서 계모는 선한 행동으로 인해 전실 자식들에게 사랑과 존경을 받으며, 사회적으로도 훌륭한 어머니라는 평가를 받는다. 그러므로 설화 속에서 보이는 계모에 대한 긍정적인 인식과 평가는 아버지의 계모에 대한 부정적 인식을 변화시켜 나가는데 도움을 줄 수 있으며, 새 아내와의 관계를 형성해 나가는데 있어서도 긍정적으로 작용할 수 있다. 또한 계모가 스스로 자신에 대한 자존감을 높이는 데도 기여할 수 있을 것이다.

8장

전실 자식을 상해 · 살인

1) 구비설화에 나타난 갈등양상과 해결방안

본 장에서 다루어질 내용은 계모가 전실 자식을 상해하거나 살인하는 설화들이다. 설화의 편수가 많은 관계로, 본 장에서는 상해와 살인으로 나누어 다루어보고자 한다.

가) 전실 자식을 상해

전실 자식에 대한 상해가 잘 나타나는 대표적인 설화군으로는 [전처 아들 눈 뺀 계모와 우목낭상]과 [손 없는 색시]가 있다. 전자에서는 계모가 전실 아들의 눈을 빼며, 후자에서는 계모가 전실 딸의 손을 자른다. 먼저 [전처 아들 눈 뺀 계모와 우목낭상] 설화군부터 살펴보도록 하겠다. 이 설화는 『한국구비문학대계』에 3편이 수록되어 있는데 대강의 줄거리는 다음과 같다.

(1)옛날 월사 이정구 선생이 명나라에 사신으로 들어가기 전날 밤 꿈에 풍신 좋은 사람이 나타나서 자신을 두목지라고 소개했다. 두목지는 조선에서 풍신 좋은 사람에게 두목지와 같다고 칭송하는 것을 항상 고맙게 생각했기 때문에 그 공을 갚으려 한다고 했다. 이정구가 중국에 사신으로 가서 천자문에 있는 우목낭상(寓目囊箱)의 뜻을 모르면 곤경에 처할 것이니 자신이 그 뜻을 일러 주겠노라 하였다. 두목지가 말해준 이야기는 다음과 같다. (2)옛날 중국의 높은 벼슬아치가 첫 번째 혼인한 부인이 아들을 한명 남기고 죽자 재혼을 하였는데, 재취로 들어온 부인은 아들딸 여럿을 낳았다. (3)벼슬아치가 일이 잘못되어 원방으로 귀양 갔고 몇 년이 흘러 전처의 아들은 성년이 되었다. (4)계모가 전처 아들을 보니 자기 자식들보다 인물도 좋고 재주도 월등했다. 그래서 전처 아들을 없애기로 마음먹었다. (5)계모는 남편의 글을 가지고 글 잘 쓰는 사람의 눈을 먹어야 된다는 것이었다. (6)전처 아들은 아버지를 위해 자기 눈알을 빼서 계모에게 주면서 아버지에게 보내 달라고 하였다. 계모는 그 눈알을 몰래 감추었다. (7)계모가 가만히 보니 전처 아들이 눈 하나만으로도 사람 구실을 멀쩡히 하는 것이었다. 그래서 다시 위조편지를 만들었다. 그 편지 내용은 아버지가 눈알 하나를 먹고 많이 나았는데 하나 더 먹으면 확실히 낫겠다는 것이었다. 아들은 아버지를 위해 남은 눈알도 뽑아 주었다. (8)계모는 봉사가 된 전처아들을 완전히 없애버리려고 하인에게 승교에 넣어서 바다 속에 집어 던지라고 했다. 그리고는 아들에게는 아버지가 돌아오신다고 편지가 왔다면서 가마타고 바닷가로 나가서 아버지를 마중하라고 했다. (9)하인들은 아들을 승교에 싣고 그대로 바다에 밀어 넣었다. 승교는 바닷바람을 맞으며 이리저리 흘러가다가 대밭에 걸

렸다. 아들은 대밭에 내려서 대나무를 베어 단소를 만들어 불며 길을 헤매기 시작했다. (10)아들의 단소 소리는 아주 좋아서 단소만 불면 사람들이 모여서 밥도 주고, 옷도 주고 했다. (11)한편 아버지는 신원이 되어 집으로 돌아가면서 여관에서 묵었는데 밤이 깊어지자 어디선가 단소 소리가 처량하게 들렸다. 그래서 여관주인에게 물어보니 봉사총각이 단소를 불면서 먹고 산다고 하였다. (12)아버지는 그 단소 부는 사람을 데려와서 들으니 정말 잘하는 것이었다. 그래서 이름과 고향을 물었는데 바로 자기 아들이었다. (13)아버지는 집으로 돌아가서 재취부인과 그 사이에서 난 자식들을 한방에 몰아넣고 집에다 불을 질러 모두 죽여 버렸다. (14)아버지는 남은 재산을 정리하여 크게 잔치를 연 뒤에 자신은 자살하고 약간의 재산만을 아들에게 넘겨주어야겠다고 생각하였다. 어차피 봉사된 자식은 재산 있어봐야 소용없으리라 생각하고 그렇게 마음먹은 것이었다. (15)아버지가 죽기로 정한 날짜가 다가오는데 어떤 사람이 빠진 눈을 다시 해 박을 사람이 있으면 나오라고 외치는 소리를 듣게 되었다. (16)아버지가 그 사람을 불러 물어보니 빠진 눈알이 있으면 다시 넣어줄 수 있다는 것이었다. 그런데 그 눈깔이 어디 있는지 알 도리가 없었다. 그래서 부자는 한탄했다. (17)여종이 이 사정을 듣고는 자기가 그 눈깔을 비단 헝겊에 싸서 상자 속에 넣어두었다고 하였다. (18)눈깔을 가지고는 왔는데 그것을 붙일 피가 없었다. 그러자 여종이 예전에 흐르는 피를 조개껍데기에 받았는데 다 말랐다고 하였다. 눈을 붙여 준다는 사람은 마른 것도 다시 쓸 수 있다고 하여 마침내 아들은 두 눈을 다시 붙이게 되었다. (19)두목지는 이야기를 마치고는 이 이야기를 모르면 본국으로 돌아가지 못하게 될 것이라서 일러주었다고 하더니 사라졌다. (20)다음날 월사 이정구 선생이 명나라에 들어갔더니 우목낭상이 어떻게 된 것이냐는 질문을 받았다. 이정구 선생은 꿈에 두목지를 통해 들은 우목낭상 이야기를 해주었다. 그랬더니 명나라에서 문장가라고 하면서 본국으로 돌아가도 된다고 하여 위기를 벗어났다.[27]

여기서는 이정구라는 사람이 중국 명나라에 사신으로 갈 때, 꿈속에 두목지가 나타나 '우목낭상(寓目囊箱)'의 뜻을 모르면 곤경에 처할 것이라며, 이에 대해 설명해 주고 있다. 즉 우목낭상에 대한 설명이 계모설화의 내용인 것이다.

옛날 중국의 높은 벼슬아치가 전처가 아들 하나를 남기고 죽자 계모를 얻었고, 부인은 아들 딸 여럿을 낳는다. 벼슬아치는 일이 잘못되어 귀양을 가게 되었고, 몇 년이 흘러 전처의 아들은 성년이 되었다. 계모가 전실 아들을 보니 자기 자식들보다 인물도 좋고 재주도 월등해, 계모는 전실 아들을 없애기로 마음먹는다. 계모는 "아버지가 몹쓸 병에 걸렸는데 글 잘 쓰는 사람의 눈을 먹어야 된다."는 남편의 편지를 위조한다. 전실 아들은 자신의 눈알을 빼 아버지에게 보내달라고 하고, 계모는 눈알을 감춘다. 근데 전실 아들은 한 눈만으로도 사람의 구실을 멀쩡히 하고, 계모는 다시 위조 편지를 만들어 전실 아들의 나머지 눈알까지도 뽑게 만든다. 계모는 하인에게 봉사가 된 전실 아들을 가마에 넣어 바다 속에 집어 던지라고 하고, 전실 아들에게는 아버지가 온다며 바닷가로 가 아버지를 마중하라고 한다. 하인들은 전실 아들을 바다에 던지지만, 가마는 바다에 떠밀려 이리저리 흘러가 대밭에 걸린다. 아들은 대밭에 내려 대나무를 베어 단소를 만들어 불면서 길을 헤매는데, 아들의 단소 소리는 아

27. [한국구비문학대계] 1-1, 474-480면, 수유동 설화54, 寓目囊箱-상자 속에 넣어 둔 눈-, 김장수(남, 87)

주 좋아서 그가 단소만 불면 사람들이 모여서 밥도 주고 옷도 주곤 했다. 한편 아버지는 귀양에서 풀려 집으로 돌아가던 중 여관에 묵게 되었는데, 밤이 깊어지자 어디선가 단소 소리가 처량하게 들렸다. 여관주인에게 물어보니 봉사총각이 단소를 불면서 먹고 산다고 하였고, 그를 데려와 이름과 고향을 물으니 바로 자기 아들이었다. 집으로 돌아온 아버지는 계모와 그 사이에서 난 자식들을 한방에 몰아넣고, 집에다 불을 질러 모두 죽여 버린다. 아버지는 남은 재산을 정리하여 크게 잔치를 연 뒤, 자신은 자살을 하고 약간의 재산만 아들에게 남겨주어야겠다고 생각한다. 아버지가 죽기로 정한 날이 다가오는데, 빠진 눈을 다시 해 박을 사람이 있으면 나오라고 외치는 소리를 듣게 된다. 아버지가 그 사람을 불러 물어보니, 빠진 눈알이 있으면 다시 넣어줄 수 있다는 것이었다. 눈알이 어디 있는지 알 도리가 없는 부자(父子)는 한탄을 한다. 그때 여종이 사정을 듣고, 자기가 아들의 눈알을 비단 헝겊에 싸서 상자 속에 넣어두었다고 했다. 여종이 아들의 눈알을 가져왔지만 그것을 붙일 피가 없었다. 여종은 예전에 흐르는 피를 조개껍데기에 받아놓았는데, 다 말랐다는 말을 한다. 눈을 붙여 준다는 사람은 마른 피도 다시 쓸 수 있다고 하고, 마침내 아들은 두 눈을 다시 붙이게 된다.

이 설화에서 계모는 전실 아들이 자신의 자식들보다 모든 면에서 뛰어나자, 그를 없애기로 마음먹고 전실 아들의 두 눈알을 뽑게 만든다. 물론 계모가 직접 그 일을 하는 것은 아니지만, 계모는 아버지가 몹쓸 병에 걸려 눈알을 먹어야 병이 낫는다는 거짓 편지로 아들이 눈을 뽑게 만든다. 즉 아들의 효심을 이용해 그를 상해하는 것이다. 그리고 두 눈이 먼 그를 가마에 태워 바다 속에 집어 던지라고 한다. 계모는 아들의 두 눈을 제거한 후, 죽이려 하는 것이다. 바다에 던져 진 아들은 가마가 대밭에 걸려 살아나고, 대나무로 단소를 만들어 불며 살아가게 된다. 우연히 전실 아들은 아버지와 재회를 하는데, 아버지는 그간의 사정을 안 후 계모와 그녀에게서 난 자식들을 불태워 죽인다. 그리고 자신 또한 자살을 생각한다. 이때 눈알이 있으면 다시 눈에 붙여줄 수 있다는 사람의 이야기를 듣게 되고, 여종이 눈알과 조개껍질에 흘린 피를 받아놓았기에 전실 아들은 다시 볼 수 있게 된다.

이 외 〈우목낭상(寓目囊箱)〉이나 〈본처 아들 눈 뺀 계모〉에서도 계모가 전실 아들의 두 눈을 뽑게 만들고 죽이려는 내용과 후에 아버지가 계모와 그녀에게서 난 자식들을 불태워 죽여 버리는 내용은 공통적으로 나타난다. 〈본처 아들 눈 뺀 계모〉의 경우 전실 아들과 만난 아버지는 아들을 친한 친구 집에 맡긴 후, 의원을 불러 봉사를 낫게 하는 방법을 묻는다. 의원이 눈알과 눈물 한 말이 있으면 눈을 낫게 할 수 있다고 하자, 집으로 돌아와 꾀병을 부린다. 아버지는 산 사람 눈알을 먹어야 병이 낫겠다고 해 계모가 감추어두었던 전실 아들의 눈알을 구하며, 아들의 몸종이 그동안 흘린 눈물을 받아놓아 아들은 눈이 낫게 된다. 이 설화에서는 아버지의 기지(奇智)가 발휘된다.

다음으로 [손 없는 색시]이다. [손 없는 색시] 설화군은 『한국구비문학대계』에 3편이 수록되어 있는데, 이 중 계모가 남편에게 전실 딸의 손목을 끊어 내보내자고 제의하는 작품은 '5장 모함으로 전실 자식의 앞길을 방해' 항목에서 살펴보았던 〈전처 딸 모해한 악독한 계모〉이다. 이 설화는 앞에서 자세히 다루어 보았음으로, 본 장에서는 필요한 부분만 재인용해 보도록 하겠다.

> (1)예전에 어떤 사람이 딸 하나를 낳고 상처를 하여, 딸이 다섯 살 정도 되었을 때 재혼을 하였다. (2)계모가 전처 딸이 열다섯 살이 되도록 계속 부려먹기만 했는데, 딸이 일을 모두 잘 해냈다. (3)계모가 같이 있으면 안 될 것 같아 남편에게 말하길, 점쟁이에게 물어보니 딸을 내쫓아야 집이 편안하다고 했다며 손목을 끊어서 내보내자고 하였다. (4)아버지가 딸을 불러 소여물을 먹이라고 하자 딸이 아버지에게 갔다. (6)아버지가 딸에게 너는 여물을 못 먹일 테니까 작두에 손을 집어넣어 여물을 잡고 있으라고 하였다. (6)딸이 부모의 말이라 두 손을 작두에 넣으니 아버지가 손을 끊어 버렸고, 끊어진 손은 하늘로 날아가더니 사라져 버렸다. (7)그리고 아버지는 네가 나가야 집이 편안하게 살 수 있다며 딸을 쫓아낸다.[28]

설화에서 계모는 남편에게 점쟁이가 딸을 내쫓아야 편안하다고 했다면서, 전실 딸의 손목을 끊어 내보내자고 이야기를 한다. 남편은 딸에게 작두에 손을 집어넣어 여물을 잡고 있으라고 하고, 딸은 부모의 말이라 거부하지 못하고 손을 작두에 넣는다. 아버지는 전실 딸의 손을 끊어 버리고, 끊어진 손은 하늘로 날아 올라간다. 아버지는 네가 나가야 집이 편안하게 살 수 있다며 딸을 쫓아낸다. 설화에서 전실 자식을 상해하는 것은 친아버지이지만, 계모는 남편에게 점쟁이의 말을 빌려 남편이 그렇게 행동을 하도록 만든다. 이 외 〈계모

28. [한국구비문학대계] 7-13, 332-347면, 대구시 설화87, 전처 딸 모해한 악독한 계모, 김음전(여, 76)

에게 쫓겨난 손 없는 처녀〉나 〈손 없는 색시〉 또한 계모가 낙태형상을 만들어 모함을 하고, 아버지는 딸의 손목을 자른 후 집에서 내쫓는다. 『임석재전집』 1권에 수록되어 있는 〈계모가 팔을 자르고 내쫓은 처녀〉의 경우는 계모가 직접 전실 딸의 팔을 자른다.

이처럼 [전처 아들 눈 뺀 계모와 우목낭상]과 [손 없는 색시]에서는 전실 자식을 상해하는 계모의 모습이 잘 나타나고 있다.

나) 전실 자식을 살인

전실 자식에 대한 살인이 나타나는 설화군은 전실 자식의 성별에 따라, 전실 딸과 전실 아들에 관한 것으로 나누어볼 수 있다. 계모가 낙태형상을 만들거나 남자가 있는 것처럼 꾸며 전실 딸을 죽이려는 설화군으로는 [계모는 까마귀 딸은 접동새] [장화와 홍련] [글 잘하는 황처자]가 있다. 다음에서는 각각의 설화군을 살펴보도록 하겠다.

먼저 [계모는 까마귀 딸은 접동새] 설화군이다. 이 설화는 『한국구비문학대계』에 2편이 수록되어 있는데, 이 중 계모의 모함이 나타나는 것은 〈까마귀와 접동새의 유래〉이다. 이 설화의 대강의 줄거리는 다음과 같다.

> (1)의붓어머니와 딸, 며느리가 있었는데 베를 짤 때 어머니가 딸은 콩을 볶아 주고 며느리는 찰밥을 주었다. (2)딸은 콩을 우둑우둑 주워 먹느라 베를 못 짰는데, 며느리는 끓는 물에 적신 찰밥이라 먹으면서도 베를 쩔꺽쩔꺽 짜낼 수 있었다. (3)며느리는 닷새 되어서 세벌의 옷을 시어머

니에게 내어주었는데, 딸은 옷을 한 벌도 주지 못했다. (4)이 의붓어머니가 밤에 딸이 자는데 쥐를 잡아다가 음부에 넣었다. 그리고 아침에 조반을 먹으라고 깨우면서 딸의 음부를 보고, 딸이 어디 가서 임신을 해서 애를 낳았다며 죄를 뒤집어 씌웠다. (5)의붓어머니는 이 사실을 아버지에게 고하고, 딸을 둥우리에 가두고 강물에 갖다 버리라고 했다. (6)아버지는 딸을 둥우리에 가두고 강가로 가기 위해 한 고개를 넘어가는데, 딸이 머루를 하나 먹겠다고 했다. 아버지는 죽을 년이 무엇 하러 그것을 먹으려 하느냐며 계속 갔다. 딸이 또 가다가 감이 벌겋게 열린 것을 보고 죽더라도 감을 하나 먹고 싶다고 하니, 아버지는 똑같이 이야기를 했다. 한 골짜기를 넘어가 딸이 예쁜 꽃송이를 보고 꺾자고 하자, 아버지는 죽는 년에게는 필요가 없다는 말만 되풀이 한다. (7)그러자 딸이 아버지에게 돌아갈 때에 발자국에 피가 괴이고, 물이 괴일 것이라고 했다. (8)강가로 가서 아버지가 딸을 물에 던지고 돌아왔다. (9)한편 과거를 보러 갔던 아홉 아들은 여동생을 시집보내려고 피륙을 한 짐씩 지고 돌아왔다. 오라버니들은 여동생이 어디를 갔느냐며 찾았다. (10)의붓어머니가 다른 집에 베 짜러 갔다고 하니, 아홉 아들들이 당장 찾아오라고 했다. 의붓어머니는 딸이 베를 마저 짜고 올 거라고 말했다며 둘러댔다. (11)딸은 죽어서 새가 되어 오라버니들을 찾아왔고, '아호라비 잡동 아호라비 잡동'하고는 하늘로 날아가 천상사람이 되었다. (12)오라버니 아홉이 여동생의 혼수로 장만해온 피륙을 불에 태우려고 하자, 옆에서 지켜보던 의붓어머니가 자신의 저고리감, 이불감은 남겨달라고 하였다. 아홉 오라버니들은 피륙을 태우는 불 속으로 의붓어머니를 밀어 넣었고, 의붓어머니는 죽어서 까마귀가 되어 날아갔다. (13)그래서 의붓어머니는 사람 잡아 가는 까마귀 혼신이 되었고, 딸은 접동새가 되었다고 한다.[29]

29. [한국구비문학대계] 2-6, 568-570면, 공근면 설화9, 까마귀와 접동새의 유래,

이 설화에서 계모는 딸과 며느리가 베를 짤 때, 딸에게는 콩을 볶아주고 며느리는 찰밥을 주어 전실 딸이 베를 짜는 것을 방해한다. 또 전실 딸이 잘 때 몰래 쥐를 잡아 낙태형상을 만들고, 남편에게 이 사실을 알려 딸을 강물에 갖다 버리도록 한다. 아버지가 딸을 둥우리에 가두고 강으로 버리러갈 때, 딸은 머루와 감을 먹고 싶다고 하고 예쁜 꽃송이를 꺾고 싶다고 한다. 그러나 아버지는 죽을 년에게는 필요 없다며 딸을 부탁을 거절한다. 딸은 아버지에게 돌아갈 때 발자국에 피가 괴이고, 물이 괴일 것이라는 저주를 퍼붓는다. 아버지는 딸을 강물에 던지고 돌아오고, 마침 과거를 보러갔던 아홉 아들이 여동생을 시집보내려고 피륙을 한 짐씩 지고 돌아온다. 계모는 아홉 아들에게 여동생이 다른 집으로 베를 짜러 갔다고 말하지만, 죽은 전실 딸은 새가 되어 오빠들을 찾아와 '아호라비 잡동 아호라비 잡동'하고 울고는 하늘로 날아가 천상사람이 된다. 오빠들이 여동생의 혼수로 장만해 온 피륙을 불태우려 하자, 계모는 자신의 저고리감, 이불감을 남겨달라고 하고 오빠들은 계모를 불에 밀어 넣어 죽여 버린다. 후에 전실 딸은 접동새가, 계모는 까마귀가 되었다고 한다. 이 설화에서도 계모는 전실 딸이 낙태를 한 것처럼 꾸미고, 남편에게 모함하여 전실 딸을 죽여 버린다. 그리고 자신 또한 전실 아들들에게 죽음을 당한다. 여기서는 특이하게 전실 딸이 자신의 간절한 청을 거절하는 아버지에게 저주의 말을 남기는데, 딸의 저주와 관련된 후일담은 나오지 않는다.

이와 비슷하게 이야기가 진행되는 것으로 〈접동새〉라는 설화가

최일록(여, 66)

있는데, 여기서도 한 사람이 아들 아홉에 딸 하나를 둔 채 계모를 얻었는데 계모는 전실 딸을 미워한다. 딸이 혼인할 때가 되자 많은 혼수를 장만해두었는데, 어쩌다가 딸이 죽는다. 아들들이 누이의 혼수를 태우자 계모는 자신 것을 남기라며 못되게 굴고, 아홉 형제들은 계모를 불에 태워 죽인다. 이 설화에서도 계모는 까마귀가 전실 딸은 접동새가 되는데, 접동새가 '구읍 접동 구읍 접동'하며 처량하게 우는 것은, '아홉 오라버니 접동'이라는 뜻이다. 이야기의 진행은 비슷하지만, 이 설화에서는 계모가 전실 딸을 미워할 뿐, 그녀를 모함하지는 않는다.

다음으로 [장화와 홍련] 설화군이다. 이 설화는 『한국구비문학대계』에 2편이 수록되어 있는데 설화보다는 『장화홍련전』이라는 소설로 더욱 잘 알려진 작품이다. 이 설화의 줄거리는 다음과 같다.

> (1)장화홍련이라는 형제가 있었다. 어머니가 죽고 계모를 얻었는데 영감이 보는 데서는 잘 해주었지만, 없으면 아주 못살게 굴었다. (2)계모는 자매를 죽일 마음에 쥐를 한 마리 잡아서 껍데기를 벗기고, 종을 시켜 언니인 장화의 속옷 밑에 넣어 두었다. (3)서모는 장화가 서방질을 해서 자식을 낳았다고 영감에게 이르고, 아들 장쇠를 시켜 물에 빠뜨려 죽였다. 장쇠는 돌아오는 길에 호랑이에게 잡혀 먹고 말았다. (4)죽은 장화는 새가 되어 홍련의 방에 찾아 왔다. 홍련이 새를 따라갔는데 따라가고 보니 장화가 빠져죽은 물가였다. 그래서 홍련도 그곳으로 들어가 죽고 말았다. (5)그런데 그 마을에 원님이 새로 오기만 하면 가랑잎이 날아오면서 죽는 일이 벌어졌다. 그 가랑잎은 장화와 홍련의 혼이었던 것이다. (6)나중에 아주 담이 센 원님이 들어왔는데, 밤중에 머리를 산발한 처녀들이

들어왔다. 원님은 당장 나가라며 호령을 했다. (7)처녀들은 소원을 풀어 달라고 찾아오면 원님들이 죽어 버렸다며, 자신들의 소원을 들어 달라고 했다. (8)장화홍련 자매는 서모인 배씨가 우리를 미워해 쥐를 잡아 속옷 밑에 넣고는 서방질을 했다고 모함해, 우리들을 물에 빠뜨려 죽였다고 했다. (9)원님이 귀신의 말을 듣고 장화홍련의 아버지와 서모를 잡아들였다. 낙태한 것을 가져다 배를 갈라 보니 쥐똥만 들어있었고, 서모를 죽임을 당한다. (10)장화홍련의 아버지는 새장가를 들었는데 장화홍련 형제가 아버지의 새 자식으로 태어나서 잘 살았다.[30]

설화에서 계모는 남편이 있는 곳에서는 전실 딸들에게 잘 대해 주지만, 남편이 없는 곳에서는 아주 못 살게 군다. 계모는 자매를 죽이려고 쥐를 한 마리 잡아 낙태형상을 만들고 장화의 속옷에 넣은 다음, 서방질을 해 자식을 낳았다고 남편에게 모함을 한다. 그리고 아들 장쇠를 시켜 그녀를 죽이고, 장쇠 또한 호랑이에게 잡혀 먹힌다. 죽은 장화는 새가 되어 홍련의 방으로 찾아오고, 홍련 역시 장화가 빠져죽은 물가에 가 몸을 던진다. 이후 마을에 원님이 오기만 하면 가랑잎이 날아오면서 원님이 죽어나가는데, 그 가랑잎은 장화와 홍련의 혼이었다. 그러던 중 담력이 센 원님이 마을로 들어오게 되고, 밤중에 산발을 한 처녀 둘이 들어와 자신들의 원을 풀어달라고 하며, 계모의 악행을 이야기한다. 원님은 귀신의 말을 듣고 아버지와 계모를 잡아들이며, 낙태형상이라던 쥐를 가져와 배를 갈라보니 그 속에는 쥐똥이 가득 들어 있었다. 계모는 죽고 아버지는 새 장가를

30. [한국구비문학대계] 5-2, 550-553면, 고산면 설화24, 장화 홍련, 김현녀(여, 86)

들었는데, 장화와 홍련은 아버지의 새 자식으로 태어나 잘 살았다.

이 설화에서도 계모는 쥐를 잡아 낙태형상을 만들어 큰 딸인 장화를 모함하는데, 장화는 죽였지만 자신의 아들인 장쇠 또한 호랑이에게 물려 죽음으로써 악행의 대가를 치루고 있다. 그리고 후에 자신 또한 악행이 밝혀지면서 죽음을 당한다. 여기서는 갈등 유발자인 전실 딸들이 죽음으로써 계모가정 내 갈등은 사라지는 것처럼 보인다. 그러나 그것은 미봉책일 뿐, 계모의 악행은 드러나고 그녀 자신도 죽음을 당한다. 장화와 홍련이 아버지가 새로 이룬 가정에 딸로 태어난다는 설정은, 계모로 인해 못다 한 행복을 후세에서나마 이루어 주려는 화자의 염원이 담겨져 있다고 하겠다.

이와 비슷한 내용의 〈전처 딸 죽인 계모〉에서는 김좌수가 아내가 죽은 후 아들 하나, 딸 둘을 데리고 재혼을 했는데 계모는 딸 둘을 뒷방에 가두고 밤낮 바느질에 먹을 것도 제대로 주지 않는다. 하루는 계모가 남편에게 외간남자가 두고 갔다며 편지를 주고, 딸들의 행실에 좋지 않아 안 좋은 소문이 날 것 같다며 걱정을 했다. 여기서는 외간남자의 편지를 이용하여 계모가 전실 딸들을 모함하고 있다. 그리고 남편은 딸들이 불쌍하지만 집안이 망해서는 안 된다고 생각해, 하인을 시켜 딸들을 연못에 빠뜨려 죽인다. 이후 원님의 꿈에 처녀들이 나타나 자신들이 계모의 모함에 의해 심천동 연못에 빠져 무고하게 죽었음을 알리며, 원통하여 시체가 썩지 않는다고 이야기를 한다. 원님은 심천동 연못의 물을 빼내 시체를 건져냈고, 김좌수를 불러 누구의 자식이냐고 묻는다. 김좌수는 울면서 죄를 사실대로 고하고, 원님은 계모를 상자에 넣어 사거리 복판에 세운 후 사람들로 하여금 톱질을 해 죽이게 한다. 여기서도 무고한 전실 딸들을 모함하고 죽게 만든 계모는, 결국 사람들의 톱질에 의해 죽게 된다.

이 [장화와 홍련] 설화군에서 잘 드러나는 것은 전실 딸들을 대하는 계모의 이중적인 태도와 새로 이룬 가정에 대한 아버지의 무관심이다. 설화의 내용을 살펴보면, 계모는 남편이 있을 때는 딸들에게 잘 하지만 남편이 없을 때는 딸들을 구박하고 힘든 노동을 강요한다. 그리고 바깥으로만 나돌아 집안에 소홀한 아버지는 계모가 딸들을 박대하는 것을 알지 못한다. 여기서 아버지가 바깥으로만 돈다는 것은 자신이 새로 이룬 가정에 대해 정서적인 결속감이나 애정이 없으며, 배우자의 죽음으로 인한 상실감을 극복하지 못하고 있음을 의미한다. 아버지는 가정을 꾸려나갈 사람이 필요하고 자식들을 키워줄 사람이 필요해 계모를 들였을 뿐, 자신이 새로 이룬 가정이나 자식들의 안위(安危)에 대해 무관심한 것이다. 특히 〈전처 딸 죽인 계모〉에서 아버지가 재혼을 하는 이유는 '친구들의 성화' 때문이라고 표현되는데, 아버지는 자신의 의사와는 상관없이 주변 사람들에게 떠밀려 재혼을 했기에 재혼할 사람의 됨됨이나 성격, 자신에게 맞는 사람인지에 대한 여부조차 확인하지 않은 채 너무 쉽게 계모를 맞아들이고 있다. 계모 또한 애정이 없는 남성과 결혼하면서 자신의 잇속을 생각하지 않을 수 없다. 애정 없는 남편과 피가 섞이지 않은 전실 자식들로 구성된 계모가정에서, 계모는 자신의 모호한 역할이나 위치로 인해 불안해질 수밖에 없기 때문이다.[31]

---

31. 이 [장화와 홍련] 설화군과 비교해볼 수 있는 것은 대표적인 계모가정 소설인 『장화홍련전』이다. 설화에서 문제가 되는 것이 아버지의 무관심이라면, 여기서는 죽은 전처를 잊지 못하고, 전실 딸들과 한편이 되어 계모와 편 가르기를 하고 있는 아버지의 태도가 문제가 된다. 배좌수는 계모를 맞이한 후에도 죽은 전처를 생각하며, 두 딸을 계모보다 우선시하는 태도를 보인다. "두 딸을 못 보면

마지막으로 [글 잘하는 황처자] 설화군이다. 이 설화는 『한국구비문학대계』에 14편이 수록되어 있는데, 14편 중 계모가 전실 딸을 모함하는 설화는 10편이다.[32] 이 설화군에 속한 〈전처 딸을 죽이려는 서모와 아들〉은 이미 '4장 경제적인 문제로 인한 갈등'에서 다루었기에 본장에서는 또 다른 설화인 〈이댁(李宅)의 의붓딸〉을 예로 하여 줄거리를 제시해 보도록 하겠다.

(1)옛날에 이씨가 부인이 죽자 후처를 두었는데, 후처가 전실 부인의 딸을 미워하였다. (2)후처는 쥐를 죽여 헝겊에 싸서 전실 부인의 딸이 자

삼추같이 여긴다." "돌아오면 먼저 딸의 침실로 들어가 얼굴을 어루만지며 눈물을 흘린다."는 부분에서는 이러한 아버지의 태도가 잘 나타난다. 아버지는 계모를 맞이했지만 여전히 죽은 아내를 자신의 배우자로 생각하고 있으며 전처의 두 딸과 자신을 한편으로, 계모를 다른 편으로 갈라 생각하고 있다. 더군다나 아버지는 계모에게 "지금 잘 사는 것은 전처의 덕이니, 전실 딸들을 괴롭히지 말라"고 한다. 전처를 우위에 두고 현 아내를 평가하는 아버지의 이러한 말은 전실 딸들에 대한 계모의 시기심과 질투심을 자극하고, 분노감을 유발하게 한다. 임춘희 · 정옥분의 논문에 따르면, "초혼계모 가정에서 남편이 전처자녀에 대해 애착이 많은 경우 계모는 스트레스를 받으며, 전처자녀를 편애하는 남편의 행동은 계모에게 심각한 스트레스를 초래한다."고 한다. 또 "계모가 가계관리를 도맡아 하는 것은 계모가 초혼가정에서와 같은 주부로서 확실한 지위, 역할을 차지한다는 의미로 재혼가족 내에서 계모가 주부로서 심리적 안정과 위치를 갖게 해준다"고 하는데, 『장화홍련전』에서 아버지는 계모에게 전처의 재산 덕분에 풍족하게 산다는 것을 강조함으로써, 아내로서의 그녀의 위치 뿐 아니라 주부로서의 그녀의 위치마저 흔들고 있다.(임춘희 · 정옥분, 「초혼계모의 재혼가족생활 스트레스와 적응에 대한 경험적 연구」, 『대한가정학회』 제35권, 5호, 1997 참조.

32. [글 잘하는 황처자] 설화군 중 〈글 잘하는 황정승의 딸〉에서는 시아버지가 시누이만 사랑한다고 생각한 세 며느리가 시누이를 모함하며, 〈황대감 이야기〉에서는 황대감의 딸이 이유 없이 무단가출을 해 행방불명이 된다. 또 〈가위 보고 지은 글〉에서는 황씨 집 17, 18세 된 딸이 잡스러운 글을 적어놓자 오라비에게 물에 갖다 넣으라고 시킨다. 그리고 〈황정승 이야기〉의 경우는 계모가 등장하기는 하지만 계모의 모함은 나타나지 않는다.

고 있는 이불 속에 넣어두고는 딸이 낙태한 것처럼 꾸몄다. (3)후처는 남편에게 전실 부인의 딸이 낙태를 했다고 알리고, 종에게 전실 부인의 딸을 상자 안에 넣어 물에 던져 버리라고 시킨다. 하지만 종은 전실 부인의 딸이 죄가 없다는 것을 알기에 죽이지 못하고, 풀어주면서 대신 그 집 문하에는 오지 말라 한다. (4)이씨의 딸이 남복을 하고 얻어먹으며 돌아다니다가, 한 서당에서 아궁이를 때주며 머무르게 되었다. (5)선생이 이씨 딸의 글 실력을 보고는 자기 아들과 의형제를 맺게 하고, 서당에서 함께 글을 가르쳤다. (6)과거 날이 되자 이씨 딸이 선생의 아들에게 자신이 실은 여자라서 과거를 못 본다며, 대신 버선 한 켤레를 줄 테니 과거 볼 때 안을 살펴보라고 한다. (7)선생의 아들이 과거를 보러 가 버선을 신으려고 보니 그 안에 글이 적혀 있었다. 선생의 아들은 자신이 지은 글보다 그 글이 훨씬 나아 그것을 제출하고 장원 급제를 하였다. (8)선생의 아들은 어사가 되어 집으로 돌아와 이씨의 딸과 혼인을 한다. 선생의 아들은 여자와 함께 순력을 돌았는데, 이씨의 딸이 자기 친정집으로 가서 머물고 가자고 하였다. (9)이씨의 딸은 자기 집 두 벽에 "황가일엽풍표비(黃家一葉風飄飛), 황가의 집 한 잎사귀가 펄렁여서, 비입해남착이기(飛入海南着李奇), 해남 땅 이가의 집에 가서 붙었다. 창해이별갱견의(蒼海離別更見意), 푸른 바다에 이별한 딸을 다시 보고 싶거든, 명일승학하양주(明日承鶴下楊州), 밝은 날 학을 타고 양주 땅으로 내려오소서."라고 써 놓고 왔다. (10)이튿날 이씨가 그 글을 보니 자기 딸의 글씨였다. 이씨는 후실을 내쫓고 딸을 찾아 양주로 내려갔고, 딸 내외는 이씨를 잘 모시고 살았다.[33]

33. [한국구비문학대계] 9-2, 684-690면, 오라동 설화17, 이댁(李宅)의 의붓딸, 양구협(남, 71)

설화에서 이씨는 부인이 죽자 후처를 얻었는데, 후처가 전실 딸을 미워해 쥐를 죽여 딸이 낙태를 한 것처럼 모함을 한다. 계모는 남편에게 딸이 낙태를 했다고 알리고 종을 시켜 죽이려고 하지만, 종은 전실 딸에게 죄가 없음을 알고 풀어준다. 전실 딸은 남복을 하고 돌아다니다가 한 서당에 머무르게 되는데, 서당 선생은 전실 딸의 글 실력을 보고는 자신의 아들과 의형제를 맺게 하며 함께 글을 가르친다. 과거 날 전실 딸은 서당 선생의 아들에게 자신이 여자인 것을 알리고, 전실 딸의 도움으로 서당 아들은 장원 급제를 하게 된다. 그 후 서당 아들은 전실 딸과 결혼을 하고, 전실 딸의 요청에 따라 그녀의 집에서 하룻밤을 머물게 된다. 전실 딸은 벽에 자신이 보고 싶으면 양주로 내려오라는 글을 남긴다. 아버지가 그 글을 보고 계모를 내쫓은 후 양주로 내려갔고, 전실 딸 내외는 아버지를 모시고 잘 산다. 여기서 계모는 전실 딸을 미워해 낙태모함을 하고, 그로 인해 전실 딸은 죽을 위기에 놓인다. 설화에서 전실 딸을 도와주는 것은 종과 서당 선생이다. 서당 선생은 전실 딸의 능력을 알아봐주며, 결국 자신의 아들과 결혼시켜 그녀를 며느리로 맞는다. 즉 계모가정에서의 문제해결 방안으로 제시할 수 있는 것은 원조자의 존재이다. 또 하나 지적해볼 수 있는 것은 전실 딸이 가지고 있는 능력이다. 그녀가 지은 글이 서당 아들의 글보다 훨씬 나았다는 것은, 그녀의 글 솜씨가 뛰어났음을 이야기한다. 설화에서 전실 딸은 자신이 가진 능력으로 다른 사람들의 인정을 받으며, 자신의 길을 스스로 개척해 나아가고 있다. 그러므로 문제를 대하는 전실 딸의 자세 또한 문제해결 방안으로 지적해볼 수 있다.

이 설화에서는 아버지가 계모를 내쫓음으로써 계모가정이 해체되는 모습을 보인다. 그러나 〈황정승의 딸과 이정승의 아들〉에서는 전실 딸이 자기 동생을 낳아준 공으로 계모를 무죄방면 시키며, 〈이정승의 며느리〉에서는 전실 딸이 계모 덕분에 우리가 결혼을 한 거라며 계모에게 벌을 주지 말라고 한다.

이 외에도 전실 딸에 대한 살인이 일어나는 설화로 〈의좋은 이복자매〉와 〈볶은 삼씨가 싹 날 리 있나〉가 있다. 이 둘의 대강의 줄거리를 제시하면 다음과 같다.

> (1)딸이 하나 있는 집에 서모가 들어와, 아들과 딸을 낳았다. 전실 딸과 서모의 딸이 함께 컸다. (2)서모가 어디를 놀러 가라며 도시락을 싸줬는데, 전실 딸 도시락에 약을 넣었다. 동생이 언니에게 도시락을 보자고 했는데, 도시락 안에서 거품이 나니 먹지 말라고 하고는 자기 도시락을 함께 먹었다. (3)서모가 전실 딸을 산골 깊숙이 들어가 버리고 오려고 하자, 동생은 쌀을 한줌 주면서 하나씩 흘리고 가라고 한다. (4)서모가 전실 딸을 버리고 오자 동생은 쌀을 따라 산속으로 들어간다. 동생이 언니를 부르자 한 바위 밑에서 조그만 소리가 들리는데, 계모가 전실 딸을 바위 밑에다 넣어두고 가버린 것이었다. (5)동생은 언니를 찾아 부잣집으로 가 식모살이를 하며 함께 살았다. 그 집에서는 자매가 아주 착해 며느리로 삼았다. (6)아들 딸 낳고 잘 살다가 친정에 가보니, 친정은 쑥대밭이 되어 아무 것도 없었다.[34]

> (1)어느 사람이 딸 하나 낳고 상처를 하여 후처를 들인다. (2)계모가

34. [한국구비문학대계] 8-14, 758-760면, 옥종면 설화3, 의좋은 이복 자매, 정판수(여, 67)

전처 딸을 죽이려고 봄에 볶은 삼씨를 심게 한다. (3)딸은 삼씨 싹이 돋지 않아, 날이 어두워져도 돌아갈 수 없었다. 그때 파랑새가 날아와 "아가 춥다, 들어가라, 볶은 삼씨가 날 리 있나"며 운다. (4)딸은 돌아와서 아버지께 새의 말을 전한다. (5)딸의 말을 믿지 않던 아버지가 새의 말을 듣고 씨앗을 캐보니, 볶은 삼씨였다. 새는 본처의 넋이었다. (6)아버지가 계모를 끓는 물에 집어넣어 죽인다.[35]

〈의좋은 이복 자매〉에서 계모는 전실 딸의 도시락에 약을 넣어 그녀를 죽이려고 하지만, 이복동생은 언니의 도시락이 이상한 걸 알고 자신의 도시락을 같이 먹자고 해 언니의 목숨을 구해준다. 또 계모가 전실 딸을 깊은 산속에 버리려고 하자, 쌀을 한줌 싸주며 흘리고 가라고 해 언니를 구해준다. 이복동생은 어머니가 언니를 자꾸 죽이려고 하자, 함께 집을 떠난다. 여기서는 이복동생이 언니의 편에 서서 그녀를 도와주고 있다. 이어지는 〈볶은 삼씨가 싹 날 리 있나〉에서도 어떤 사람이 상처를 하여 후처를 맞이했는데, 계모는 전실 딸을 죽이려고 볶은 삼씨를 심게 한다. 볶은 삼씨에서 싹이 날 리 없지만 전실 딸은 싹이 돋지 않아 어두워져도 집에 갈 수가 없다. 이때 파랑새가 볶은 삼씨가 싹이 날 리가 없다며 울고, 새의 말을 들은 아버지는 씨앗을 캐 그것이 볶은 삼씨라는 것을 확인한다. 아버지는 딸을 죽이려고 한 계모를 죽여 버린다.

〈의 좋은 이복 자매〉에서 이복동생은 언니의 든든한 보호자가 되어주며, 엄마의 악행에 맞서 언니를 구해주는 원조자로서의 기능을

---

35. [한국구비문학대계] 6-10, 266면-269, 도곡면 설화49, 볶은 삼씨가 싹 날 리 있나, 백남현(남, 63)

하고 있다. 여기서 문제 해결방안으로 지적해볼 수 있는 것은, 이복형제와의 원만한 관계이다. 이복형제와의 관계가 전실 자식의 고난을 근본적으로 해결해줄 수는 없지만, 적어도 전실 자식이 자신의 힘든 마음을 위로받고 어려움을 극복해 나갈 수 있는 힘을 얻는 대상은 될 수 있다. 또한 〈볶은 삼씨가 싹 날 리 있나〉에서는 죽은 어머니의 넋인 파랑새가 전실 딸의 원조자로서 기능을 한다. 그리고 아버지 역시 파랑새의 소리가 사실임을 확인한 후, 전실 딸의 편에 서서 그녀의 갈등을 해결해주고 있다. 아버지가 계모를 끓는 물에 집어넣어 죽인다는 것은 잔인한 설정일 수 있지만, 이 설화의 전개를 보면 계모는 싹이 나지 않으면 남편이 전실 딸을 두들겨 패 죽일 것이라고 생각해 볶은 삼씨를 전실 딸에게 심게 했고, 남편이 아내를 떠보느라 전실 딸을 끓는 물에 넣어 죽여 버리겠다고 하자 좋아서 물을 끓인다. 그러므로 계모가 끓는 물에서 죽은 것은 설화 내에서는 인과응보(因果應報)라고 할 수 있다.

다음으로 계모가 전실 아들을 살인하는 설화군이다. 여기에 속하는 것으로는 [장가간 날 목 잘린 전처 아들] [간 빼길 뻔한 전처 아들] [음식 잘 먹여 전처 자식 죽이려 한 계모]가 있다. 각각의 설화군을 살펴보면 다음과 같다.

먼저 [장가간 날 목 잘린 전처 아들] 설화군이다. 이 또한 계모가 전실 아들을 살인하는 대표적인 작품이다. 이 설화는 『한국구비문학대계』에 23편이 수록되어 있는데, 대강의 줄거리는 다음과 같다.

(1)최가가 오대독자 아들을 낳았는데 그 이름을 최독선이라고 지었다.

(2)최가가 부인이 죽어 아들이 일곱 살 되었을 적에 계모를 들였는데, 아들이 아홉 살이 되자 계모가 장가를 보내자고 하였다. (3)아버지가 아직 크지도 않은 아이를 어찌 장가를 보내느냐고 하니, 계모가 양반집은 장가를 일찍 보내야 한다고 하였다. (4)계모가 날을 보는 사람 몇 명에게 쌀이나 돈 뭉치를 갖다 주면서 정원 초팔일로 날을 받아 달라고 하여 정원 초팔일에 장가를 보내게 되었다. (5)계모가 몸종을 불러 명주 한필과 장검을 주면서 최독선의 목을 잘라오라고 시켰다. (6)몸종이 어떻게 하나 고민하며 가고 있는데, 한 곳에 가니 저수지 가에서 어떤 남녀가 수군거리고 있었다. 몸종은 여자는 당집에 넣어 놓고, 남자의 목은 잘라 최독선의 계모에게 갖다 주었다. (7)몸종이 죽은 남자의 시체를 가지고 최독선의 처가로 가, 최독선에게 사실을 이야기하고, 죽은 남자의 시체에 최독선의 옷을 입힌 후 둘은 도망을 친다. (8)최독선의 부인은 자신이 남편을 죽였다고 오해를 받자, 남복을 만들어 달라고 하여 집을 떠나 여자 홀로 있는 집에 가서 묵는다. (9)조금 뒤에 최독선 집의 종이라는 부인이 와서 주인여자와 이야기를 하는데, 자기 아들이 최독선이 장가간 날 없어졌다고 하였다. (10)최독선의 부인이 그 말을 듣고 자기 시아버지 집으로 찾아가니, 시아버지는 자기 아들을 묻은 선산에 가서 대성통곡을 하며 울고 있었다. (11)최독선의 부인은 시아버지에게 가서 자신의 신분을 밝히고, 범인을 잡았다고 일러주었다. (12)최독선의 부인이 시아버지와 같이 사는데, 첫날 밤 최독선과의 사이에 아이가 생겨 아이를 낳게 되었다. (13)아이가 서당에 다니는데 친구들이 애비 없는 자식이라고 놀리자, 어머니한테 가서 자기 등에 할아버지 이름과 자기 아버지 이름을 써 달라고 한다. 그리고 늦은밥 서 말을 해주면 아버지를 찾겠다고 하였다. (14)아이가 한 여관에 가서 잠을 자게 되었는데, 계속 변소에 다니면서 '최독선의 아들'이라고 이야기를 하였다. (15)최독선이 아이의 등을 보고

자기 아들인 것을 알고 아들과 함께 자기 아버지와 부인이 있는 곳으로 내려가니, 아버지는 최독선은 이미 죽었다며 믿어주지 않았다. (16)최독선의 아버지가 자기 아들은 겨드랑이 밑에 점 일곱 개가 있다며 확인해 보니, 실제 점이 있어 자기 아들임을 알았다. (17)최독선의 아버지가 후처와 그 아들을 죽이고, 최독선의 아들은 성공해서 잘 살게 되었다.[36]

설화에서 최씨 성을 가진 사람이 5대독자인 아들을 낳아 최독선이라고 이름을 짓고 키웠는데, 부인이 죽자 아들이 일곱 살 되던 해 계모를 맞아들였고, 계모는 전실 아들이 아홉 살이 되자 장가를 보내자고 한다. 아버지는 반대하지만 계모는 양반집은 장가를 일찍 보내야 한다며 정월 초팔일로 날짜를 잡도록 했고, 종을 불러 전실 아들의 목을 잘라오라고 시킨다. 몸종은 고민하다가 길가에서 남자의 목을 잘라 계모에게 가져다주고, 죽은 남자의 시체에 전실 아들의 옷을 입혀놓고 둘이 도망을 친다. 최독선의 부인은 남편을 죽였다고 오해를 받자 남복차림으로 집을 떠나고, 우연히 어떤 집에 머물렀다가 종의 부인이 최독선이 장가가던 날 자신의 아들 또한 없어졌다고 한 말을 듣게 된다. 그 말을 들은 부인은 시아버지를 찾아가 자신의 신분을 밝히고, 범인이 누구인지 이야기한 후 시아버지와 함께 산다. 그리고 아들을 낳게 된다. 아이가 서당에서 친구들에게 '애비 없는 자식'이라는 놀림을 받자, 아이는 자신의 등에 할아버지와 아버지의 이름을 써달라고 하고 아버지를 찾아 떠난다. 한 여관에 머물렀을 때 자신의 아버지인 최독선과 만나게 되고, 최독선은 아들과

---

36. [한국구비문학대계] 6-7, 442-448면, 신의면 설화9, 오대 독자 최독선, 김처재(여, 61)

함께 아버지와 부인이 있는 곳으로 간다. 아버지가 아들은 이미 죽었다며 믿지 않자 자신의 신체 부위를 확인해주고, 부자는 다시 만나게 된다. 후에 최독선의 아버지는 후처와 그 아들을 죽인다.

여기서 계모는 전실 아들이 장가를 가는 날 종을 시켜 그의 목을 잘라오라고 시키는데, 종은 전실 아들이 아닌 다른 남자의 목을 계모에게 가져다주고 전실 아들은 다른 곳으로 도망을 시킨다. 즉 이 설화에서 모든 사람들은 다 전실 아들이 죽은 줄로 알지만, 실제로 전실 아들은 죽은 것이 아니라 자신을 죽이려는 계모로부터 격리된 상태가 되는 것이다. 이렇게 전실 아들이 목숨을 구하는 경우는 23편의 설화 중 〈서모의 마음〉 〈계모의 만행〉 〈사명당의 출가한 내력〉 세 편이다. 이 세 편의 설화 중 〈사명당이 출가한 내력〉의 경우에는 계모가 죽이려고 하는 것이 전실 아들이 아니라, 남편이 사랑하는 조카이다. 그 외 모든 설화에서 전실 아들은 목이 잘린 채 죽게 된다. 즉 계모는 전실 아들을 죽이는 악행을 저지르고, 후에 이 사실을 알게 된 남편은 계모와 그녀에게서 태어난 자식들을 모두 불태워 죽인다.

다음으로 [간 뺏길 뻔한 전처 아들] 설화군이다. 이 설화는 『한국구비문학대계』에 9편이 수록되어 있는데, 계모는 전실 아들을 죽이려고 하지만 모든 설화에서 전실 아들이 죽는 경우는 없다.

> (1)박문수가 공부를 하고 스물셋에 과거에 급제하여 어사가 되었다. (2)어느 곳을 순찰하러 갔는데, 한 집에서 울음소리가 나자 그 집으로 들어갔다. 주인에게 울고 있는 이유를 물으니, 안사람이 병을 앓아 약을 아무리 써도 낫지 않고 죽게 됐다고 하였다. 박문수가 본인이 약을 지어다

가 낫는 것이 좋다고 하고 발길을 돌렸다. (3)그 부인은 재취하여 이 집으로 와서 아들을 하나 낳았는데, 그 전 부인이 낳은 아들과 자기 아들이 함께 커가는 게 보기 싫어서 나쁜 마음을 먹고 전처의 아들을 죽이려고 하였다. (4)종을 불러 전처의 아들을 죽여주면 노비 문서도 태워버리고 돈도 주겠다고 하니, 종은 돈에 눈이 멀어 하겠다고 나섰다. (5)다음날 칼을 갈아서 들고 가, 이 집안에서는 사람을 죽일 수 없으니 밖에 데리고 나가서 죽이겠다고 부인과 약속하였다. (6)부인이 남편에게 전처의 아들 간을 먹어야 자신이 산다고 말했지만, 남편은 아내가 정말 그 일을 벌일 줄 몰랐다. (7)종이 아이를 데리고 나갔지만 도저히 죽일 수 없어서 아이를 놓아 주고, 이웃에 개를 잡아 간을 꺼내 갖다 주었다. 부인은 좋아하면서 종에게 돈을 주었다. (8)아이가 밤새 길을 걷다가 어느 절 대사를 만나게 되었다. 대사가 어디로 가느냐고 물으니, 아이가 새엄마가 나를 죽이고 내 간을 먹으려고 한 것을 우리 집 심부름꾼이 놓아줘서 이렇게 떠나는 길이라고 하였다. 대사가 아이를 데리고 절로 가서 십년 동안 공부를 시키고, 세월이 흘러 대사가 아이에게 고향에 가보라고 하였다. (9)한편 집에서는 주인이 아이가 없어지자, 부인의 소행이라고 짐작만 하고 있었다. (10)아이가 집으로 돌아와 인사를 하고, 아버지에게 그동안 있었던 일을 모조리 말했다. 주인이 그 말을 듣고, 부인을 마당에 멍석에 말아서 목을 쳐서 죽였다. 그리고 재취의 아들도 죽여 버렸다. (11)주인은 본처의 아들을 데리고 절에 가 대사에게 고맙다고 인사를 드리고, 장가를 보내 잘 살았다. (12)박문수가 나중에 이곳을 지나가다가 이 집에 들러 예전에 이 집안사람이 아파서 난리였는데 지금 어떻게 됐는지 궁금해서 들렀다고 하니, 주인이 이 이야기를 들려줬다.[37]

---

37. [한국구비문학대계] 7-3, 434-439면, 안강읍 설화64, 박문수 이야기(3), 박병도(남, 75)

예문으로 제시한 설화는 박문수가 어떤 남자로부터 듣게 되는 본인 집안의 이야기로, 남자의 이야기가 계모설화에 해당된다. 어떤 집에 계모가 들어와 아들을 하나 낳았는데, 자신의 아들과 전 부인이 낳은 아들이 함께 커가는 게 보기 싫어서, 나쁜 마음을 먹게 된다. 계모는 종을 불러 전처의 아들을 죽여주면 노비 문서도 태워버리고 돈도 주겠다고 한다. 다음날 종은 칼을 갈아서 들고는 집안에서는 사람을 죽일 수 없으니, 밖에 데리고 나가서 죽이겠다고 하며 전실 아들을 데리고 나간다. 남편은 부인에게서 전처의 아들 간을 먹어야 자신이 산다는 이야기를 들었지만, 아내가 정말 그 일을 벌일 줄은 몰랐다. 종은 아이를 데리고 나갔지만 차마 죽일 수 없어 놓아 주고, 이웃 개를 잡아 간을 꺼내 계모에게 갖다 주었다. 계모는 좋아하면서 종에게 돈을 주고, 아이는 밤새 길을 걷다가 스님을 만나게 된다. 아이는 새엄마가 자신을 죽이려고 해 떠나는 길이라고 하고, 스님은 아이를 데리고 절로 가 십년 동안 공부를 시킨다. 세월이 흘러 스님은 아이에게 고향으로 가 보라고 한다. 한편 남편은 아이가 없어진 후 아내의 소행이라고 짐작만 하고 있었다. 아이는 집으로 돌아와 아버지에게 그동안의 일을 전부 말했고, 아버지는 아내를 마당 멍석에 말아 목을 쳐 죽이고 계모의 아들도 죽여 버린다. 그 후 아들과 함께 스님을 찾아가 인사를 하고, 아들은 장가를 보내 잘 살았다고 한다.

이 설화군에서 계모는 자신의 병이 낫기 위해서는 전실 아들의 간을 빼먹어야 한다며, 전실 아들을 죽이려고 한다. 그런데 재미있는 건 계모의 남편이자 자식의 아버지인 남자는 계모의 말에 동조해 함께 자식을 죽이려고 한다. 〈백정 덕에 살아 난 아들〉 〈포악한 계모〉

〈인간을 먹어야 낫는다는 의붓어머니〉 〈금송아지와 악독한 계모〉 〈계모의 흉계〉에서 아버지는 자신이 직접 아이를 죽여 간을 빼달라고 하며, 〈악한 계모와 아들의 갚음〉에서는 아버지가 계모의 행위를 방관하고 있다. 모든 설화에서 아버지는 전실 아들에게 힘이 되어주거나 계모의 악행을 막아주지 못하며, 방관하거나 계모에게 동조해 아들을 죽이려고 한다. 다만 〈이붓 엄마와 노루의 간〉에서는 계모가 전실 아들의 간을 내주면 자기네 집 재산을 모두 남편에게 주겠다고 하자, 남편은 아이를 부잣집에 맡겨 키우며 아내 몰래 아들의 뒷바라지를 해준다. 이 설화에서 아버지는 전실 자식을 옆에 두고 키우지는 못하지만, 그렇다고 방치하지도 않는다. 계모가 전실 자식을 잘 키울 수 없다고 판단될 때, 전실 자식이 계모와 사는 것보다 따로 사는 것이 더 낫다고 판단될 때, 계모에게서 전실 자식을 격리시켜 훗날을 기약하는 것 또한 가족갈등을 해결하기 위한 하나의 방안이 될 수 있다.

설화군은 다르지만 [북두칠성이 된 일곱 쌍둥이] 또한 계모가 자신의 병을 핑계로 전실 자식을 죽이려는 이야기이다. 이 설화군은 앞서 '1장 재혼 후 전실 자식이 영입'이라는 항목에서 자세히 다루었다. 이 설화군에서 또한 계모는 전실 자식들이 아버지를 찾아오자 〈북두칠성의 유래〉에서는 계모가 병이 낫다고 하면서 전실 자식들의 간을 먹어야만 살 수 있다고 하며, 〈칠성풀이 이야기〉에서는 계모가 사람으로 인해 동티가 나서 병에 걸렸다면서 전실 자식들을 칼로 베어야만 살 수 있다고 이야기를 한다. 그리고 〈북두칠성의 유래〉에서는 남편이 점괘를 듣고 한탄하며 집으로 오던 중 구렁이를 만나게 되고, 구렁이는 내 뱃속에 간을 내어 계모에게 주라고 한다. 그리고 아들들은 산으로 도망을 치게 한다. 또 〈칠성풀이 이야기〉에서는 남편이 하인을 시켜 계모의 말대로 하지만, 하인이 아이들을 산 속에 숨겨준다. 이처럼 [북두칠성이 된 일곱 쌍둥이] 설화군 역시 아버지는 계모의 악행을 막아주지 못한다.

마지막으로 [음식 잘 먹여 전처 자식 죽이려 한 계모] 설화군이다. 이 설화군에서는 계모가 전실 자식에게 좋지 않은 음식을 꾸준히 먹임으로써 그를 죽이려고 한다. 이 설화의 대강의 줄거리는 다음과 같다.

> (1)한 집에 본 아들이 있고 계모 아들이 있었다. (2)둘이 공부를 하는데 계모 아들은 보리밥을 식혀서 주고 본처 아들은 찰밥만 해서 줬다. 찰밥도 그냥 주는 것이 아니라 아이들이 서당공부를 한다고 아침참, 밤참, 해장참까지 해서 주었다. (3)그런데 본처 아들은 아무리 먹어도 폐병에 걸린 것처럼 계속 말랐다. 그에 반해 계모 아들은 장성했다. (4)본처 아들의 삼촌은 의원이었다. 삼촌이 본처 아들의 진맥을 하려 해도 너무 말라서 진맥을 할 수가 없었다. (5)하루는 삼촌이 본처 아들에게 계모가 무엇을 해 주냐고 물었다. 본처 아들은 밤참까지 잘 해서 준다고 했다. 삼촌이 곰곰이 생각하더니 지금부터 계모가 먹을 것을 주면 먹는 척만 하고는 그냥 버리라고 했다. (6)그 뒤부터 본 아들은 계모가 주는 음식을 먹지 않고 버렸다. 그렇게 삼 개월을 하자 낫지 않을 것 같던 병이 깨끗이 나았다.[38]

---

38. [한국구비문학대계] 5-7, 743-745면, 산내면 설화25, 계모의 흉계, 김순규(남, 69)

설화에서 계모는 자신의 아들에게는 보리밥을 식혀주고, 본처 아들에게는 찰밥을 해 먹이는데, 그것도 그냥 주는 것이 아니라 아침참, 밤참, 해장참까지 모두 찰밥을 해 먹였다. 이렇게 해 먹이자 계모 아들은 점점 장성하였지만, 전실 아들은 계속 말라갔다. 의원인 삼촌이 진맥을 하려고 해도 너무 말라 진맥을 할 수 없자, 삼촌은 계모가 너에게 무엇을 해주느냐고 묻고 앞으로 계모가 주는 음식은 먹지 말고 버리라고 한다. 그 후 전실 아들이 삼촌이 시키는 대로 하자, 병은 깨끗이 나았다. 이 설화에서는 계모가 인간의 가장 기본인 식(食)을 통해 전처 자식을 죽이려고 한다. 이 외 〈식전 술은 독주 식후 술은 약주〉에서는 계모가 술을 통해, 〈전처 자식 학대하는 딸〉에서는 계모가 마른 명태라는 음식을 통해, 전실 아들을 죽이려 하고 이를 알게 된 외숙이나 계모의 아버지(외할아버지)의 도움으로 목숨을 구하게 된다.

이 외 전실 아들을 죽이려는 설화로 〈전처 아들 죽인 계모〉 〈악독한 계모에의 복수〉 〈나쁜 계모〉 〈계모 이야기〉 〈독장사한 순임금〉이 있는데, 먼저 〈전처 아들 죽인 계모〉 〈악독한 계모에의 복수〉 〈나쁜 계모〉의 대강의 줄거리를 제시해보면 다음과 같다.

(1)옛날에 한 사람이 계모를 들였는데, 하나 있는 전처 아들이 풀이 죽어 있고 꼬치꼬치 마른다. 하루는 아버지가 숨어서 아들이 왜 그렇게 마르는지 보니, 계모가 전처 아들을 눕혀놓고 똥구멍에 바람을 불어 배를 부풀었다 바람을 뺐다가 했다. (2)아버지가 문을 열고 들어가니 계모는 아이를 놓고 안 그랬다고 한다. 남편이 자신이 본 사실을 말하며 혼을 내자, 계모는 안한다고 빈다. (3)아버지는 계모가 안 그럴 것이라 생각해

마음을 놓고 직장을 다니는데, 하루는 전처 아들이 없어진다. 계모는 어디를 갔는지 안 들어온다고 하고, 아버지는 집안을 샅샅이 다 뒤진다. (4)아버지는 벽장 안에서 죽은 전처 아들을 발견하고, 계모를 내쫓아버린 후 다른 부인을 얻어 잘 산다.[39]

(1)옛날에 어떤 사람이 아들이 서너 살 먹어 어머니가 죽자, 여자를 하나 얻었다. 여자가 아이한테 아주 못했는데, 빨래하는 데 가자고 해 아이를 커다란 웅덩이에 빠뜨리고 온다. (2)아들 이름을 명이 길으라고 닷줄이라고 지었는데, 아버지가 아들이 안보이니 찾아다녔다. 어떤 사람이 장에서 오다보니 뭔가 웅덩이에 둥둥 떠다니는데, 그게 닷줄이가 아니냐고 이야기를 한다. (3)가보니 닷줄이가 엎어져서 숨이 붙어 있었다. (4)너 덧 살이 되자 계모가 배가 아프다면서 샘물을 떠달라고 하고, 물을 뜨던 닷줄이는 샘에 거꾸로 처박히게 된다. 계모는 그런 닷줄이를 다듬이 돌로 꼭 눌러 놓는다. (5)아버지가 닷줄이를 찾다가, 계모가 해놓은 걸 보고 다시 닷줄이를 구한다. (6)닷줄이가 여덟 아홉 살이 되자 돌아가신 엄마 무덤에 가, 이렇게는 못 살겠다며 운다. 그리고 잠이 들자 꿈속에서 엄마가 나타나 서울로 가라고 하며, 서울에 가면 너를 구해줄 사람이 있다고 한다. (7)닷줄이가 원두막에서 참외 껍질도 주워 먹으며 서울로 올라가는데, 강이 나타났고 돈이 없어 강을 건널 수가 없었다. 사공이 닷줄이를 보고 왜 거기 있냐고 하고, 닷줄이는 꿈 이야기를 하며 서울로 간다고 했다. 사공이 공짜로 닷줄이를 건너 준다. (8)서울 집에 한 노인이 꿈을 꾸니 아들이 될 아이가 올 것이라 하고, 닷줄이는 그 집에서 잘 산다. (9)스무 살이 먹어 닷줄이는 아버지가 궁금해 걸인차림으로 고향을 찾아

39. [한국구비문학대계] 5-2, 663-664면, 동상면 설화14, 전처 아들 죽인 계모, 임영순(여, 50)

가는데, 자기 집을 지켜보니 계모는 누워있고 아버지는 죽은 닷줄이 제사를 지낸다고 하고 있었다. (9)닷줄이가 가만히 창으로 들여다보니 아버지는 죽은 닷줄이에게 오늘이 네 제삿날이라며 말을 하고, 계모는 닷줄이는 어지간히 생각한다며 못마땅해 한다. 아버지는 언젠가는 계모를 죽일 것이라고 하며 둘이 다툰다. (10)닷줄이가 들어가니 아버지가 어디서 온 손님이냐고 하고, 아버지는 오늘이 아들 제사라며 잘 왔다고 한다. 나중에 닷줄이가 사실을 말하고 아버지와 부둥켜안고 운다. (11)닷줄이는 아버지는 옷차림을 잘 해 자가용으로 서울로 모셔다놓고, 계모는 계모가 낳은 딸과 함께 가마 안에 넣어 죽여 버린다.[40]

(1)어떤 사람이 여덟 살의 아이를 두고 상처하여 새로 색시를 얻는다. 계모는 자기 아들이 태어나자 전처 아들을 구박한다. (2)아이의 아버지가 장에 간 사이에, 계모는 의붓자식을 죽이려고 자기자식은 오른쪽에 눕히고 의붓자식은 왼쪽에 눕힌다. (3)의붓자식의 꿈에 죽은 엄마가 나타나 자리를 바꾸어 자라고 해 그렇게 한다. (4)계모가 왼쪽에 눕힌 자기자식의 목을 찔러 죽인다. (4)계모는 그 죄로 벼락을 맞아 죽는다. (5)죽은 어머니의 선몽 덕택에 살아난 아이는 아버지와 잘 산다.[41]

〈전처 아들 죽인 계모〉에서 옛날에 한 사람이 계모를 들였는데 전실 아들이 자꾸 마르자, 아버지는 아내를 의심해 숨어서 계모가 하는 짓을 엿본다. 그런데 계모는 아이의 직장에 바람을 불어넣었다 빼며, 아이를 축나게 하는 것이었다. 남편은 자신이 본 상황을 말하

외순(여, 58)

41. [임석재전집] 9, 전라남도편, 나쁜 계모, 평민사, 1991.

며 계모를 혼내고, 계모는 다시는 그렇게 않겠다고 한다. 그러나 계모는 아버지가 없는 사이 전실 아들을 죽여 벽장 안에 넣어두며, 전실 아들은 계모로 인해 목숨을 잃게 된다. 아버지는 후에 계모를 내쫓고 다른 부인을 얻어 잘 산다. 이 설화에서 아버지가 계모를 믿고 방심하는 사이 무고한 아들은 계모에 의해 죽음을 맞게 된다. 〈악독한 계모에의 복수〉에서도 계모는 계속 닷줄이라는 전실 아들을 죽이려고 하고, 결국 닷줄이는 어머니의 무덤으로 가 자신은 못 살겠다며 울다가 잠이 든다. 꿈에 죽은 친모는 닷줄이를 서울로 인도하는데, 그는 서울의 부잣집에 아들로 들어가 잘 살다가 스무 살이 되어 아버지가 궁금해 고향으로 내려간다. 아버지는 여전히 죽은 닷줄이를 그리워하며 제사를 지내고, 닷줄이는 아버지와 상봉한 후 아버지를 서울로 모신다. 그리고 자신을 죽이려고 한 계모와 계모의 딸은 죽여 버린다. 〈나쁜 계모〉는 『임석재전집』에만 수록되어 있는 설화이다. 설화에서 계모는 자신의 아들이 태어나자 전실 아들을 구박하고 남편이 장에 간 사이 전실 아들을 죽이려고 한다. 계모는 자기 자식은 오른쪽에 전처 자식은 왼쪽에 눕히는데, 꿈에 죽은 엄마가 나타나 자리를 바꾸라고 하자 전실 아들은 그렇게 한다. 결국 계모는 자기 자식의 목을 찔러 죽이고, 전실 아들과 아버지는 잘 산다.

〈전처 아들 죽인 계모〉에서는 전실 아들이 죽음을 당하지만 나머지 두 편의 설화에서는 전실 아들이 목숨을 구하는데, 〈악독한 계모에의 복수〉에서는 죽은 어머니가 꿈에 아들을 서울로 인도해 계모가정에서 벗어나 새로운 삶은 찾도록 해주며, 〈나쁜 계모〉에서도 죽은 엄마는 꿈에 자식을 찾아와 죽음에서 벗어날 수 있는 방법을 가르쳐준다.

이어지는 〈계모 이야기〉와 〈독장사한 순임금〉은 비슷한 유형으로 볼 수 있는 설화인데, 앞 설화에서는 인명이 나오지 않는 것에 비해 뒤 설화에서는 순임금이라고 하여 전실 자식의 이름이 제시되어 있다.

(1)계모가 남편 부재중에 전처자식을 죽이고자 하인에게 우물을 파게 한다. (2)전처자식은 자기를 죽이려고 우물을 파게 한다고 하인에게 이야기하고, 하인은 창구멍을 내놓는다. (3)저녁 때 계모가 전처자식을 과자로 달래 우물가로 유인해 빠뜨려 파묻지만, 전처자식은 창구멍으로 빠져 나온다. (4)계모가 다시 전처자식을 지붕 위에 오르게 하여 불을 지른다. (5)전처자식은 산으로 달아나 산지기의 집으로 간다. (6)계모가 남편에게 전처자식이 불을 질러 죽어버렸다고 하자, 때마침 돌아온 전처자식은 자기가 불을 질렀으나 살아났다고 한다. (7)전처 자식은 계모를 나쁘게 말하지 않는다. 전처자식은 잘 되어서 계모를 잘 모시고 산다.[42]

(1)순임금이 임금되기 전에 어머니가 죽어 계모가 들어온다. (2)계모가 샘을 파놓고 순임금을 빠트린다. (3)이웃사람이 건져내 살린다. (4)다시 계모가 산에 불을 질러놓고 순임금을 거기에 넣었는데, 순임금은 어떻게 해서 살아난다. (5)순임금이 독 장사하며 돌아다닌다. (6)요임금이 임금될 사람을 찾자 사람들이 순임금을 천거하였고, 그에게 두 딸을 시집보낸다. (7)두 요조숙녀를 맞이한 순임금은 한평생 잘 산다.[43]

42. [한국구비문학대계] 6-5, 234-236면, 화산면 설화6, 계모 이야기, 윤아기(여, 75)
43. [한국구비문학대계] 7-14, 77-79면, 화원면 설화14, 독장사한 순임금, 임기수(남, 79)

〈계모 이야기〉에서 계모는 남편이 없는 사이 전실 자식을 죽이려고 하인에게 우물을 파게 하는데, 하인이 우물에 창구멍을 내놓아 아이는 구멍으로 빠져나온다. 아이가 살아서 돌아오자 계모는 또 전실 자식을 지붕 위에 오르게 한 후 불을 지르지만, 전처 자식은 달아난다. 남편이 돌아오자 계모는 전실 자식이 불을 질러 죽어버렸다고 하고, 때마침 돌아온 전처 자식은 모든 게 자신의 잘못인 것처럼 이야기한다. 전처 자식은 자신을 죽이려 한 계모의 잘못을 감싸주고 있는 것이다. 후에 전실 자식은 잘 되어 계모를 잘 모시고 산다. 〈독장사한 순임금〉에서도 계모는 샘을 파놓고 전실 자식을 빠뜨리지만 이웃 사람이 그를 건져내 살리고, 산에 불을 지르고 거기에 전실 자식이 넣었지만 운 좋게 살아난다. 전실 자식은 독 장사를 하며 돌아다니고, 후에 순임금이 되어 한평생 잘 산다.

이 두 편의 설화에서 전실 아들은 계모의 악행을 수용해주며, 효로 그녀를 대하고 있다. 즉 전실 아들이 계모의 악행을 감내하면서, 계모가정은 지켜지고 있는 것이다.

2) 실제 계모가정 내 가족갈등 사례에의 적용

다음에서는 계모의 학대 속에서 상해를 당하며 살아온 전실 자식들의 사례들을 살펴보도록 하겠다. 특히 이 중에는 계모가 전실 자식을 죽이려고 하다가 실패한 경우도 있다.

사례 1 오늘 아버지한테 전화가 왔어요……

…… 아버지 만나지 않은지 벌써 6년이 넘었습니다. 저는 아버지를 가족으로 생각하지 않아요. 결혼한 후 직장에서 바람이 나서 그걸 알고 따지는 엄마를 툭하면 때렸대요. 심지어 절 임신하고 있을 때도 때렸다고 하더라구요. 그리고는 결국 이혼했구요. 제가 2살 때 일이구요. 몇 년 후에 그 불륜녀와 재혼했어요. 그 불륜녀가…. 제 계모가 돼 버렸구요… 제 삶이 어땠는지……… 제가 초등학교 3학년 때 계모의 결혼반지가 없어졌는데 계모가 제가 범인이라고 하더군요. 그 이후 한 달 동안 하루에 밥 한 공기 한 끼만 주면서 학교에도 못 가게 하고 집에 가둬놓고 쇠파이프로 하루에 두 시간 세 시간씩 때렸습니다. 한 달 뒤에 그 반지가 계모의 장롱 구석에서 발견되었는데 계모랑 아버지가 저한테 그러더군요. 너가 지금까지 한 일을 생각하면 맞아도 싸다고. 넌 더 맞아도 된다고. 네……. 제 초등학교 3학년 때 일입니다. 어떻게 살았는지 지금 쓰면서 생각하니까 그냥 순간 떠오르는 거 몇 가지가 있네요. 변기 물 컵에 떠서 마시게 하고(화장실이 더럽다, 청소를 안했다는 이유) 곰팡이 핀 썩은 감자 먹게 하고(냉장고 속에 박혀있었는데 정리를 안했다) 수챗구멍에 남은 음식물쓰레기 먹게 하고(밥을 깨끗하게 먹지 않았다) 술 취해 들어오면 맞는 건 일상이었구요. 하루는 영문도 모른 채로 죽도록 맞았습니다. 다 때린 후에 그러더라구요. 아버지가 큰 병에 걸렸는데 그게 다 저 때문이니 맞은 거라고.(갑상선 관련 병인데 제가 초등학교 때라 무슨 병인지 확실히 모르겠네요.) 그리고 제가 19살에 가출을 해서 공장에 들어가 일하면서 공부해서 대학을 왔습니다.…… 제가 대학 와서 알게 된 끔찍한 일 두 가지가 있어요. 하나는 저희 언니가 결혼하면서 저한테만 몰

래 말해준건데. 어렸을 때 아버지가 언니가 자고 있으면 안방에 데려가서 만지고 그랬다고 하더군요. 엄마랑 이혼하고 불륜녀랑 재혼하기 전 기간동안요. 너무 충격을 받았고. 그때부턴 아버지가 쓰레기로 느껴졌습니다. 두 번째는 저희 친엄마요. 친엄마가 아버지랑 이혼 후 정신병을 앓다가 결국 돌아가셨답니다. 친엄마가 죽기 전에 편지를 남겼는데 불륜녀도 아버지도 용서한다고 그렇게 썼더라구요. 저랑 저희 언니가 엄마한테 말 안했어요. 그냥 잘 컸다고 했죠. 저랑 저희언니가 당하고 산거 말하면. 엄마가 과연 용서했을까. 아무것도 모르는 엄마가 그렇게 써 놓은 거. 제가 그 편지 다 찢어버렸죠. 아버지는 제 친엄마 돌아가신 것도 몰라요. 아팠던 것두요. 엄마가 죽고 나서 얼마나 괴로웠는지 몰라요. 그냥 집에 찾아가서 아버지도 불륜녀도 다 죽여버리고 나도 같이 죽을까 그런 생각을 수없이 했어요. 근데 배다른 동생 생각하니. 어린 동생 그 애가 무슨 죄냐 싶어서. 지금까지 입 다물고 있습니다.……

사례 2 옛 기억 때문에 힘들어요..

안녕하세요. 마음은 답답한데 어디다 적어야할지 몰라 여기다 적어요. 이번 계모에 관련된 기사를 보고 제 옛 기억이 자꾸 생각나네요. 본론만 얘기한다면 어릴 적에 병으로 친엄마를 잃었어요. 그 후에 바로 새엄마와 살게 되었구요. 새엄마와 15년 동안 살면서 제가 살아있다는 게 참 끈질기다 싶어요. 정말 개밥처럼 먹다 남은 밥과 상한 걸로 식사한 건 기본이구 학교에서 새엄마라고 소문나서 왕따 당했는데 가기 싫다고 못가겠다고 했더니 등굣길에 질질 끌려가고 맞으면서 등교했네요. 친엄마 돌아가시기 전엔 날씬했어요. 새엄마 만나면서 뚱

뚱해졌는데 저 개밥 먹이면서 이러더라구요 언제 죽냐구... 그때 초등학교 때였는데 정말 충격이었어요. 맞을 때마다 코피가 뚝뚝 떨어질 정도로 맞구요. 늘 머리엔 혹 달고 살구요. 동생이 어쩌다 저 때문에 화장실문에 손이 찍혔는데 그걸 똑같이 저한테 하더라구요.. 언니랑 오빠는 지켜만 보구.. 아빤 알면서 모른 척 하더라구요.. 이거 외에도 많지만 말이 길어질 것 같아요. 이 후에 20살 때 결혼한 언니 집으로 나오게 되었어요. 지금 25살인데.. 5년이면 저 기억들 잊을만한데 잊고 싶은데 안 잊혀져요. 오죽하면 새벽에 일어나서 울다 회사 나와요. 새엄마와 아빠가 내 인생 망쳐놓은 것 같아요.…… 새엄마랑 이혼할 수 있었는데 동생 때문에 이혼 못한 아빠, 내가 얼마나 힘들었는데.. 아무리 동생이 어려도 날 택했어야지. 아빤 내가 다 잊은 줄 알지? 아무 일 없는 척 웃고 있어도 정말 속은 타들어가. 아빠가 얼마나 큰 잘못을 했는지 가슴치고 못 박게 해줄 거야. 이제는 아빠를 사랑하는 마음보다 미움이 더 커 왜 그런지 모르겠는데 너무 미워.

사례 3 상황이 비슷하여 답 글 달아요.

저랑 상황이 비슷하시네요. 다만, 다른 점이 있다면 전 새엄마를 8살 때 만났다는 것 정도? 저희 아빠가 엄마랑 이혼하신 건, 제가 기억도 못 할 만큼 어렸을 때에요. 아빠가 일 때문에 저한테 신경을 못 쓰셔서 저는 친척집, 할머니 집 전전하다가 5~7살 정도를 보육원에서 보냈어요. 초등학교 입학 할 때가 되서야 아빠랑 같이 살게 되었는데, 보육원에서 집으로 가는 차를 타니, 새엄마가 있더라구요. 엄마의 기억이 전혀 없던 저는 만나자마자 엄마 엄마 하면서 잘 따랐고 새 엄마도 잘 해줬어요, 정말 친딸처럼. 근데 자기 자식 낳고 나서부터 돌변하기 시작했죠. 길바닥에 쓰려져서 맞은 적도 있구요, 자다가 새엄마 발로 얼굴 짓밟힌 적도 있구요, 보일러가 안방에 있는데, 학교 가는 아침에 안방 들어가 보일러 켜기 눈치 보여 찬물로 샤워하고, 머리 감고 다녔구요, 샴푸랑 린스 못 쓰게 높은 곳에 올려놔서 비누로 머리 감고 살았구요, 집에 물 콸콸 잘 나오는데도 매일 집에서 20분 정도 떨어진 약수터 가서 물 받아오고, 먹을 걸로도 엄청 차별 당해서 어렸을 땐 용돈 받는 족족 먹을 거 사서 제 방에 숨겨 놓고 그랬어요. 부부싸움 하는 날이면 항상 화살은 저에게 돌아왔고, 그러다 맞고 난리도 아니었죠. 그렇게 6년 동안 살다가, 저 초등학교 6학년 때 아빠가 또 이혼을 하셨어요. 그리고 재혼을 하셨죠. 두 번째 새 엄마한텐 엄마라고 부르지도 않았어요. 당한 기억이 있으니 아무리 잘해줘도 엄마라는 말이 안나오더라구요. 저 등교하기 전에 항상 머리 묶어주고, 같이 스티커사진도 찍고, 장도 보고 진짜 엄청 잘 해줬는데 역시나.. 자기 자식 낳으니까 또 구박하더라구요. 안방에 티비가 있었는데, 외출하는 날이면 안방문 잠궈 놓고 나가고, 한겨울에 제 방에 보일러 안 틀어줘서 옷 겹겹이 입고 잠바까지 입고 자고. 먹을 걸로 차별은 안 하더군요. 맞은 적은 딱 한번 있어요. 아빠가 부부싸움하고 집 나가던 날…… 저 안고 펑펑 울더군요. 친 딸로 생각하고 싶었는데 그게 쉽지가 않더라.…… 그 때가 18살이었는데, 전 학교를 그만 둔 상태여서 집에서 동생들만 돌보고 밖에 잘 나가지도 못하고 있었어요. 그러다, 고모가 언제까지 그렇게 살 거냐면서, 니가 유모도 아니고 왜 어린 나이에 집에서 애들만 보고 있냐면서 당장 고모 집으로 오라고 하더라구요. 그래서 맘 굳게 먹고, 놀러간다 그러고 집 나왔어요.…… 그 여자한테 문자가 와 있더군요. '당장 집에 안 들어오면 찾아서 죽여 버린다.'라는 내용이었어요. 남아있던 정도 떨어져서 그 후 연락도 안하고 집에도 안 갔습니다. 집 나오고 4년 후 처음 봤네요. 아빠가 명절 때 하도 오라고 난리쳐서.

사례 4 계모 밑에서 3년을 컸습니다.

저희 부모님은 제가 5살 되는 해 에 이혼하시고, 저는 아버지 따라 계모하고 3년을 살았습니다. 지금 와서 생각해 보니, 죽지 않고 살아 있는 것만 해도 천만 다행한 일입니다. 초등학교 들어가기 전까지 많은 구타와, 구박도 많이 받고, 심지어는 밥을 먹을 때도, 인간 이하에 밥을 주곤 했습니다. 그때는 너무 어린 나이라서, 아무런 힘도 없었고, 아버지가 퇴근 하고 오시기만 기다렸습니다. 저는 어린마음에 상처도 많이 받았을 뿐더러, 많은 눈물을 흘렸습니다. 아버지가 오시면 저는 너무 반가워서 안기려고 하면 눈치 받고, 아버지와 같이 밥이 먹고 싶으면, 같이 앉지도 못하고, 계모는 제 옆에 와서 아버지 몰래 허벅지를 꼬집곤 했습니다. 심지어는 부엌에 데리고 가서는 물 받아놓는 통이 있어요. 저를 거꾸로 쳐 박아서 수도꼭지 물 틀어 놓으려고 하다가 실패했죠, 왜냐구요? 저희 집에 가정부 언니하고 같이 살았거든요, 언니가 눈치를 채곤 수도계량기를 잠궈 놨으니 망정이지 그렇지 않았음 죽음에 길을 갔겠죠. 저는 그 여자를 용서를 못할뿐더러, 용서가 안 됩니다. 다행히도 저는 9살 되는 무렵에 친 엄마가 절 데리고 가서 지금까지 있었고, 가정주부에 한 아이엄마며, 한 남자에 아내로 살고 있습니다.……

사례1〉에서 글쓴이가 2살 때 부모님은 이혼을 했고, 아버지는 불륜녀와 재혼을 한다. 초등학교 3학년 때 계모의 반지가 없어지자 계모는 하루에 밥 한 공기 한 끼만 주면서 학교도 못 가게하고, 쇠파이프로 두 시간 세 시간씩 폭행을 한다. 뒤에 계모의 반지는 장롱 구석에서 나왔지만 계모와 아버지는 지금까지 한 일을 생각하면 더 맞아도 된다고 했다. 계모는 글쓴이에게 변기에 물을 떠먹게 하고, 곰팡이 핀 감자를 먹게 하고, 수챗구멍에 남은 음식쓰레기를 먹게 하며, 술 취해 들어와 글쓴이를 때렸다. 글쓴이는 19살에 가출해 공장에 들어가 일을 하며 대학에 왔다. 대학에 와서 글쓴이는 어린 시절 자신의 언니가 아버지에게 성추행을 당했다는 것을 알게 된다. 글쓴이와 언니가 당한 일을 모르는 엄마는 죽기 전에 아버지와 불륜녀를 용서한다는 편지를 썼고, 글쓴이는 그 편지를 찢어버린다. 글쓴이는 아버지와 불륜녀를 다 죽여 버리고 같이 죽고 싶지만, 이복동생 생각에 지금까지 입 다물고 살아가고 있다.

사례2〉에서 글쓴이는 어릴 적 엄마를 병으로 잃고 새엄마와 살게 된다. 새엄마와 15년 동안 살면서 자신이 살아있다는 게 참 끈질기다고 생각된다. 새엄마는 개밥처럼 먹다 남은 밥과 상한 음식을 줬고, 학교에 새엄마라는 게 알려지면서 왕따를 당해 못 가겠다고 하자 새엄마에게 질질 끌려 맞으면서 등교를 한다. 새엄마를 만나 뚱뚱해졌는데 새엄마는 개밥을 먹이면서 언제 죽느냐고 이야기를 하고, 글쓴이는 큰 충격을 받게 된다. 글쓴이는 새엄마에게 코피가 뚝뚝 떨어질 정도로 맞았고, 늘 머리에는 혹을 달고 다녔으며, 어느 날 자신의 실수로 동생이 화장실 문에 손이 찍히자 새엄마는 그걸 똑같이 글쓴이에게 했다. 언니랑 오빠는 지켜만 봤고 아빠 또한 알면서도 모른 척 했다. 글쓴이는 지금 25살이지만 옛날의 기억들은 잊혀지지 않고, 새엄마와 아빠가 자신의 인생을 망쳐놓은 것 같아 힘이 든다.

사례3〉의 여성은 친척집, 할머니집, 고아원을 전전하다가 초등학교에 입학할 때가 되어 아빠와 함께 살게 된다. 글쓴이는 엄마에 대한 기억이 전혀 없기에 새엄마를 잘 따랐고, 새엄마도 잘 대해줬다. 그러나 자신의 자식을 낳은 후 새엄마는 돌변해 길에 쓰러져 맞은 적도 있고, 자다가 새엄마의 발에 얼굴을 짓밟힌 적도 있고, 보일러 켜기가 눈치가 보여 찬물에 머리를 감고 다녔다. 집에 물은 잘 나왔지만 매일 20분 정도 떨어진 약수터에 가 물을 받아오고, 먹는 것으로 차별을 당했고, 부부싸움을 하는 날이면 화살은 글쓴이에게로 돌아왔다. 6년을 그렇게 살다가 아빠는 다시 재혼을 하고, 새로 들어온 새엄마 역시 처음에는 잘 해줬지만 자신의 자식을 낳은 후로는 또다시 구박을 했다. 안방 문을 잠 그어 티비를 못 보게 하고, 한 겨울에도 글쓴이의 방에는 보일러 안 틀어줬다. 아빠가 부부싸움하고 집을 나가던 어느 날, 새엄마는 글쓴이를 안고 펑펑 울며 친 딸로 생각하고 싶었는데 그게 쉽지가 않다고 이야기를 한다. 글쓴이는 18살에 고모가 시키는 대로 집을 나온다. 그 후 연락도 안하고 집에도 안 갔지만, 아빠가 명절 때 하도 오라고 난리를 쳐 4년 만에 그들을 다시 보게 된다.

사례4〉에서 글쓴이가 5살이 되던 해 부모님은 이혼을 하고, 글쓴이는 아버지를 따라 계모와 3년을 살았다. 계모는 초등학교에 들어가기 전까지 글쓴이를 구타했고, 인간 이하의 밥을 주었다. 그때는 너무 어려 아무런 힘도 없었고, 아버지가 퇴근 하고 오시기만 기다렸다. 그러나 아버지가 오셔서 반가운 마음에 안기려고 하면 계모는 눈치를 줬고, 아버지와 같이 밥이 먹으려고 하면 계모는 아버지 몰래 허벅지를 꼬집었다. 심지어 계모는 글쓴이를 부엌에 데리고 가 물 받아놓는 통에 거꾸로 쳐 박고 물을 틀어놓으려 했는데, 가정부 언니가 눈치를 채고 수도계량기를 잠가 살 수 있었다. 그 후 9살 무렵에 친모가 글쓴이를 데려갔고, 지금은 한 아이의 엄마이자 한 남자의 아내로 살고 있다. 지금도 글쓴이는 계모가 용서가 안 된다.

그렇다면 이처럼 계모가 자신을 신체적 정신적으로 학대하고, 심지어 살해하려고 했다는 사례들과 관련하여 앞서 살펴본 설화들은 무슨 이야기를 해줄 수 있을까?

여섯 살 난 여자 어린이가 대소변을 못 가린다는 이유로 의붓어머니한테서 상습적으로 폭행을 당해오다 끝내 숨졌다. 경기 평택경찰서는 24일 의붓딸을 마구 때려 숨지게 한 혐의(살인)로 정아무개(34여)씨의 구속영장을 신청했다. 정씨는 지난 19일 오후 자신의 집에서 의붓딸인 민아무개(6)양이 말을 듣지 않고 대소변을 가리지 못한다는 이유로 가슴과 배를 주먹으로 7~8차례 때려 장파열로 숨지게 한 혐의를 받고 있다. 경찰 조사 결과, 정씨는 8달 전부터 같은 이유로 민양을 상습적으로 폭행한 것으로 드러났다. 특히 국립과학수사연구소의 부검 결과 민양의 갈비뼈는 무려 8대가 부러져 있었으며 오른쪽 발목과 왼쪽 손목 등에도 골절 흔적이 있어 상습적으로 학대를 받았던 것으로 보인다고 경찰은 밝혔다.

이 기사는 2007년 4월 24일 한겨레신문에 보도된 것으로, 계모가 대소변을 못 가린다는 이유로 여섯 살 여자아이를 폭행해 결국 죽게 만들었다는 내용이다. 갈비뼈 8대가 부러지고 발목과 손목 등에도 골절 흔적이 있었다는 국립과학수사연구소의 부검 결과를 보면, 계모에 의한 학대의 심각성을 알 수 있다. 한 조사에 의하면 아동학대에서 계모(14%)보다 친부(31%)나 친모(14%)에 의한 아동학대가 더 많은 비중을 차지한다고 하지만, 핵가족에서보다 계모가정을 포함한 복합가정에서 자란 아이들이 신체적 학대를 당할 위험이 높다는 데 대한 공감대는 형성되어 있다. 그리고 현재까지도 계모에 의한 전실 자식의 폭행이나 죽음은 종종 언론에서 다루어져 왔으며, 시간이 지나도 근절되지 않고 있다. 전실 자식을 상해하거나 살인하려고 하는 설화 속 계모의 모습은 여전히 우리 사회에 존재하며, 제시된 사례들은 그런 계모에게서 살아남은 전실 자식들의 증언인 셈이다. 이런 사례들과 관련하여 설화가 이야기해줄 수 있는 부분은 다음과 같다.

첫째, 계모가정에서 아버지의 태도에 관해 생각해볼 수 있다. 사례들에서의 아버지는 계모의 전실 자식에 대한 학대를 방관하거나 계모에게 동조하거나 알면서도 모르는 척 지켜보고 있다. 아버지는 전실 자식을 도와주거나 전실 자식에게 힘이 되어주지 못하며, 계모와 아버지 사이에서 갈등이 유발될 때 전실 자식은 계모의 화풀이 대상이 되고 있다. 이런 아버지의 모습은 설화 속 아버지들과 묘하게 닮아 있다.

계모가 딸을 내쫓아야 집안이 편안하다며 전실 딸의 손목을 끊어 내보내자고 하자 전실 딸의 손목을 자르는 〈전처 딸 모해한 악독한 계모〉 설화의 아버지나, 전실 딸이 죽음을 목전에 두고 머루와 감을 먹고 싶다고 하자 죽을 년에게 필요 없다며 딸의 마지막 부탁을 거절한 〈까마귀와 접동새의 유래〉 설화의 아버지, 새로 이룬 가정에 대해 무관심하여 전실 딸들이 학대받는 사실 조차 모르는 〈전처 딸 죽인 계모〉 설화의 아버지들은 모두 이러한 아버지의 모습을 보인다. 또 [간 뺏길 뻔한 전처 아들] 설화군이나 [북두칠성이 된 일곱 쌍둥이] 설화군에서 전실 아들의 간을 빼달라는 계모의 요구에 전실 아들을 지켜주지 못하고 수수방관하거나 오히려 계모에게 동조해 아들을 죽이려고 하는 아버지, 계모가 전실 자식을 학대하는 것을 알면서도 적극적으로 막지 못해 전실 아들을 죽게 만든 〈전처 아들 죽인 계모〉 설화의 아버지들도 모두 사례에서의 아버지와 동일한 모습을 보인다. 반면에 계모가 전실 딸을 죽이려는 것을 알게 되자 전실 딸의 편에 서서 적극적으로 전실 딸의 문제를 해결해 주는 〈볶은 삼씨가 싹 날 리 있나〉 설화의 아버지나, 계모가 전실 자식을 죽이려 하자 전실 아들을 부잣집에 맡겨 키우며 아내 몰래 뒷바라지를 해주는 〈이붓 엄마와 노루의 간〉에서의 아버지는 보다 적극적으로 전실 자식의 문제를 해결해주기 위해 노력한다.

이처럼 아버지가 계모의 전실 자식에 대한 학대를 방관하거나 계모에게 동조하거나 알면서도 모르는 척 한다면, 전실 자식에 대한 계모의 학대는 필연적으로 일어날 수밖에 없다. 그러므로 계모와 전실 자식의 관계를 항상 주의 깊게 살피고, 양쪽의 어려움을 충분히 들어주고 조율해주는 남편이자 아버지의 역할이 무엇보다 중요하다는 것을 설화는 이야기해주고 있다.

둘째, 이복형제와의 관계에 관해 생각해볼 수 있다. 앞서 살펴본 〈의좋은 이복 자매〉에서 이복동생은 언니를 죽이려는 어머니에게서 언니를 지켜주며, 어머니가 언니를 자꾸 죽이려고 하자 함께 집을 떠난다. 동생은 이복언니의 편에서 그녀를 도와주고 있다. 여기서 지적해볼 수 있는 것은 계모가정 내에서 원만한 이복형제와의 관계는 전실 자식이 자신의 힘든 마음을 위로받고, 어려움을 극복해 나아갈 수 있는 힘을 줄 수 있다는 것이다.

물론 이복형제라는 것은 양면성을 가진다. 계모가정에서 새로운 아이의 출생은 가정의 입장에 따라 환영을 받기도, 환영을 받지 못하기도 한다. 왜냐하면 새로 태어난 동생은 기존 형제들과의 사이를 연결해주는 고리의 역할도 하지만, 기존 형제들에게 돌아갈 부모의 사랑을 빼앗는 경쟁자로 인식되기도 하기 때문이다. 부부사이에서도 새로운 아이의 출생이 둘의 관계를 돈독하게 해주고, 계모가정 내 모든 관계를 혈연으로 묶이게 해 결속을 다져주는 역할도 하지만, 계모에게 본인의 자식에게만 모성(母性)을 발휘하게 함으로써 기존 형제들을 배타적으로 대하게 만드는 계기가 되기도 한다. 설화에서나 사례에서나 본인의 자식이 태어나면서, 전실 자식과 본인 자식을 차별하고 전실 자식을 배척하여 계모가정 내 갈등이 유발되는 현상은 어렵지 않게 찾아볼 수 있다. 그러나 새로운 아이가 계모가정에서 긍정적으로 작용할 경우, 새 아이의 출산은 계모가정에 친밀감을 형성해주고 안정감을 부여해주는 계기가 될 수 있다.

셋째, 계모 자신의 문제에 관하여 생각해볼 수 있다. 본장에서 다루어진 전실 자식을 상해하거나 살인하려고 하는 계모들의 모습은, 계모가정의 어두운 면을 가장 잘 보여줄 수 있는 부분이며 더불어 계모의 심리를 잘 이해할 수 있게 하여 계모가정 내 전실 자식 학대 문제를 미연에 방지하게 하는 계기가 될 수도 있다. 안다는 것은 모르는 것보다 실천할 수 있는 여지가 더 커지기 때문이다.

성인들이 계모가정을 이룰 때 믿게 되는 비현실적인 믿음 중 하나가 "서로 사랑하고 돌보는 마음은 금방 생겨날 것이다."라는 믿음이

다. 전실 자식을 사랑하지 않는 경우에도 계모는 죄책감을 느끼고, 전실 자식을 사랑한다고 해도 계모는 죄책감을 느낀다. 아마도 자신의 친자식에게 줄 사랑을 전실 자식에게 주었다고 생각하기 때문일 것이다. 또한 친부(親父)는 아내인 계모에게 전실 자식들을 사랑하라고 압력을 가하고, 전실 자식 또한 계모를 배려하고 사랑하도록 요구를 받는다. 그러나 새로운 관계에서 친밀감이라는 것은 금방 생겨나는 것이 아니며, 계모가정 내 관계가 편안해지고 원만해지기까지는 많은 시간이 필요하다. 또 자녀의 어머니에 대한 애착은 아버지에 대한 애착보다 강하기 때문에 '또 다른 엄마(another mother)'를 갖는 것은 '또 다른 아빠(another father)'를 갖는 것보다 어려우며[44], 계모에 대해 사랑과 애정의 감정을 지니는 것을 헤어진 부모에 대한 배신행위라고 생각하기에 계모와의 관계에서 다른 어떤 것보다 스트레스를 준다고 한다.[45] 그리고 계모에 대한 사회적인 편견이나 선입견 또한 계모에게는 스트레스로 작용을 한다.

계모는 이런 모든 어려운 문제들을 떠안고, 어려운 선택을 한 사람들이다. 그러므로 계모가정을 이룬 남편이나 친족들은 계모의 이러한 어려움들을 생각하고 배려해줄 필요가 있으며, 계모가정에 대한 사회적인 편견이나 선입견 또한 이제는 변화될 필요가 있다. 이러한 사회적 합의가 잘 이루어질 때, 계모가정 또한 여러 가지 가정형태 중 하나로 자리 잡게 될 것이다.

---

44. 임춘희 · 정옥분, 「초혼계모의 재혼가족생활 스트레스와 적응에 대한 경험적 연구」, 『대한가정학회』 제35권, 5호, 1997, 78면.
45. 루이스는 이것을 충성신화(Loyalty myth)라고 명명했다.(유영주 외, 『새로운 가족학』, 신정, 2004, 434면 참조.)

9장

계모와 전실 자식 간의 성공적 관계

1) 구비설화에 나타난 갈등양상과 해결방안

계모와 전실 자식 간의 성공적인 관계를 보이는 설화군으로 먼저 [아이 밟아 죽인 잘못 덮어준 계모]가 있다. 이 설화군은 『한국구비문학대계』에 4편이 수록되어 있는데, 이 중 계모가 등장하는 것은 〈계모 은덕으로 정승이 된 이야기〉와 〈착한 서모〉이다.[46] 이 설화의 줄거리를 요약해 보면 다음과 같다.

(1)유정승이 어릴 때 계모가 들어왔는데 동생을 낳았다. (2)하루는 유정승이 계모가 있는 방으로 책 한권을 가지러 갔다. (3)유정승이 들어가 보니 생후 몇 개월 되지 않은 동생이 자고 있었는데, 그 위 선반에 자기

46. 이 외 동일한 사건이 유발되지만 〈말 참은 덕에 복 받은 부인〉과 〈착한 형수〉에서는 계모와 전실 자식의 관계가 형수와 시동생의 관계로 나타난다.

> 가 원하는 책이 있었다. (4)유정승이 받침을 놓고 겨우 책을 가지고 내려오다가, 잘못하여 동생 목을 밟아 죽이게 되었다. (5)유정승이 계모에게 발을 헛디뎌 동생을 죽인 이야기를 하니, 계모가 아무 말 말고 서당에 가라고 하였다. (6)계모가 종을 불러 아이가 급경기가 나니, 샌님에게 가서 아이가 급경기가 나서 약을 먹여도 죽어버렸다고 전하라 하였다. (8)유정승의 아버지는 그 뒤로 아이가 경기가 나서 죽은 것으로 알았다. (9)유정승이 커서 급제를 하여 도임잔치를 하는데, 자기 아버지에게 가서 자신이 누구의 덕으로 급제를 한 것이냐고 물었다. (10)유정승의 아버지가 나라님 덕과 선영의 덕이라고 하자, 유정승이 계모님 덕이라며 실수로 동생을 죽인 이야기를 하였다. (11)온 동네 사람들이 그 이야기를 듣고 박수를 치며, 정승의 계모님이 될 만한 어른이라며 치사하였다. (12)유정승이 후에 계모가 죽었다는 소식을 듣자 나라에 사표를 냈다. (13)임금이 친모도 아닌 계모가 죽었는데 사표를 쓴 이유를 묻자, 유정승이 그 이야기를 하였다. (14)유정승이 상주로 삼년상을 마치자, 나라에서 유정승을 불러 다시 정승을 시켰다.[47]

설화에서 주인공으로 등장하는 인물은 유정승인데, 그가 어렸을 때 계모가 들어왔고 이복동생을 낳았다. 하루는 계모가 있는 방으로 책 한 권을 가지러 갔는데, 생후 몇 개월이 안 된 동생이 자고 있었고 책은 그 위 선반에 있었다. 유정승은 받침을 가져다 놓고 책을 꺼냈는데, 발을 헛디뎌 동생의 목을 밟아 죽인다. 〈착한 서모〉에서도 환갑을 맞은 사람이 친구들을 모아놓고 비밀을 폭로하겠다고 하는

---

47. [한국구비문학대계] 8-6, 630-634면, 남하면 설화21, 계모 은덕으로 정승이 된 이야기, 채길몽(남, 65)

데, 그 사람은 세 살 때 어머니가 죽고 계모를 맞이하게 된다. 얼마 뒤 계모에게서 동생이 태어났는데, 어느 날 벽장에서 밤을 꺼내먹고 팔짝 뛰다가 그만 동생을 밟는다.

이 두 설화에서 계모가정 내 갈등이 유발되는 이유는 전실 자식이 실수로 자신의 이복동생을 밟아 죽인 것이다. 이것은 분명 실수지만 사람을 죽인 큰 사건이며, 계모에게는 자신이 낳은 아이가 전실 자식으로 인해 죽게 된 상황이 발생하게 된다.

〈계모 은덕으로 정승이 된 이야기〉에서 유정승은 계모에게 사실을 이야기하고, 계모는 아무 말 말고 서당으로 가라며 유정승을 보낸다. 그 뒤 계모는 경기가 나 아이가 죽었다고 하고, 남편은 아이가 경기로 죽은 줄로만 안다. 후에 유정승이 과거에 급제해 아버지에게 누구의 덕으로 급제를 한 것이냐고 묻자, 아버지는 나라님과 조상의 덕이라고 이야기를 한다. 그러자 유정승은 자신이 잘 된 것은 계모의 덕이라며 예전 일을 이야기하고, 동네 사람들은 계모를 칭송한다. 계모가 죽자 유정승은 사표를 내고 삼년상을 마친다. 이어진 〈착한 서모〉에서는 그가 겁이 나 비실비실 달아나자 계모는 왜 그러냐고 묻고, 이야기를 들은 계모가 아이는 괜찮다고 하자 그는 그 말만 믿고 밖으로 나가서 논다. 나중에 아버지가 돌아오자 계모는 아이가 갑자기 토하다 죽어 진흙에 갖다 묻었다고 말했고, 아버지는 죽는 날까지 그렇게 알았다. 두 설화에서 계모는 아이가 자연사한 것으로 만들어, 전실 자식에게 쏟아질 사람들의 비난을 막아주며 남편에게조차 전실 자식의 잘못을 철저하게 숨겨준다.

그리고 전실 자식은 계모에게 감사한 마음을 갖는다. 〈계모 은덕으로 정승이 된 이야기〉에서 유정승은 자신이 과거에 급제한 것이

모두 계모의 덕이라고 한다. 그리고 자신의 입으로 계모가 자신에게 해준 일을 이야기하며, 계모가 죽었을 때 나라에 사표를 내고 그녀의 삼년상을 지낸다. 이것은 유정승이 계모를 자신의 친모와 동일하게 대우하였음을 나타내는 것이다. 〈착한 서모〉에서도 전실 자식은 환갑에 친구들을 모아놓고, 자신이 동생을 실수로 죽인 일과 계모가 그 일을 어떻게 처리했는지 고백한다. 아버지가 죽는 날까지 이복동생이 자연사한 것으로 알았다는 것은 계모가 이 사실을 아무도 모르게 철저히 숨겨주었다는 것이다. 그리고 모여 있던 친구들은 그런 계모가 세상에 어디 있냐며, 그녀의 행동에 탄복한다.

다음으로 이야기해볼 수 있는 것은 〈윤병계의 출생담〉이다. 이 설화는 『한국구비문학대계』에 한 편이 수록되어 있다. 대강의 줄거리를 요약해보면 다음과 같다.

> (1)어떤 사람이 어려서 생모가 죽고 계모 시하에서 산다.(설화에서의 시작은 윤병계가 생모가 죽고 계모 시하에서 산다고 나오는데, 이야기의 결말로 보면 윤병계는 후실 소생으로 나온다.) (2)하루는 전실 아들이 병이 들어 자꾸 작아지다가, 11살이나 먹은 아이가 버선목에 들어갈 만큼 줄어든다. (3)전실 아들이 그렇게 되자, 계모는 아들을 고치려고 수천 석 하는 재산을 다 없앤다. (4)대흥에 허의(許醫)가 하나 있는데, 그가 명의란 말을 듣고 찾아가 아이를 보여준다. (5)허의는 아이를 고치기 위해 의서를 뒤지지만 비슷한 것이 없다. (6)하루는 꿈에 눈이 잔뜩 왔는데, 계모가 어린애를 앞세우고 들어온다. 어떻게 고쳤냐고 하자 어떤 도인을 만났는데, 그가 아이를 보더니 '이건 인골질(引骨疾)이라고 하며 사람의 젖만 장복을 시키면 차차 커서 회복을 할 것이라고 했다. (7)꿈을 깬 허의는 아이를 데리고 찾아온 계모에게 사람의 젖을 장복시키면 차차 회복

이 될 것이라고 한다. (8)계모가 어린애가 있는 집들을 찾아다니며 젖을 얻어 먹이고 몇 달이 지나자 아이는 회복이 된다. (9)계모가 집에 앉아있는데 사당 문이 열리더니 웬 젊은 부인 하나가 나와 큰 절을 하고 자신은 아이의 생모라고 이야기한다. 그리고는 부인의 정성으로 아이의 목숨을 구했다며, 원래 부인은 팔자에 자식이 없는데, 은혜를 갚고자 옥황상제께 부탁해 귀자(貴子) 하나를 점지해 달라고 부탁을 했다고 한다. (10)계모에게서 태어난 아들이 윤봉조이다.(화자의 구술에서 윤병계와 윤봉조는 동일 인물이다.[48]

이 설화는 계모의 전실 자식에 대한 정성과 애정을 보여준다. 여기서 전실 자식은 점점 작아지는 병에 걸리고, 계모는 전실 자식을 살리기 위해 수천 석 하는 재산을 다 쓰고도 의원을 찾아다닌다. 결국 허의라는 사람을 만나게 되는데, 허의는 꿈속에서 아이를 살릴 수 있는 방도를 얻게 되고 계모는 의원의 이야기대로 어린애가 있는 집들을 찾아다니며 젖동냥을 해 전실 자식에게 먹인다. 그리고 아이는 회복이 된다. 수천 석 하는 재산을 아이를 위해 다 써버리는 것이나, 몇 달을 아이를 살리기 위해 젖동냥을 다니는 계모의 행동은 그녀가 전실 자식을 자신의 친자와 마찬가지로 여기고 있음을 보여준다. 그리고 이러한 계모의 노력 덕분에 전실 자식은 회복이 된다.

어느 날 계모가 집에 있는데 사당의 문이 열리며 한 젊은 여인이 나타나고, 여인은 계모에게 절을 하며 자신은 전실 자식의 생모(生母)라고 이야기를 한다. 그리고 계모의 팔자에는 자식이 없는데, 계

---

48. [한국구비문학대계] 4-3, 149-152면, 송악면 설화2, 윤병계(尹屛溪)의 출생담, 이용정(남, 82)

모의 정성에 보답하기 위해 자신이 옥황상제께 귀한 자식을 점지해 달라고 부탁을 했다고 한다. 그 후 계모는 윤병계라는 아들을 얻게 된다. 여기서 계모가 전실 자식에 들인 정성은 귀한 자식의 탄생이라는 보상을 받게 되는데, 이 설화는 전실 자식을 위한 계모의 정성과 희생이, 죽은 친모에 의해 보답을 받는 상황이 그려지고 있다.

다음으로 살펴볼 설화는 〈영조 후비 김씨〉이다. 이 설화에서는 세손을 위해 자신의 자식을 낳지 않으려고 하는 계모의 모습이 그려진다. 설화의 대강의 줄거리를 요약해보면 다음과 같다.

영조가 태어나기까지의 과정에 관한 서술 (1)영조가 오랫동안 임금을 했지만 아들이 없었다. (2)서씨 부인이 죽고 재취 부인을 얻었는데, 그녀가 경주 김씨였다. (3)김씨와 관련해서 일화가 있다. 그녀의 아버지는 아주 가난하였는데 어머니가 전염병에 걸리고 그녀 또한 젖먹이라 엄마와 함께 병막으로 보내진다. 병막이 외딴 곳에 있으니 도깨비가 많았는데, 도깨비 중 가장 어른 도깨비가 젖먹이를 보고는 여기 곤전(坤殿), 즉 임금의 부인이 내림하셨다고 한다. 그리고 엄마와 아이는 모두 살아 집으로 돌아온다. (4)그해 겨울에 서산에서 서울로 이사를 가는데, 어린애를 등에 벌거숭이로 업고 가니까 서산 부사인 이사관이란 사람이 자기가 입었던 돼지가죽으로 만든 웃옷을 덮어준다. (5)몇 해 후 어린애는 자라 시집을 갈 나이가 되고, 마침 영조가 상처를 해 간택을 하게 된다. (6)뽑힌 처녀들에게 방석 한 가운데 주혼자(主婚者)의 이름을 쓰고 자신의 자리에 앉게 하는데 처녀는 방석에 앉지 않았고, 그 이유를 묻자 아버지의 이름을 깔고 앉을 수 없다고 말한다. (7)처녀들에게 세상에서 제일 높은 게 무엇이냐고 하자 다른 처녀들은 높은 산 이름을 이야기하는데, 이 처녀는 보릿고개가 높다고 말한다. 그 이유가 무엇이냐고 하자 산은 아무리 높아도 올라갈 수 있지만 보릿고개는 못 넘어서 죽는 사람이 많다고 한다. (8)제일 깊은 것은 무엇이냐고 하자 다른 처녀들은 강 이름을 말하는데 이 처녀는 사람의 마음이 제일 깊다면서 물은 퍼내고 메우면 밑바닥을 볼 수 있지만, 사람은 참마음을 모른다고 한다. (8)무슨 꽃이 제일 좋으냐고 하자 이 처녀는 목화 꽃이 제일 좋다고 하며, 다른 꽃들은 일시적으로 꽃만 볼 뿐이지만 목화 꽃은 옷을 해 입을 수 있다고 한다. (9)왕비가 된 처녀에게 영조는 아들을 바라고 보약을 지어 먹이지만, 처녀는 마시는 척 하며 쏟아버린다. 왜 그러냐고 하자 후비는 세손이 있는데 만일 아들을 낳는다면 세손은 죽게 된다고 한다. (10)그래서 자식이 없이 죽었다고 한다.[49]

설화에서 대부분의 분량을 차지하는 것은 영조후비인 김씨의 성품이다. 김씨는 태어날 때부터 도깨비가 곤전(임금의 부인)으로 인정해준 사람이며, 성품이 어질고 지혜로운 사람이다. 영조는 그녀의 지혜로움에 김씨를 부인으로 간택하고 그녀에게서 아들을 낳기를 원한다. 그러나 김씨는 자신이 아들을 낳는다면 사도세자의 아들인 세손이 죽게 된다며 보약을 거부하고, 끝까지 자식을 낳지 않는다. 김씨는 사도세자의 아들인, 훗날 정조를 위해 아들을 낳는 것을 거부하는데 이는 계모가 전실 자식을 위해 자신의 자식을 낳지 않는 것과 동일한 상황이다. 그러므로 여기서 다루어 보았다.

이어지는 설화는 〈악한 서모, 착한 서모〉로 이것은 『한국구비문학대계』에 한 편이 수록되어 있다. 대강의 줄거리는 다음과 같다.

(1)어떤 사람이 아들 하나를 낳고 마누라가 죽었다. 어린애를 고생시

49. [한국구비문학대계] 2-6, 82-90면, 횡성읍 설화13, 영조 후비 김씨, 김태진(남, 76)

킨다고 새장가를 마다했는데, 젊은 사람이라 자꾸 권하니 장가를 든다. (2)여편네가 자기가 아이를 낳으면 그 아이에게 살림이 얼마 돌아가지 않을 것이라고 생각해, 전실 자식을 없애려고 한다. (3)친정 아버지 환갑이 가까워지자 친정에 가, 부리는 하인에게 살림도 주고 장가도 보내준다며 환갑날 아이를 데리고 오면 높은 산에 데려가 죽이라고 한다. (4)환갑날 해가 저물어 갈 때 곶감으로 살살 아이를 꾀어 빼내 하인에게 주고, 하인이 아이를 데리고 높은 산으로 데려간다. (5)나막신을 팔던 동네 사람이 하인이 아이를 굴려 죽이려는 걸 발견하고 소리를 지르자, 하인은 아이를 두고 내뺀다. (6)나막신 장수는 아이를 데리고 동네로 내려오고 아버지는 계모가 한 짓을 알게 된다. (7)이틀 뒤 계모가 떡과 음식을 잔뜩 싸가지고 오다가, 남편이 작대기를 들고 쫓아가자 도망을 가 버린다. (8)혼자 살던 사람은 주위에서 권하자 또 장가를 드는데, 전실 자식은 열 살이 되고 계모가 낳은 아이가 다섯 살이 되어 의좋게 글방을 다닌다. (9)노는 날 이들 형제는 동네 부잣집 외아들과 함께 셋이 머루를 따러 산으로 올라간다. (10)해가 저물어도 아이들이 오지 않자 어른들은 산으로 아이들을 찾아가고, 부잣집 아이가 죽은 것을 발견하게 된다. (11)형제는 서로 자신이 죽였다며 상대에게 집으로 가라고 하고, 부잣집에서는 원에 이들을 고소해 형제는 잡혀간다. (12)원에서 전실 아들과 이복동생이 서로 자신이 부잣집 아들을 죽였다고 하자, 원님은 형제의 어머니를 부르고 형제 중 누구를 죽이겠냐고 묻는다. 그러자 계모는 큰 아이는 전처소생이고 작은 아이는 자신의 소생이라며 작은 아이를 죽여 달라고 한다. (13)원은 저렇게 후덕한 집안에서 교육을 받은 애들이 남의 애를 죽이지 않았을 것이라며 형제들을 석방한다. (14)부잣집 애는 머루를 따려고 소나무에 올라갔다가 떨어져 죽은 것이었다.[50]

---

50. [한국구비문학대계] 4-2, 36면, 신탄진읍 설화2, 악한 서모, 착한 서모, 유해조

이 설화에서는 두 가지 모습의 계모가 등장하는데, 본장에서 다루는 것이 계모와 전실 자식의 성공적인 관계인만큼 후자만을 다루어 보겠다. 첫 번째 계모가 쫓겨나고 아버지는 두 번째 계모를 맞이하게 되는데, 전실 자식과 계모가 낳은 이복동생은 의좋게 잘 자란다. 전실 자식이 열 살, 이복동생이 다섯 살 되던 어느 날 이들 형제는 이웃의 부잣집 아들과 함께 산으로 머루를 따러 간다. 그런데 밤이 늦도록 이들은 돌아오지 않고, 사람들은 아이들을 찾아 산으로 올라갔다가 죽어있는 부잣집 아들을 발견하게 된다. 이 설화에서는 이웃집 아이가 죽음으로 인해 계모가정에 문제가 발생하게 된다.

형제는 서로 자신이 부잣집 아이를 죽였다고 하고, 원님은 이들의 어머니를 불러 누구를 죽이겠냐고 묻는다. 그러자 계모는 큰 아이는 전처소생이고 작은 아이는 자신의 소생이라며 작은 아이를 죽여 달라고 한다. 자식은 부모의 소유물이 아니기에, 그의 목숨을 부모가 마음대로 좌지우지 할 수는 없다. 다만 여기서 이야기하는 것은 계모가 자신이 낳은 친자보다도 전실 자식을 더 아끼고 우선시한다는 점이다. 계모의 말에 원님은 저렇게 후덕한 집안에서 교육을 받은 아이들이 남의 애를 죽이지는 않았을 것이라고 하며, 이들을 무죄방면 한다. 여기서 문제해결의 열쇠가 되는 것은 전실 자식을 자신의 자식보다도 귀하게 여기고 감싸 안는 계모의 어진 마음씨이다. 그리고 그것에 감동한 원님은 이들 형제를 풀어준다.

이와 동일한 이야기로 〈친어머니보다 나은 계모〉[51]라는 설화가 있

(남, 72)

51. 친어머니보다 나은 계모, 최치만 구술, 174-177면, 1982년(민간설화자료집3, 연변대학교 조선문학연구소 저, 허경진 역, 보고사, 2006.04.28). (1)옛날 자그

는데, 이것은 『한국구비문학대계』에 수록된 것은 아니지만 비슷한 이야기의 흐름을 보여주기에 함께 다루어보도록 하겠다. 설화에서 한 선비가 아내와 아들을 하나 두고 사이좋게 살다가, 아내가 병으로 죽고 계모를 맞아들인다. 계모는 아들을 하나 낳았는데 마음씨가

마한 고을에 한 선비가 슬하에 아들 하나를 두고 아내와 사이좋게 지내다가 아내가 갑자기 득병하여 세상을 떴다. (2)그 후 선비는 어린 것을 데리고 살아가기 어렵게 되어 후실을 맞았다. (3)후처는 이 집에 들어와 아들을 낳았는데 마음이 고와 네 아들이니 내 아들이니 하고 쪽을 놓지 않았을 뿐더러 전처의 아들을 더 살뜰하게 보살펴주었다. (4)어머니가 이렇게 보살피니 아이들도 의좋게 지냈고, 부부사이도 화목했다. (5)하루는 두 형제가 동리에 나가 이웃에 사는 아이와 놀았는데 장난삼아 밀고 당기다가 슬쩍 밀쳐놓은 것이 그만 이웃집 아이가 넘어져 죽었다. (6)아이가 죽은 집에서는 이 일을 관가에 소송했고 두 아이들은 관가에 잡혀갔다. (7)관가에서는 판결을 내리자니 어느 아이가 이웃집 아이를 죽였는지 알 수 없어 두 형제를 불러내다 문초를 했다. (8)형이 먼저 그 애는 자기가 밀어놓아 죽었다고 하자 동생이 나서면서 그 아이는 내가 밀어놓아 죽었다면서 내가 죽였다고 했다. 형제가 서로 제가 죽였다고 나서자 관가에서는 바른대로 말하지 않으면 둘 다 죽이겠다고 했더니 형은 자기가 죽였으니 동생을 죽여서는 안 된다고 했고, 동생은 자기가 죽였으니 형님을 살려달라고 했다. (9)관가에서는 아이들을 기른 어머니가 잘 안다는 생각에 아이들의 어머니를 불러왔다. (10)선비의 아내는 사연을 듣더니 죽이겠으면 저 작은 아이를 죽이라고 했다. (11)관가에서 누가 죽였는지도 모르고 작은 놈을 죽이라 하는가 하고 묻자, 선비의 아내는 큰 아이는 제가 낳은 아이가 아니라면서 같은 죄라 할 때 자기가 낳은 자식을 죽여야지 어머니까지 없는 애를 죽이면 저승에 가서 무슨 면목으로 저 애의 어머니를 대하겠냐고 했다. (12)관가에서 들어보니 어린것들도 대단하고 계모는 친어머니보다 나았다. 고을 원이 관하의 사람들을 모아놓고「양심대로 말해서 제 집에 이런 일이 생긴 일이라면 어느 아이를 죽이라 하겠냐」하고 묻자 모두들 말이 없었다. (13)원은 이 일은 아이들이 실수로 생긴 일이니 이웃에 가서 사실을 고하고 그 집에서 다른 말이 없으면 애들을 석방하라고 했다. (14)형방이 이웃집에 가서 사실을 말하자 이웃집 사람은 눈물을 머금고 그렇게 훌륭한 애들이 그렇게 훌륭한 어머니 품에서 자라는걸 보는 것이 소원이라면서 놓아달라고 했다. (15)이후 두 집은 친형제처럼 지냈고, 두 형제는 이웃에 사는 사람들을 큰아버지 큰어머니라고 부르며 친부모처럼 대했으며 이웃에 사는 집에서도 애들을 제 자식처럼 생각했다.

고와 이들을 차별하지 않았고 전실 자식을 더 살뜰하게 보살핀다. 어머니가 이렇게 하니 아이들도 의좋게 지냈고 부부사이도 화목했다. 하루는 형제가 이웃에 사는 아이와 놀다가, 장난삼아 밀고 당기다 밀은 것이 문제가 되어 이웃의 아이가 넘어져 죽게 된다.

아이가 죽은 집에서는 이 일을 관가에 고발했고 형과 동생은 서로 자신이 이웃집 아이를 죽였다며 서로를 살려달라고 했다. 관가에서는 아이들을 기른 어머니가 잘 알 것이라는 생각에 어머니를 불러온다. 계모는 작은 아이를 죽이라고 하면서, 큰 아이는 자신이 낳은 아이가 아니니 큰 아이를 죽이면 자신이 저승에 가 무슨 면목으로 저 애의 어머니를 대하겠냐고 했다. 관가에서 들어보니 아이들도 대단하고, 계모는 친모보다 나았다. 고을 원님이 관하의 사람들을 모아놓고 양심대로 말해 제 집에서 이런 일이 생긴다면 어느 아이를 죽이라고 말하겠냐고 하자, 사람들은 모두 말이 없었다. 원님은 이 일은 아이들이 실수로 생긴 일이니 이웃에 가 사실을 고하고, 그 집에서 아무 말이 없다면 애들을 석방하라고 한다. 이웃은 그 이야기를 듣고 눈물을 머금으며 그렇게 훌륭한 어머니 품에서 아이들이 자라는 것을 보고 싶다고 하면서 아이들을 놓아달라고 한다. 이웃은 친자보다 전실 자식을 더 위하는 계모의 마음에 감격하여, 아이들의 실수를 용서해주는 것이다. 이후 아이들은 이웃집에 사는 사람들을 큰아버지 큰어머니라고 부르며 친부모처럼 대했고, 이웃집에서도 애들을 제 자식처럼 생각했다. 이 설화에서도 역시 계모의 어진 성품이 문제해결의 열쇠가 되고 있는데, 관하의 사람들이 원님의 물음에 아무 말도 하지 못하는 것은, 사람이기에 피가 섞이지 않은 전실 자식보다 자신의 친자식이 더 귀한 것은 인지상정이다. 그런데 이 설화에서 계모는 사람으로서는 하기 힘든 일을 행하고 있고, 이에 감동한 이웃은 형제를 용서해준다.

앞서의 설화들이 계모의 희생을 보여준다면, 다음에 제시될 두 편의 설화 〈넙적다리 베어 서모(庶母)의 병 고친 효녀〉와 〈효도(孝道)로 계모의 마음을 돌린 아들〉은 전실 자식의 희생으로 말미암아 성공적인 계모가정이 이루어지고 있다. 먼저 〈넙적다리 베어 서모(庶母)의 병 고친 효녀〉이다. 이 설화는 『한국구비문학대계』에 한 편이 수록되어 있는데, 대강의 줄거리는 다음과 같다.

> (1)옛날에 전주(全州)에 사는 사람이 상처(喪妻)를 하고 후처(後妻)를 얻었다. (2)후처가 병이 들어서 백약이 무효였다. (3)본처 딸이 서모(庶母)에 병을 고치려면 사람 고기를 먹어야 한다는 꿈을 꾸었다. (4)본처 딸이 부엌칼을 갈아 넙적 다리를 베어 구어 계모에게 먹였다. (5)후처의 병이 나았는데 딸은 방안에서 나오지를 않았다. (6)왜 나오지 않느냐고 하자 몸이 아파서 그런다고 하고, 살펴보니 다리를 못 썼다. (7)왜 그러느냐고 하자 다리에 부스럼이 나 싸맸다고 했다. (8)나중에 전처 딸이 넙적 다리를 베어 먹인 것이 알려져 칭찬을 많이 받고 상도 받았다.[52]

전주에 사는 사람이 상처를 하고 후처를 얻었는데, 후처가 병이 들어 백약이 무효였다. 본처 딸이 꿈을 꾸었는데 한 노인이 나타나 사람의 고기를 먹으면 나을 수 있다고 하였다. 본처 딸은 계모의 병을 고치기 위해 자신의 넙적 다리를 베어 그녀에게 먹인다. 계모는

---

52. [한국구비문학대계] 3-4, 691-692면, 상촌면 설화10, 넙적다리 베어 서모(庶母)의 병 고친 효녀, 윤용팔(남, 77)

병이 나았지만 본처 딸은 다리를 못 쓰고, 그 이유가 계모를 위해 넙적 다리를 베어먹였기 때문이라는 것이 알려지면서 본처 딸은 칭찬을 받게 된다. 설화에서 본처 딸은 자신을 희생하여 계모의 목숨을 살리고 있다. 다음의 설화에서도 전실 아들은 계모를 극진한 효로 받듦으로써 계모의 마음을 돌리고 있다. 〈효도(孝道)로 계모의 마음을 돌린 아들〉 또한 『한국구비문학대계』에는 한 편만이 수록되어 있다. 대강의 줄거리는 다음과 같다.

(1)좌승상인 사람이 한림(輪林)인데 이전에 계모가 들어왔다. (2)전실 아들은 한림이고 계모의 자식은 행지였다. (3)남편이 없는 사이 계모는 전실 자식을 죽이려고 아프다며 드러누웠다. (4)계모는 삼동(三冬)에 죽순이 먹고 싶다고 했다. 한림이 대밭에 가 대를 잡고 우니 죽순이 올라와 계모에게 죽순을 해줬다. (5)또 잉어가 먹고 싶다고 해 한림이 얼음을 깨고 강변에 앉아서 우니 잉어가 튀어 올라 왔고 계모에게 먹였다. (6)계모가 한림을 죽일 수가 없었고 다시 한림을 죽이고자 삼복지시(三伏之時)에 홍시가 먹고 싶다는 꾀를 냈다. (7)한림이 홍시를 구하려고 나가니, 호랑이 한 마리가 앉아 있다가 등에 업히라고 했다. (8)호랑이가 산속 깊숙이 들어갔는데 한 집이 나왔다. (9)그 집에서는 그날 저녁이 어머니 제사라 음식을 내왔는데, 계모가 원했던 홍시가 소복하게 올려져 있었다. (10)한림이 홍시를 한쪽에 두고 음식을 먹고 있으니 집주인이 뭐하려고 하냐고 묻고, 한림은 우리 어머니께 갖다 드리려 한다고 했다. (11)주인이 내가 매년 우리 어머니 제사를 모실 때 홍시를 많이 묻는데, 많이 되면 네 다섯 개가 살더니 올해는 묻는 홍시가 많이 살았다면서 당신 때문에 그런 것이라고 했다. (12)한림이 홍시를 얻어 나오니 호랑이가 기다리고 있었고, 호랑이 등에 업혀서 집으로 가 홍시를 계모에게 주었다.

(13)하늘에 사무치는 효도가 되니 결국 살아남았고 한림이 천하를 차지했다.[53]

계모는 한림을 죽이려고 불가능한 일을 거듭 시키지만, 한림의 효에 하늘은 불가능한 일을 가능하게 바꾸어준다. 한림이 추운 겨울에 죽순과 잉어를 구하고, 삼복에 홍시를 구하는 것은 계모에 대한 그의 지극한 효가 하늘에 닿았음을 이야기한다. 한림은 자신을 죽이려는 계모에게 최선을 다하고 자신을 희생해 그녀에게 맞추어준다.

이 두 편의 설화에서 화자는 전실 자식이 계모에게 극진한 효를 행했다고 하지만, 이들은 자신을 희생하여 계모가정을 유지하고 있다. 그러므로 전실 자식의 희생은 계모가정을 유지하고 계모와 전실 자식 간의 성공적인 관계를 만들어주는 또 하나의 해결방안이 될 수 있다.

2) 실제 계모가정 내 가족갈등 사례에의 적용

다음에서는 계모와 전실 자식 간의 성공적 관계를 보여주는 실제 사례들을 살펴보고, 성공적인 계모가정을 유지하기 위한 조건은 무엇인지 확인해 보고자 한다.

---

53. [한국구비문학대계] 6-4, 711-712면, 낙안면 설화29, 효도(孝道)로 계모의 마음을 돌린 아들, 선수모(남, 81)

사례 1 우리엄마는 새엄마

우리엄마는 아가씨였다... 11살 많은 아빠랑 결혼을 했다.. 나는 7살.. 남동생은 5살.. 아무것도 모르는 나는 엄마가 두 명이라고 말하고 다녔다. 엄마는 아빠의 여자로 시집을 온 게 아니었나보다.. 나의 엄마가 되려고 했다. 아무리 떼를 쓰고 밀쳐내고 두 번째 엄마라고 부르는 어린아이... 우리 엄마는 이쁜 동생도 낳아줬다.. 아기는 이뻤다^^ 내 나이 서른이 넘어 결혼도 하고 뒤를 돌아보니.. 나의 새 엄마는 아빠의 여자가 아니고 정말 나의 엄마였다…… 저희 부모님 지금 잉꼬 부부세요^^ 저두 엄마 무지 사랑하구요…… 전 엄마에게 웃으면서 말해요^^ –나이 스물여섯에 어찌 그런 생각을 다 했냐고.. 엄마 진짜 여자로서 인생을 포기했던 거냐고.. 정말 대단하고 존경스럽지만 난 죽어도 못할 일이라고... 엄마가 그러시대요.. 자신은 엄마로써 인생을 시작했지만.. 여자로써 인생을 살고 있다고.. 행복하시대요^^

사례 2 님의 글을 보니 아련히 떠 오른 새엄마가 그립군요

나두 새엄마의 보살핌을 받고 자랐어요. 나 어린 시절 엄마는 아빠와 이혼하시고 아빠가 재혼을 하셨지요. 어린 나는 엄마가 그리워 밤마다 아빠 몰래 울었는데 어느 날 아빠가 노처녀를 나에게 소개를 시키면서 이 아줌마가 앞으로 너에 엄마가 될 거다, 하시면서 소개를 시켜줬지요. 얼마나 즐거웠든지, 그때의 순간을 지금도 잊을 수가 없네요. 엄마가 또 있다는 마음이 들면서 참으로 마음이 따뜻함을 느꼈지요. 며칠 후, 결혼을 하셨고 우리는 행복한 가정이 되었어요. 내가 뭔가 잘못하면 정신없이 나에게 꾸지람 하셨던 새엄마였죠. 이러면 안 되고,, 저러면 안 되고... 새 엄마에게 매를 맞고도 새 엄마의 품에 자꾸 안겼던 기억이 나네요. 그래도 나는 즐거웠죠. 오직 엄마가 나의 곁에 있다는 마음이 더욱 컸었나 봐요. 새 엄마는 동생 두 명을 낳으셨고 동생들도 잘 자라서 자기일 하고 있고. 지금도 건강하게 아빠와 잘 살고 계시지요. 그런 새 엄마를 보노라면 고마운 생각이 들어요. 간혹 친정에 가면 새 엄마 손잡고 "엄마 고마워요" 하면 새엄마 눈가에 이슬이 맺힘을 봅니다.……

사례 3 상처받았던 어린 시절, 치유 해주었던 현재 진행형 엄마에게

여자 20대 초반입니다 제 아팠던 과거에 저를 치유 해주신 현재 저의 엄마에게 고마워서 몇 자 써봅니다 전.... 어릴 때 부모님이 이혼하시고........ 친모에게 막??키워진.. 지금생각해보면 거지라는 표현이 맞겠네요. 친모는 자녀에게 신경조차 안 쓰던 분이라.... 친모는 항상 돈 돈 돈......... 그렇게 사랑에 궁한 아이로 살아가다 남보다 한 살 빨리 학교에 보내지게 되었죠.... 3월생까지 입학이 되는데 전... 4월생이라 다음 년도에 학교 입학시켜야 하는데..... 귀찮으셨나봐요.... 어떻게..... 입학을 시키셨더라구요. 어릴 때 나이에 맞지 않는 교육으로 한글이란 걸 쓰지도 읽지도 못했습니다. 기초 가르침도 집에서 못 받았었어요. 무관심 속 친모에게.... 교육적으로나 생활 활동적으로나 누가 봐도 멍청한 어린 시절이었습니다. 더군다나 몇 개월만에 학교에... 제가 빨리 학교 입학한 것과 부모님 이혼을 아이들이 알게 되어 왕따를 당하게 되었습니다. 정말 지금 생각해도 초등학교 때 무서웠습니다. 상처는 점점 깊어 갔고 친모는 관심도 없었죠.... 초등3학년 새 학기 땐.... 학교를 안 갔었습니다.... 친모란 분은 전혀 관심이 없어 한 달 넘게 학교를 안간걸 몰랐어요.... 어쩌다 집에 뭘 두고 가셨는지..... 아침에 집에 오시게 되어 제가 집에 있는 걸 보고 놀라시며 그제야 학교를 안간걸 알게 되었죠.... 그 후 친모에게 버림받고 저희 친부에게 보내졌습니다.... 저를 보낼 때 두 분 대화를 잠시 들었던 기억이 나네요. 친모 "저런 아이 못 키우겠으니 데려가" 아빠는 아무 말 없이 손을 잡고 데리고 가셨죠.. 차에 탔는데 그 안에 어여쁜 아줌마가 있는 거에요... 아빠랑 살고 계셨던 현재 저희엄마세요^^ 차를 타고 허름한 빌라 같은 곳이었던 거 같아요..... 차에서 내려 대문을 열고 들어가는데 음 눅눅하고 음 락스 냄새가 나는 거에요. 어느 방을 열어 "네 방이야" 하는데 벽에 핑크색 박스 같은 게 몇 개가 붙여 있는 거에요 친모랑 살던 곳에 비해 아주 작고 안 좋았죠. 좀 커서 알았는데 이혼할 때 모든 유산은 친모에게 주고 빈 몸으로 나오셨데요. 그 이후 일을 해서 돈을 모아 그 당시 집에 들어가 살고 계셨대요. 제가 갔던 집이 한마디로 곰팡이 집이었대요. 위에 벽에 붙여있던 핑크는 날 위해 미리 핑크 스트로 폼을 사서 붙여두고 락스 냄새는 붙이기 전에 곰팡이 락스로 청소 및 소독을 해두셨대요... 그 후 저희 엄만 정말 친엄마처럼 잘 해주셨어요. 아니 친엄마에게도 못 받은 사랑을 주셨죠....

사례 4 새엄마...그냥 엄마인데...

새엄마란 말이.. 왜 그렇게 나쁜 어감을 가지게 되는 건지 많은 편견을 가지게 되는 건지 안타깝습니다. 전 초딩일 때 새엄마를 만났고 그 이후 새엄마고 친엄마고 그런 구별 없이 컸어요. 아마 그런 생각 안 들게 엄마가 키워준 거겠죠. 피 안 섞인 언니랑 오빠가 있었지만 언니랑 오빠도 다 저한테 잘해줬고 제가 막내라 오히려 보살핌 받고 사랑 받으며 컸다고 해야겠네요. 가게 하시느라 집에선 언니, 오빠랑 셋이 있는 경우가 많았는데 언니랑 오빠랑 라면 끓여먹자 이런 거 하면 가위바위보 해서 한사람은 사러가고, 한사람은 끓이고 전 뭘 내던지 그냥 그릇이랑 젓가락 가져오는 것만 하고.. 뭘 하고 놀아도 특혜를 받고. 절 보살펴주는걸 놀이처럼.. 언니랑 오빠랑 그랬어요.. 제 기억엔 아빠랑 할머니랑 살 땐 맨날 심심했다가 언니, 오빠가 생겨서 좋았던 것 같아요. 맨날 놀아줬거든요. 신기한 놀이 하면서. 언니랑 오빠랑 둘이 싸우면 중간에서 화해시키는 역할도 하면서. 엄마 오면 맨날 저부터 챙기고 숙제 했는지, 집 청소 했는지 언니, 오빠는 검사받고 혼나고 해도 전 숙제 다 안했으면 동생 잘 안 챙겼다고 언니가 대신 혼나고 그랬네요. 그땐 그게 당연한 건줄 알았어요. 동생이 잘못하면 언니가 혼나는 건줄 알았어요. 달고나 뽑기 해먹는다고 몰래 국자에다가 설탕 붓고 놀다가 손등에 튀어서 화상 입었는데 제가 잘못해서 다친 건데 동생 제대로 안 봐서 다치게 했다고 언니랑 오빠랑 그날 엄마한테 디지게 맞았어요. 언니, 오빠한테 너무 미안해서 다음부턴 정말 조심해야겠다고 생각했어요. 다음날 물집이 잡혔는데 언니가 물집이 뜨거울 것 같다고 계속 후후 불어주고 오빠가 거기에 약초를 바르면 나을 것 같다고 밖에서 풀 뽑아다가 돌로 빻아서 얹어놓고..ㅋ 근데 다음날 정말 화상 입은 곳이 제 기억엔 죽을 것처럼 아팠는데 아프다고 말하면 언니랑 오빠가 혼날까봐 꾹 참았던 기억납니다. 눈물 뚝뚝 흘리면서.. 제가 잘못하면 형제가 혼난다는 생각.. 너무 미안했던 기억.. 우리 셋이 진짜 한 가족이라고.. 그렇게 생각했던 것 같아요 지금도 흉터가 있는데.. 이 흉터를 볼 때마다 감사한 생각이 들어요. 피 안 섞인 저에게 베풀어준 사랑의 흔적.. 같아요. 늦게 돌아오셔도 손수 씻기시고 잠자리도 봐주시고, 내일 학교 입고갈 옷도 챙겨 주시고. 셋이 쪼로록 한방에 누워 잤는데 엄마가 그사이에서 잠들 때까지 이런저런 얘기 해주시던 기억납니다.. 보살핌이란 걸 모르고 커오던 저에게.. 엄마의 손길. 언니, 오빠의 관심은 참 소중한 기억입니다. 지금은 저도 아이를 키우는 입장이 되다보니 그때 엄마의 사랑이 얼마나 대단한지 절실히 느낍니다. 아무리 내 배 아파 나은 자식이라도 귀찮을 때도 있고, 얄미울 때도 있는데 끊임없이 사랑과 관심을 표현해준 엄마. 정말 고맙습니다. 그냥 지금도. 다 가족이에요 아빠도 엄마도, 언니도 오빠도 이제 가족들이 늘어나 대식구가 되었지만. 그냥 모이면 즐거운 가족들입니다. 울 엄마가 정말 대단하단 생각이 들어요. 엄마도 힘들었겠죠. 내가 엄마를 많이 속 썩이진 않았을까. 어릴 때 멋모르고 상처 주는 말 한적 없을까. 걱정되네요. 새삼 너무 고맙네요. 울 엄마가 나를 안 낳아줘서 다르단 생각.. 안하게 해줘서.. 엄마가 내 엄마여서. 너무 고맙네요.

사례 5 새엄마 밑에서 자랐습니다.

20년 정도를 새엄마 밑에서 자랐네요. 저 위로 형은 원래 친형이고. 여동생이 새 동생이에요. 당시 9살 때 재혼을 하셨는데... 응을 잘 못했던 걸로 기억하네요. 엄마가 대구인지 출신이라 성격이 좀 무뚝뚝하고 버럭 되는 성격이십니다. 그 전에 '날 낳아주셨던 여자'는(친엄마라고 하기는 이상하고 어색합니다.) 얼굴도 기억도 안 나고 생각도 안 납니다. 6살쯤에 아버지가 사우디에서 한창 일했을 때 무슨 이유인지 몰라도 가정불화? 로 이혼하셨다가 가끔 중간에 몇 번 만났나봐요. 지금은 뭐 충청도 어디에 산나고 하더군요.…… 전 지금의 엄마가 소중하고 사랑하는 우리엄마입니다. 솔직히 아버지가 이상한 사업만 안하셨어도 지금까지 고생은 안하는데...(덕분에 가정모두가 신용불량자 또는 빚이 생겼네요--;) 제가 엄마한테 이렇게 살 바에 차라리 이혼을 하시라고 말할 정도였답니다. 그럼에도 불구하고 모질지 못한 성격에 아직까지 살고 계시는 것입니다. 결론은 지금의 엄마가 최고인거 같습니다. 비록 사랑한다는 말은 한 번도 한적 없어도……

사례1>~사례5>는 전실 자식의 입장에서 작성된 글로, 사례1>~사례4>는 전실 딸이 사례5>는 전실 아들이 작성한 글이다. 그러나 성별에 상관없이 계모에게 고마운 마음을 가지고 있는 것은 동일하다.

사례1>에서 글쓴이가 7살 남동생이 5살 때 계모는 들어왔고, 계모는 아빠의 여자가 아닌 아이들의 엄마가 되려고 했다. 전실 딸은 계모를 두 번째 엄마라고 부르며 밀쳐냈지만, 지금 나이 서른이 넘어 생각해보면 계모는 아빠의 여자가 아니라 정말 엄마였다. 지금 계모와 아빠는 잉꼬부부고, 글쓴이 또한 계모를 무지 사랑한다. 본인은 죽어도 못할 일을 어떻게 했냐고 계모한테 묻자, 계모는 엄마로서 인생을 시작했지만 여자로서의 인생을 살고 있다며 행복하다고 이야기한다.

사례2>에서 어린 시절에 엄마와 아빠가 이혼을 했고, 어느 날 아빠는 노처녀를 소개시켜주며 이 아주머니가 앞으로 너의 엄마가 될 거라고 했다. 글쓴이는 계모에 대한 거부감 없이 마음에 따뜻함을 느꼈고 우리는 행복한 가정이 되었다. 뭔가를 잘못하면 정신없이 계모에게 꾸지람을 듣고, 매를 맞으면서도 글쓴이는 계모의 품에 안겼고, 엄마가 곁에 있다는 사실이 즐거웠다. 지금도 계모와 아빠는 건

강하게 잘 살고 계시고, 그런 계모를 보면 고마운 생각이 든다. 간혹 계모의 손을 잡고 "엄마, 고마워요."라고 말하면, 계모의 눈가에는 이슬이 맺힌다.

사례3〉은 친모에게 받았던 어릴 적 상처를 치유해 준 현재의 계모에게 고마워하며 작성된 글이다. 이혼을 하면서 글쓴이는 친모에게 보내졌지만, 친모는 양육비만을 원할 뿐 아이에게는 관심이 없었다. 학습 능력이 없는 상태에서 남들보다 한 살 일찍 학교에 보내져 학교생활에 적응하지 못했고, 3학년이 되면서부터는 학교를 가지 않았다. 그러나 친모는 한 달 동안이나 그 사실을 몰랐다. 친모는 글쓴이를 못 키우겠다며 아빠에게로 보냈고, 계모는 그런 아이의 상처를 치유해주며 글쓴이에게 사랑을 준다. 그리고 전실 딸은 그것을 고마워한다.

사례4〉는 새엄마라는 말이 왜 그렇게 나쁜 어감을 가지게 된 건지 안타까워하며, 자신의 사례를 이야기하고 있다. 글쓴이는 초등학교 때 계모를 만났고, 계모는 언니와 오빠를 데리고 들어왔다. 언니와 오빠는 글쓴이에게 잘 해줬고, 글쓴이는 막내였기에 많은 보살핌과 사랑을 받으며 자랐다. 글쓴이가 언니와 오빠가 혼날까봐 화상을 입은 곳이 죽을 것처럼 아팠지만 꾹 참았다는 것을 보면 이들의 형제관계가 매우 돈독했음을 알 수 있다. 아이를 키우는 입장이 된 지금, 글쓴이는 계모의 사랑이 얼마나 대단했는지 절실하게 느낀다. 글쓴이는 계모가 자신의 엄마라는 게 너무 고맙다.

사례5〉는 전실 아들의 입장에서 작성된 글이다. 이 글쓴이 또한 20년 정도를 계모 밑에서 자랐고, 위는 친형이고 여동생은 의붓동생이다. 친모는 얼굴도 기억이 안 나고 생각도 안 난다. 지금 글쓴이에게 소중하고 사랑하는 사람은 계모이다. 글쓴이는 비록 사랑한다는 말은 한 번도 한 적이 없지만, 지금의 엄마인 계모가 최고라고 이야기한다.

사례 6 결혼을 앞두고 가장 생각나는 사람

결혼이 얼마 안 남았네요. 이런저런 생각이 많아지는 요즘. 제일 생각나는 사람은 웃기게도 우리 엄마에요 엄마는 흔히 말하는 새엄마에요. 아빠가 재혼해서 제가 4살 때 제 엄마가 되셨죠. 엄마랑 아빠 사이에 동생이 태어나서 남동생도 있구요. 엄마가 제 친엄마가 아니라는 건 초등학교 1학년인가 2학년인가 그때쯤 알았어요. 그땐 되게 슬펐던 것 같아요. 잘 보이고 싶고, 말 잘 들어서 이쁨 받고 싶고 그랬던 것 같아요. 그러다 IMF 오면서 저희 집도 어려워지고 아빤 직장 옮기시면서 수입이 줄었던 것 같고 엄마도 나가서 일하시고 집도 아파트에서 살다가 주택으로 이사했는데 화장실이 밖에 있고 그런 집이었어요. 제가 초6, 중1 그쯤이었는데 환경이 갑자기 나빠지고 하니까 그 불만이 엄마한테로 향했어요. 항상 바쁜 엄마였는데 참 미워했던 것 같아요.…… 일부러 엄마한테만 못된 짓을 했던 것 같아요. 우연히 저희 집 비상금 두는 곳을 알게 되었는데 제가 몰래 만원씩 가져갔어요.…… 그러다 엄마한테 걸려서 엄마한테 손바닥을 맞았는데 사실 현장을 딱 걸린 거라 변명의 여지가 없었는데도 불구하고 나중에 아빠한테 억울하다고 울고불고 하면서 쇼를 했었죠.…… 부모님 사랑은 똑같은데, 그걸 받아들이는 자식의 마음가짐이 달라서.. 왜 그땐 몰랐을까요? 결국 나에게 밥 먹여주고, 옷 입혀주고 아플까 염려하고 걱정해주고, 잘되라고 기도해주는 사람이 그 분이란 걸. 엄마하고 전 지금도 살뜰한 사이는 아니에요. 예전에 미워하던 마음이 참 이유 없었단 것도 알고 죄송한데 그걸 표현할 기회는 없었네요.…… 우리 엄만 남의 결혼식 가서도 자꾸 눈물이 난다는데 지금 생각하면 결혼식 시작하면 엄마나 나나 둘 다 계속 울 것 같아 걱정이에요. 생각만 해도 눈물이 나는 걸요.…… 나 키워줘서 고맙다고. 아빠한테 두들겨 맞은 날. 아빠하고 싸워줘서. 지하철에서 기절하고 응급실 실려 갔던 날. 내손 꽉 잡고 있어줘서. 대학 합격한날. 기쁨의 눈물 흘려줘서. 날 우리 딸이라고 불러줘서.

사례 7 친정엄마..

제겐 배다른 형제가 둘이나 있습니다. 엄마가 다른 남동생과 아빠가 다른 언니.. 지금 친정엄마는 저의 친엄마가 아닌 새엄마이십니다. 어렸을 때 몰랐다가 한참 사춘기가 올 시기에 이 사실을 알게 되어 방황도 많이 하고 집에 정을 못 붙이게 되더라구요.…… 지금의 신랑을 만나 결혼을 하고 난 뒤 출산일을 몇 주 앞두고 있습니다. 이렇게 제 아이를 낳을 시기가 되니 새삼 어머니에 대한 생각을 자주 하게 되었습니다. 어렸을 때부터 친엄마처럼 키워주시면서 제가 모진 말을 해도 참아내시고 손 한번 대신 적 없고 아버지 때문에 힘드셔도 언제나 그 자리를 지켜주시던 어머니였습니다. 제가 임신한 소식 아시고 수중에 일 원 한 장 갖고 계시지 않으시면서 옷이며 임부 팬티며 얻어다 주시며 미안해하시는 어머니.. 엊그저께는 아기 잘 낳으라고 있는 돈 털어서 삼겹살 사서 구워주시며 쑥쑥 낳으라고.. 막달에 많이 먹어둬야 힘을 잘 쓴다고 웃으시며 얘기해주셨습니다.. 그동안 어머니께 했던 못된 일들이 생각이 나네요.. 당신이 뭔데 잔소리 하냐고.. 돈도 못 벌어 봤으면서 일하는 게 얼마나 힘든 줄 아냐고.. 밥 다 차려놓게 해놓고 그냥 나가버리고.. 참 못된 딸이였죠.. 그래도 본인자식 손주 보시는 양 기뻐하시고 걱정해주시고 좋아하십니다.. 청소하시다 넘어지셔서 팔이 골절되셨는데 산후조리는 꼭 해주신다고 하십니다.…… 산후조리는 친정엄마가 해주는 거라고 팔 걱정 하지 말라고 하십니다.. 우리 어머니 당신 배 아파 낳은 딸은 아니지만 그보다 더한 정으로 사셨던 것 같습니다. 제가 아이를 낳아 엄마가 되려니 이제서야 철이 들려나봅니다.

사례 8 **친엄마 버리고 새엄마 모시고 살고 있습니다.**

어머니가 어릴 때부터 바람이 났어요. 끼가 있다고 저도 항상 내가 그 끼를 물려받으면 어쩌나하는 트라우마까지 달고 살았죠. 어머니가 능력도 없으면서 아버지한테 양육비 받고 재산분할 할 때 조금이라도 더 가져가려고 제 양육권을 가져가셨어요. 그러나 그 더러운 성정과 끼가 어디가나요. 10살 때부터 혼자지내면서 제대로 먹지도 못하고 남들 다해주는 소풍 김밥도 못 받고 살다가 아버지가 그 사실 알고 저를 다시 데려갔어요.…… 아버지랑 같이 살고 지금의 새엄마와 같이 살게 되었어요. 내가 꿈꾸던 엄마 교양 있고 똑똑하고 조신하고 많이 배운 엄마.…… 우리 새엄마 아니 엄마는 저 가르치겠다고 몇 십 년 직장 다니시면서 제가 괜찮다고 하는데도 일본유학도 보내주시고 저 고3때는 1년 내내 집밖에도 안 나가시고 일끝나면 들어오셔서 저녁에 제 간식이며 물이며.. 제일 좋았던 게 정말 그 1년간 우리 새엄마는 제가 싫어하는 거 아니까 맥주 한 잔 안 드시고 오로지 제 옆에서 간식 만들어주시고 그러셨어요. 그렇게 제 나이도 40이 되고 이제 어린 날의 아픔 잊고 새엄마덕분에 남들처럼 평범하게 살 수 있게 됐어요.…… 우리엄마도 이제 아픈지 1년이 다 되어 가는데 이제 얼마 안 남으셨다고 해서 직장에 휴직내고 1달째 옆에서 엄마 지키고 있습니다. 고마운 엄마가 이제 1달도 못 버티신다고 하네요. 기적이 생겨서 조금만 더 같이 있으면 내가 효도해 드릴 텐데 저는 나중에 죽어도 우리 엄마 딸로 함께 있고 싶네요.

사례 9 인생무상....

저희 새어머니가 돌아가셨습니다.. 한달 조금 넘었네요.. 제가 너무 못 한 게 이렇게 가슴 아플 줄 몰랐습니다.. 저희 집에 오셔서 사람 취급 못 받고 서러움만 당하고 돌아가셨습니다.. 차라리 다른 집 계모들처럼 나쁘게 했다면 이렇게 가슴 아프지 않을 겁니다. 너무 보고 싶고 사람으로 태어나서 너무 허무하게 가는 거 같아서 36 제 나이에 인생무상 이란 말을 생각하네요.. 제가 성격 강하고 여자애지만 말도 이쁘지가 않아요. 그래서 아직 미혼이구요.. 살아계실 적 호칭은 이모였어요. 어렸을 때 아빠랑 새엄마랑 교제 하실 적 그냥 이모라고 불러도 된다고 해서 버릇이 새어머니 돌아가실 때까지 이모였습니다.. 아직 믿겨지지가 않아요. 평소에 건강이 안 좋으셨지만 그렇게 빨리 허무하게 가실 줄은 몰랐습니다. 너무 죄스럽고 보고 싶고 정말 죽으면 그만이에요. 정말 영은 있는 건가요? 정말 있다면 하고 싶은 말이 있어요. 이모 사랑한다고.......한 번씩 가슴이 찢어지는 듯하면서 눈물이 쉼 없이 나옵니다.

사례6〉 사례7〉 사례8〉 사례9〉는 인생의 중요한 순간에 계모에 대해 생각하고 있는 전실 딸들의 글이다.

사례6〉은 결혼을 앞 둔 상황에서, 사례7〉은 출산을 앞둔 상황에서 계모를 생각하고 있다. 사례6〉에서 결혼을 앞 둔 이 여성에게 요즘 제일 생각나는 사람은 계모이다. 아빠가 재혼해 4살 때 계모가 들어왔고 이어 남동생이 태어났다. 그리고 초등학교 1-2학년 무렵에 계모가 친엄마가 아니라는 사실을 알게 된다. IMF가 터지면서 생활이 어려워졌고, 나빠진 환경에 대한 불만은 모두 계모에게로 향했으며, 일부로 계모에게 못된 짓을 했다. 지금 생각해보면 예전에 미워했던 마음이 참 이유 없었단 것도 알고 죄송하지만 그걸 표현할 기회는 없었다. 지금 전실 딸은 결혼식 날 계모나 본인이나 모두 계속 울까봐 걱정이 되며, 본인을 키워줘서 고맙다고 이야기하고 있다.

사례7〉의 여성은 엄마가 다른 남동생과 아빠가 다른 언니 사이에서 자랐다. 어렸을 때는 몰랐던 사실을 사춘기 무렵에 알게 되어, 방황도 많이 하고 집과도 멀어졌다. 하지만 결혼을 하고 출산을 앞 둔 상황에서, 계모에 대해 못되게 굴고 미안했던 일들이 생각이 난다. 지금 생각해보면 계모는 당신이 배 아파 낳은 딸은 아니지만 그보다 더한 정으로 사셨던 것 같다.

사례8〉과 사례9〉는 계모의 죽음이라는 상황에서 전실 딸들이 본인의 마음을 표현하고 있다. 사례8〉에서 이 여성은 엄마가 어릴 때 바람이 나 이혼을 했고, 본인이 그러한 엄마의 끼를 이어받으면 어쩌나 하는 트라우마까지 달고 살았다. 이혼 후 친엄마와 함께 살았지만 10살 때부터 제대로 먹지도 못하고, 소풍김밥도 못 싸 가는 등 친엄마와는 딸에게 관심이 없었다. 그 후 아버지와 살게 되면서 계모가 생겼다. 계모는 본인이 꿈꾸던 엄마였고 나이 40이 된 지금 전실 딸은 어린 날의 아픔을 잊고 계모 덕분에 남들처럼 평범하게 살 수 있었다. 계모는 아픈지 1년이 다 되어가고, 이제 얼마 남지 않았다는 말에 직장에 휴직계를 내고 한달 째 계모 곁을 지키고 있다. 전실 딸은 기적을 바라며, 나중에 죽어서도 계모의 딸로 함께 있고 싶다.

사례9>는 계모가 돌아가신 후 자신이 못한 게 너무 많아 가슴이 아픈 전실 딸의 글이다. 전실 딸이 생각하기에 계모는 아버지와 재혼 해 사람 취급도 못 받고 서러움만 당하고 돌아가셨다. 전실 딸은 계모가 너무 보고 싶고, 36살 나이에 인생무상이라는 말을 생각하게 된다. 살아계실 때 계모에 대한 호칭은 이모였고, 돌아가실 때까지도 이모였다. 전실 딸은 영혼이 있다면, 이모 사랑한다고 계모한테 꼭 말해주고 싶다.

그렇다면 계모와 전실 자식 간의 성공적인 관계를 이룬 설화나 사례는 계모가정 구성원들에게 무슨 이야기를 해줄 수 있을까?

성공적인 계모가정은 계모나 전실 자식 중 누군가가 상대에게 정성과 애정을 다할 때 이루어진다는 것이다. 〈계모 은덕으로 정승이 된 이야기〉나 〈착한 서모〉, 〈넙적다리 베어 서모(庶母)의 병 고친 효녀〉에서처럼 인간으로서는 하기 힘든 극단적인 희생을 하라는 것이 아니다. 다만 한결 같은 마음으로 상대를 대한다면, 사례들에서처럼 언젠가 진심은 전해지게 마련이다. 원만한 계모가정을 유지하려는 노력이 컸던 만큼, 그 노력이 전달되고 성취되었을 때 얻어지는 기쁨 또한 클 것이다. 어쩌면 전실 자식들은 집에서 독립해 혼자 살게 되었을 때, 혹은 인생의 중요한 순간에, 과거를 돌아보며 비로소 계모에 대해 따뜻한 마음을 가지게 된다. 그러니 계모가정 구성원들은 본인의 뜻대로 안된다고 미리 실망하고 포기할 것이 아니라, 원만한 계모가정을 만들기 위해 최선을 다해 노력해야 될 것이다.

통계청 자료를 보면 이혼의 증가와 함께 재혼은 꾸준히 증가하고 있으며, 30~50대에 이루어지는 재혼이 전체 재혼의 약 70%를 차지한다. 이것은 초혼을 통해 자녀가 있는 상태에서 시작하는 재혼이 확률적으로 더 높을 수 있다는 것을 시사한다. 특히 우리나라의 경우, 대개 자녀를 남성이 맡는 경향이 있어서 계모가정이 재혼가정 중에서도 다수를 차지한다. 그러나 계모가정은 부정적인 사회문화적 선입견이나 편견을 가장 많이 받는 가정이며, 이들에 대한 사회적인 관심과 수용적인 태도가 요청된다. 특히 계모에 대한 부정적이고 편파적인 고정관념에서 탈피하여 개개인의 삶의 상황적 복잡성과 삶의 방식을 이해해주고, 계모가정에 대해 보다 열린 마음으로 인정하고 존중하고 지지해주는 자세가 필요하다.

앞서 제시한 설화나 사례에서는 계모와 전실 자식이 그들만의 성공적인 관계를 이루어내고 있다. 성공적인 관계가 계모의 희생을 통해서일 수도, 전실 자식의 희생을 통해서일 수도 있다. 그러나 중요한 것은 설화에서 찾아낸 이러한 긍정적인 계모상이 대중매체를 통해 널리 소개되고 전파될 때, 나쁜 계모가 등장하는 동화에 길들여진 어린이들이나 일반인들의 계모에 대한 편견을 바로잡는 데 도움이 될 것이다. 그리고 이러한 계모가정 내 계모와 전실 자식 간의 성공적인 관계가 보다 많이 발굴되고 전파될 때, 계모가정에 대한 사회적인 편견이나 선입견은 점차 사라지게 될 것이다.

참고문헌

1. 자료

• 임석재, 『한국구전설화』 전 12권, 평민사, 1988~1990.
• 한국정신문화연구원, 『한국구비문학대계』 전 82권, 1980~1988.
• 정운채 외, 『문학치료 서사사전』, 서사와 문학치료연구소, 2009.

2. 논저

• 강유리, 「계모이야기: 모성 이데올로기의 비극」, 『한국문학과 모성성』, 서강여성문학연구회, 태학사, 1998.
• 김양희, 『한국 가족 갈등 연구』 중앙대학교출판부, 1993.
• 김연옥, 「재혼가정 내 모의 역할기능에 관한 연구」, 『한국가족복지학』 3, 1999.
____, 「재혼가정의 가족기능향상프로그램 개발을 위한 시론적 연구」, 『한국사회복지학』 제56권 2호, 2004.
• 김유나, 「한국 재혼 가족 자녀들이 겪고 있는 주요 문제에 대한 연구」, 감리교신학대학교 신학대학원 석사학위논문, 2009.3.

- 김재용, 『계모형 고소설의 시학』, 집문당, 1996.
- 김효순, 「재혼가족의 적응에 관한 문헌고찰: Bronfenbrenner의 모형을 중심으로」, 『가족과 문화』 제17집 1호, 2005.
- 김효순 · 엄명용, 「재혼가족의 가족결속에 영향을 미치는 요인에 관한 연구-역할긴장 변수를 중심으로-」, 『가족과 문화』 제18집 4호, 2006.
- 박연숙, 『한국과 일본의 계모설화 비교 연구』, 민속원, 2010.8.20.
- 서은아, 「계모설화에 나타난 가족갈등 양상과 해결방식」, 『태릉어문연구』 제16집, 서울여자대학교, 국어국문학과, 2010.2.
- 손혜옥, 「통과제의 시각으로 본 계모설화 속 계모 악인 형상의 의미」, 홍익대학교 교육대학원 석사학위논문, 2003.
- 신상운, 「계모설화연구」, 전북대학교 교육대학원 석사학위논문, 2000.
- 유영주 외, 『새로운 가족학』, 신정, 2004.
- 이소희 외, 『계부모와 아이들』, 양서원, 2004.
- 이승복, 「계모형 가정소설의 갈등 양상과 의미」, 『관악어문연구』 제20집, 서울대학교 국어국문학과, 1995.
- 이원수, 「계모형 소설유형의 형성과 변모」, 『국어교육연구』 제17집, 국어교육학회, 1985.
- 이종서, 「전통적 계모관의 형성과정과 그 의미」, 『역사와 현실』 제15호, 한국역사연구회, 2004.
- 이혜림, 「계부모 전실자식 갈등의 교육적 활용방안」, 아주대학교 교육대학원 석사학위논문, 2007.
- 임춘희, 「재혼가족내 계모의 스트레스와 적응에 관한 질적 연구」,

고려대 박사학위논문, 1996.

____, 「재혼가족의 계부모-자녀관계에 관한 소고-계모가족을 중심으로」, 『아동 가족복지연구』 1권, 1996.

- 임춘희 · 정옥분, 「초혼계모의 재혼가족생활 스트레스와 적응에 대한 경험적 연구」, 『대한가정학회지』 제35권 5호, 1997.
- 장시광, 「계모형 소설의 계모-전실소생 갈등과 작가의식」, 『한국 고전소설과 여성인물』, 보고사, 2006.
- 장혜경 민가영, 『당당하게 재혼합시다』, 조선일보사, 2002.
- 전용신, 『한국계모설화연구』, 경성대학교 교육대학원 석사학위논문, 1998.
- 전정현, 「전래동화를 통한 유아의 친부모 및 계부모의 양육태도 인식」, 한양대학교 교육대학원 석사학위논문, 2002.
- 정영철, 「계모설화와 계모형 소설의 비교 연구」, 『어문논집』 제23호, 중앙어문학회, 1994.
- 정하영, 「고소설에 나타난 모성성」, 『한국고전여성문학연구』 제4집, 한국고전여성문학회, 2002.
- 조고은, 「재혼가족 자녀의 갈등과 적응에 대한 성경적 상담」, 총신대학교 상담대학원 석사학위논문, 2010.
- 조성혜, 「편부모가족의 재혼 지지를 위한 프로그램 개발」, 『社會福祉硏究』 제9집, 부산대학교 사회복지연구소, 1999.
- 최운식, 「계모설화에 대하여」, 『한국민속학』 19권, 민속학회, 1986.
- 한경혜, 「이혼후 재혼 가족의 적응」, 『인간발달연구』 제5권 1호, 1998.

- 한유진, 「계모설화에 나타난 갈등의 양상」, 『이화어문논집』 제30집, 2012.
- 현은민, 「재혼준비교육 프로그램 모형개발」, 『한국가족관계학회지』 제7권 3호, 2002.
- Emily B. Visher, Ph.D. · John S. Visher, M.D. 저, 반건호 · 조아랑 번역, 『재혼 가정 치료』, 도서출판 빈센트, 2002.12.2.
- Lawrence H. Genong & Marilyn Coleman, 김종숙 옮김, 『재혼 가족관계』, 한국문화사, 2003.1.2.
- Michael H. Popkin · Elizabeth Einstein 공저, 홍경자 · 오세은 · 김유정 공역, 『재혼가정의 적극적인 부모역할』, 학지사, 2013.1.30.

작품색인

설화군

개별설화

저자 | 서은아(徐銀雅)

서은아(徐銀雅)는 서울여자대학교 교육심리학과를 졸업하고, 동 대학교 대학원 국어국문학과에서 석사 · 박사학위를 받았다. 현재 서울여자대학교 인문과학연구소 연구교수로 재직 중이며, 최근 저서로는 『구비설화를 활용한 가족상담모형 개발 : 부부관계영역』(지식과 교양, 2015.7.25.)이 있다.

구비설화를 활용한
계모가정 내 가족상담 프로그램 개발

초판 인쇄 | 2015년 10월 15일
초판 발행 | 2015년 10월 15일

저　　자 서은아

책임편집 윤수경

발 행 처 도서출판 지식과교양
등록번호 제 2010-19호
주　　소 서울시 도봉구 창5동 262-3번지 3층
전　　화 (02) 900-4520 (대표) / 편집부 (02) 900-4521
팩　　스 (02) 996-0041
전자우편 kncbook@hanmail.net

ISBN 978-89-9764-043-9 93810　　　　**정가 20,000원**